천마군림

천마군림 4
좌백 新무협 판타지 소설

초판 1쇄 찍은 날 § 2003년 3월 12일
초판 1쇄 펴낸 날 § 2003년 3월 22일

지은이 § 좌백
펴낸이 § 서경석

편집장 § 문혜영
편집 § 장상수 · 유경화
마케팅 § 정필 · 강양원 · 이선구 · 김규진 · 홍현경

펴낸곳 § 도서출판 청어람
등록번호 § 제1081-1-89호
등록일자 § 1999. 5. 31
어람번호 § 제2-0196호

주소 § 경기도 부천시 원미구 심곡1동 350-1 남성B/D 3F (우) 420-011
전화 § 032-656-4452 팩스 § 032-656-4453
http://www.chungeoram.com
E-mail § eoram99@chollian.net

ⓒ 좌백, 2003

값 7,500원

ISBN 89-5505-595-1 (SET)
ISBN 89-5505-639-7 04810

※ 파본은 본사나 구입하신 서점에서 교환하여 드립니다.
※ 저자와 협의하여 인지를 붙이지 않습니다.

좌백 新무협 판타지 소설

천마군림

天魔君臨

4 첨무

도서출판 청어람

목차	第四卷 천마도	
제31장	비역 천마도	7
제32장	풍운 무저갱	39
제33장	요동 유명종	71
제34장	빙궁 비무장	95
제35장	빙장 철갑마	127
제36장	해동 구선문	155
제37장	북해 귀환기	185
제38장	백림 천화장	215
제39장	요동 정벌대	253
제40장	출진 무영단	283

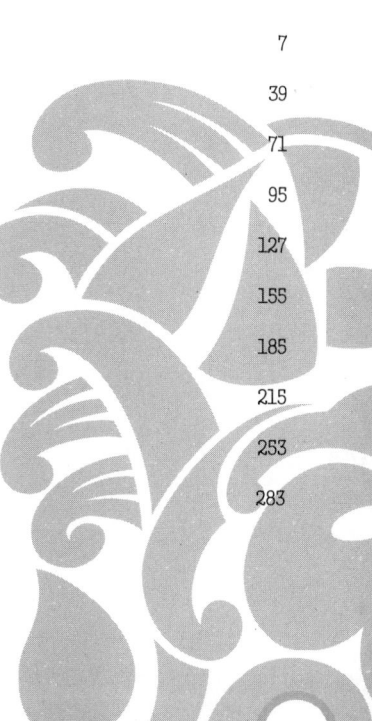

비역 천마도

▌평화롭게?
천만에. 두려움에 떨면서

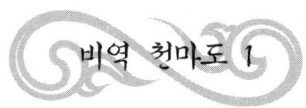

비역 천마도 1

 폭풍우가 몰려오고 있었다. 하늘에는 먹구름이 꿈틀거리고 푸른 번개가 쉴 새 없이 하늘과 땅을 갈랐다. 바람이 거세게 불어왔다. 숲은 소리 내어 울고 나무들은 가지를 뻗으며 떨었다. 바위산 정상에 선 남궁운해는 그 하늘과 땅, 숲을 보며 고요히 서 있었다.
 거센 바람이 그녀의 옷자락과 머리카락을 휘날리게 했다. 그러나 그녀의 눈은 고요하게, 담담하게 가라앉아 있었다. 전 중원 사람들에게 비역(秘域), 갈 수 없는 땅이라 알려진 이곳 천마도에 온 지 삼 년, 그녀는 어떤 일을 보고 당해도 평정을 잃지 않았다. 그녀의 마음 중심은 멀리 북해에 남아 있었고, 이곳에 서 있는 것은 껍데기뿐이라고, 그래야 한다고 굳게 마음먹고 있었기 때문이다. 그래야 견딜 수 있었다.
 천마도는 그녀에게 절망의 땅이었다. 전설은 익히 들어왔지만 실제로 본 천마도의 모습은 전설 이상이었다. 어떤 지옥보다도 괴롭고 처참한 모습들을 그녀는 보고 들어야 했다. 그리고 절망해야 했다.

　그녀가 보고, 듣고, 경험해서 느낀 바로는 마도천하가 무너지기를 기대할 수 없을 것 같았다. 길지 않은 그녀의 생애 동안 중원을 돌아다니며 본 마교 팔가십종의 어떤 세력보다도 더 이곳이 강했다. 이곳엔 마교혈맹록에 등재된 사람이 하나도 없지만 여기 있는 사람들만으로도 그들을 모두 합친 것만큼이나 강했다. 게다가 모두 젊었다. 내일의 마도천하를 유지하고 이어갈 신진 마인들이, 전대의 마왕들보다도 더 두려운 존재들이 모두 여기서 키워지고 있었던 것이다. 그게 남궁운해가 절망하는 첫 번째 이유였다.

　누군가 산 위로 올라오고 있었다. 남궁운해는 돌아보지 않았다. 누군지 뻔했고, 무슨 일 때문인지도 뻔했다. 흐린 날씨에 질린 마인들이 또 자극을 원하고 있는 모양이었다. 그녀는 다가오고 있는 사람이 모르도록 가볍게 한숨을 내쉬고 멀리 북쪽을 바라보며 중얼거렸다.

　"무영."

　생각해 보면 잠깐의 인연이었다. 삼 년 전 그때, 절박하던 그 시기에 잠깐 내력도 모르고 잠재력도 모르는 그 야생의 소년에게 모든 것을 건다고 생각한 일도 있었다. 터무니없는 기대고 환상이었음이 이제는 명백해졌지만 그때는 지푸라기라도 잡는 심정이 되지 않을 수 없었다. 그 지푸라기는 이제 그녀의 기원이 되었다. 이루어지지 않을 게 뻔한, 그래서 더욱 간절히 매달리게 되는 그녀의 심정과 소원, 갈망이 그 두 글자 이름에 응축되어 있는 것이다. 그렇게 하지 않으면 살 수가 없었으므로, 이 지옥 같은 천마도에서.

　"천마공자(天魔公子)께서 찾으십니다."

　그녀의 시녀, 언보보(彦寶寶)가 말했다. 예상했던 대로였다. 남궁운해는 가볍게 고개를 끄덕이고 산 아래를 향해서 걸었다. 언보보가 소매로 바람을 막으며 뒤를 따랐다. 그녀가 투덜거렸다.

"이런 날씨에 이런 델 다 오고……."

말끝을 흐렸지만 불손한 말투임이 분명했다. 혼자 중얼거리는 것 같았지만 일부러 들으라고 하는 소리인 것도 명백했다. 하지만 남궁운해는 화내지 않았다. 언보보가 앞에서는 공손히 대하지만 뒤에서는 그녀를 멸시하고 욕해온 지 이미 오래였다. 그녀로서는 그럴 이유가 충분히 있었다. 그게 남궁운해가 절망하는 또 하나의 이유였다.

산 아래로 내려올수록 바람은 잦아들었고, 숲이 바람을 막아주어 더욱 고요해졌다. 가끔 울리는 뇌성이 없으면 그저 약간 흐린 날 정도라고 생각할 수도 있었다. 천마도의 사방을 둘러싸고 있는 산들이 이렇게 보호해 주기 때문에 그 안에 만들어진 분지는 아늑하고 조용한 곳이 되었다. 기후는 일 년 내내 온화한 여름 날씨였고, 토양은 비옥하고 맑은 샘과 개울이 흘러 꽃과 나무가 자라기 좋았다. 남국의 기이한 나무들이 아니라 복숭아나무를 심어두었다면 무릉도원이 따로 없을 낙원이었다.

그 낙원 중심에 마을이 있었다. 백여 호가 넘는 큰 마을이었다. 남궁운해와 언보보는 그 마을 중심을 관통하는 대로를 걸어갔다. 그 대로의 끝에 지어진 거대한 궁전을 천마궁(天魔宮)이라고 했는데, 천마공자는 거기 있기 때문이었다. 대로변에는 작지만 없는 것 없이 모아놓고 파는 가게와 다루, 주루까지 늘어서 있었다. 실제로는 파는 게 아니었다. 돈을 받지 않고 모든 것을 무료로 제공하기 때문이었다. 이곳에 사는 사람들이 원하면 그들은 무엇이든 구해주었다. 멀리 중원에서 실어 와야 하기 때문에 시간은 조금 걸렸지만 원한다면 북극의 백곰과 신강의 낙타, 장강의 악어까지도 구할 수 있었다. 그게 천마도의 힘이었다.

다루에 모여 환담을 나누던 노인들이 남궁운해가 지나가는 것을 보았다. 그들은 고개를 돌려 외면하고 다루 바닥에 침을 뱉었다. 누군가가 '창녀'라고 말하는 소리도 들렸다. 남궁운해는 무표정하게 그 앞을 지나갔다. 저 노인들이 누구인가. 한때는 화산파의 장문인이었고, 무당파의 장로, 무림명가의 가주였던 사람들이었다. 즉, 정종의 핵심이자 수뇌였던 사람들 중 마교통일대전을 거치고도 살아남은 자들이 이 마을의 주민인 것이다.

그중에는 권법으로 유명하던 진주언가(晉州彦家)의 가주도 있었는데 그가 언보보의 아버지였다. 그녀 역시 남궁운해와 마찬가지로 언가의 장중보옥인 셈인데, 남궁운해는 시중을 받고 자기는 시녀살이를 하고 있으니 남궁운해가 미운 게 당연했다. 게다가 창녀라 불리는 여자를 시중들어야 한다는 것이 그녀에게는 죽기보다 싫은 일일 것이었다.

창녀라는 소리는 남궁운해가 이곳에 온 지 일 년 만에 붙은 이름이었다. 마을 사람들은 처음엔 그녀를 따사롭게 맞아주었다. 그동안 중원 끝에서 끝까지 도망 다니느라 얼마나 고생이 많았느냐고 눈물을 글썽이며 위로를 해주었다. 이젠 걱정 말라고, 천마도도 알고 보면 살기 좋은 곳이고 마교에 거역할 생각만 않으면 낙원에서 지내는 것처럼 지낼 수 있다고 안심시켜 주기도 했다.

남궁운해로서는 당황스러운 일이었다. 천마도에 이렇게 많은 정종의 명숙들이 남아 있는지 몰랐다. 그들이 지옥 같은 고통을 받는 게 아니라 더없이 평화롭게, 가끔 천마궁(天魔宮)에 불려가 알고 있는 정파의 비전절기들을 가르쳐 주고 수련의 상대가 되어주기만 하면 낙원에서 사는 것처럼 살 수 있다고는 상상도 하지 못했다. 먹고 살기 위한 모든 것, 즐기기 위한 모든 것은 천마궁에서, 즉 마교에서 지원해 주었다. 천마도를 떠나려 하거나 천마궁 사람들에게 적의만 드러내지 않으면 그 외의 모든 일이 가능했다.

이곳에서 정종의 명숙들은 처음으로 경쟁심을 버리고, 각 파의 비전들을 잡담을 나누듯 교환하며, 서로의 약점을 보완할 방법을 알려주곤 했다. 화산파 장문인은 환속을 해서 천마궁에서 보내준 여인과 결혼도 했다. 화산 양생술의 위력은 놀라운 것이라 나이 칠십에 옥동자를 낳게 만들기도 했다.

정종의 명숙들은 행복해했다. 극히 소수의 사람들이 마교에 대한 노골적인 적의 때문에, 잊혀지지 않은 원한의 앙금 때문에 마을 사람들을 훼절(毁節)했다고 비난하고 천마궁에 대한 협조를 거부하기도 했었다고 하지만, 그런 사람들은 초기에 딴 곳으로 보내지거나 마을 사람들의 냉대 때문에 결국은 승복하고 지금은 그들과 동화되어 잘살고 있다고 했다.

천마도에서 정종 무공은 놀랍도록 발전해서 그야말로 정종 무공의 절정기를 맞고 있다고 했다. 그 무공이 그대로 천마궁으로, 그곳에 사는 마교의 사람들에게로 전해진다는 이야기는 흐리고 말았지만.

남궁운해도 처음엔 협조를 요구받았다. 그녀가 아는 절기의 모든 것을 털어놓으라고 했다. 남궁세가가 이름을 날린 기문진식(奇門陣式)과 신공이기(神功異技)를 제공하면 털끝 하나 건드리지 않겠다고 했다. 그녀는 단호히 거절했다. 어떤 고문을 받더라도, 어떤 환란을 겪게 되더라도 단 한 마디 알려주지 않겠다고 했다. 가혹한 고문을 예상했는데 그들은 그녀를 고문하지 않았다. 마을로 되돌려 보내주며 생각이 바뀌면 연락하라고 했을 뿐이었다.

어리둥절해서 돌아온 그녀에게 마을 사람들의 집요한 설득과 회유가 가해졌다. 이미 대세는 돌이킬 수 없게 되었다. 옛 정파가 다시 천하를 되찾기란 불가능하다. 이들의 힘을 보면 알 거다. 지금 마도천하를 다스리는 자들이 누구냐. 제멋대로 자라나서 내키는 대로 악행을 하고 다녀 마두, 마왕 소리를 듣던 천하에 흉악한 놈들이다. 그러나 여기 천마도는 다르다. 대종사의 치밀한 계획에 의해 마교의 명숙들과 정종의 명숙들이 교두가 되어 제대로 교육을 받은 젊은 영재들이다. 천하를 다스리도록 교육을 받은 인재들이라는 거다. 제멋대로 노는 마두들보다는 이들이 천하를 다스리는 편이 천하만민에게 홍복이 아니겠는가. 거기 협조해 주는 것이 결국 천하를 위한 길이다.

이것이 마을 사람들의 주장이었다.

남궁운해는 물론 이렇게 터무니없는 소리는 처음 들어본다는 반응을 보였다. 초기에는 마을 사람들과 논쟁을 하기도 했다. 제멋대로 노는 마두들이 제대로 교육받은 마두보다 차라리 낫다. 그들은 다스리는 법을 모르는 사람들이다. 그러므로 그들의 기반은 취약하고 몇 년이 지나지 않아 자기들끼리 싸우다가 스스로 기반을 무너뜨릴 가능성도 있다. 그러나 제대로 다스리는 법을 교육받은 이곳 마두들이 천하를 잡게 되면 제대로 된 세상은 다시 오지 않을 우려가 있다. 이곳 젊은 마인들이 제대로, 가혹하게 다스리는 자들이라면 반드시 그렇게 될 것이다.

논쟁이 길게 이어지고 싸움 직전까지 가다가 중단된 일도 여러 수십 번 있었다. 결국은 마을 사람들이 그녀를 말이 안 통하는 멍청이에 고집쟁이로 취급하고 상대해 주지 않게 된 어느 날 밤 천마궁에서 사람들이 와서 그녀를 끌어갔다.

천마궁은 마을 한쪽 끝에 높은 담장으로 가려진 거대한 장원이었다. 그 장원은 세 부분으로 이루어져 있는데 마을 사람들이 가서 교두 노릇을 하고 때로는 놀기도 하는 곳은 가장 전면에 개방된 외궁(外宮)이었다. 거기서 다시 담장으로 가려져 마을 사람들이 들어오지 못하도록 막은 곳이 있는데, 여기가 천마궁에 거주하는 마인들이 기거하며 무공을 익히는 중궁(中宮)이었다. 마을 사람들 중 중궁까지 출입이 허락된 사람은 아무도 없었다.

마지막 장소는 천마궁의 심처에 있는 대종사 및 중요 인물들의 처소였다. 여기를 내궁(內宮)이라고 하는데, 남궁운해는 이곳까지 끌려갔다. 그녀는 이미 중궁을 지나오면서 천마궁의 본색을 본 뒤였다. 담장으로 가려져 마을 사람들의 접근을 막은 그곳에서는 천마궁 일천 전사들이 수련을 하고 있었다. 마도천하의 곳곳에서 끌고 온 사람들을 시험 삼아 죽여가며, 수많은 여인들을 노리개로 희롱하면서 놀고, 수련하고 있었다. 지옥이 거기 있었다. 그것이 천마궁의 본색이었다. 감추려 해도 감출 수 없는 마인들의 본성이 적나라하게 드러나는 곳이었다.

그렇게 통과해 도착한 마지막 장소에서 그녀는 죽음을 각오했다. 그녀의 앞에 살을 발라내고 뼈를 자르는 각종 고문 도구들과 타오르는 화로에 꽂힌 인두, 무엇에 쓰는지 알 수도 없는 수많은 흉기들이 차례로 진열되는 동안 그녀는 살아온 날들을 회고하고, 만나고 헤어지고 스쳐 지나갔던 많은 사람들을 추억하며 조용히 죽음을 준비했다. 그러나 마지막 순간에 고문은 취소되었다. 몇 년 전부터 천마도에서 모습을 드러내지 않는 대종사 대신 천마도를 실질적으로 지배하고 있던 대종사의 수제자 천마공자가 중지를 명령했기 때문이었다.

내궁은 대종사와 그의 열여덟 제자들이 기거하는 장소였다. 열여덟 제자, 마도천하를 지배하는 십팔마왕에게서 받은 인질들이었다. 대종사는 그들을 제자로 삼아 자신의 모든 것을 전하고 마도천하의 미래를 준비하고 있었던 것이다.

천마공자는 남궁운해가 마음에 들었던 것 같았다. 그는 장래의 대종사인 자신에게 어울릴 만한 여자는 남궁운해뿐이라고 선언하고 일방적으로 혼약을 맺어버렸다. 모종의 이유로 인해 서른 살이 될 그해에 정식 혼례를 치르겠다는 게 그의 선언이었다. 그리고 그때 그는 스물한 살, 마도천하가 십팔 년째 해를 맞는 올해 그의 나이 스물네 살이었다.

그 후로 남궁운해에게는 창녀라는 소리가 붙었다. 그녀는 더 이상 어떤 협조도 요구받지 않았고 협조도 하지 않았지만 마을 사람들은, 과거의 정도 대문파의 사람들은 그녀를 창녀라고 불렀다. 단지 천마공자의 총애를 받는다는 이유로. 자신들의 훼절은 천하를 위한 희생이지만 천마공자 개인의 욕구를 충족시켜 주는 것은 창녀질이라고 비난했다.

남궁운해는 항변하지 않았다. 그저 묵묵히 사람들의 비난을 감내하며, 혹은 무시하며 천마궁의 저력을 파악하고 그 약점을 찾았다. 돌아온 것은 절망감뿐이었다.

천하에서 긁어모은 영약을 먹고, 마도와 정도의 거의 모든 비급을 섭렵하며 단련된 일천 마인들은 그 하나하나가 마교혈맹록에 등재된 고수들만큼 강했다. 대종사의 열여덟 제자들은 십팔마왕만큼이나 강하다고 자신하고 있었다. 그중에서도 천마공자는 믿을 수 없을 만큼 강했다.

그는 열여덟 제자 중에서도 나이로 치면 열 번째밖에 안 되는 자였다. 그런데도 나이 많은 사형들을 모두 꺾고 지배자가 되었다. 그의 나이 열일곱 살에 있었던 일이라고 했다. 그 후로 칠 년간 그는 실질적인 천마도의 지배자였다. 대종사가 그에게 모든 것을 맡기고 여행을 떠나 버릴 정도였다. 총단에서 전해지는 모든 보고를 받고 지시를 내리는 일도 그가 했다. 사람들은 대종사가 천하를 지배한다고 말하지만 실질적인 지배자는 바로 천마공자인 것이다. 그리고 이제 그는 얼굴을 드러내려고 했다. 삼 년 후 원단에 벌어질 마교대제전(魔敎大祭典), 즉 인정비무를 통해서였다.

남궁운해는 천마궁의 중간 장소로 안내받아 갔다. 언보보는 그 안이 어떤 세상인지도 모르고 남궁운해만 특별 대우를 받는 것을 질시하면서 돌아갔을 것이다. 폭풍우가 밀려오기 직전인데도 일천 마인들이 연무를 하고 있었다. 온갖 기괴한 마공에 정도의 무공으로 보완된 기기묘묘한 무공들이었다. 한쪽에서는 기둥에 묶인 사람들의 목을 자르며 보검을 시험하는 자가 있고, 또 어떤 자는 산 사람의 뱃속에 손을 박아 넣고 찢어발기고 있었다.

구석에 풀무와 화로를 가져다 놓고 검을 담금질하는 자가 있었다. 뜨겁게 달구어진 검을 빼내더니 옆에 묶여 있는 사람의 배에 그대로 꽂아 넣었다. 회색 연기가 피어올랐다. 처절한 비명이 살 타는 냄새와 함께 퍼졌다. 그는 그대로 검을 꽂아두고 있다가 식었다고 판단한 뒤에야 빼내었다. 그리고 다시 불에 집어넣어 달구었다. 산 사람의 배에 검을 꽂아 그 체온으로 식히는 것인데, 페르시아에서 그런 방식으로 담금질한다는 이야기를 듣고 시험해 보고 있는 것이다. 시체가 치워지고 새로운 사람이 끌려왔다. 그렇게 죽는 모습을 보면 지레 겁먹고 죽어 버리기 때문이었다.

남궁운해는 그 지옥도를 보면서도 무표정하게 걸어서 천마궁의 세 번째 구역으로 들어갔다. 일천 마인들조차도 허락없이는 들어가지 못하는 장소였다. 대리석 기둥과 옥으로 깎아 만든 기와, 금은으로 장식된 화려한 전각들이 늘어서 있는 곳, 그중에도 가장 화려한 곳이 천마공자의 궁전이었다.

긴 복도를 지나 대전의 문을 열자 안에서 육욕의 뜨거운 열기가 흘러나왔다. 대전 안에는 화려한 침상이 몇 개나 놓여 있고 호랑이 가죽이 바닥을 덮었다. 그 위에서 십여 명의 남자와 그보다 훨씬 많은 수의 여자들이 뒹굴며 정사를 벌이고 있었다.

남궁운해는 무감동한 눈으로 그 광경을 일별하고 대청 한쪽으로 걸어갔다. 거기 두 명의 사내와 한 명의 여자가 의자에 앉아 있었다. 정확하게 말하자면 두 명의 사내만 의자에 제대로 앉아 있고 여자는 그 중 한 사내의 위에 걸터앉아 있었다. 벌거벗고 사내를 걸터앉아 사내의 남근을 자기 속에 넣은 채 풍만한 엉덩이를 움직이며 신음하는 이 여자가 북해빙백종의 종사인 빙후 악산산의 질녀로 여기 인질로 보내진, 그래서 대종사의 일곱째 제자가 된 유소빙(劉少冰)이었다.

그녀와 정사를 벌이면서도 무덤덤한 표정으로 옆 사람과 대화를 나누는 대머리의 건장한 청년이 미륵환희종에서 보내온 인질이자 대종사의 첫째 제자인 양정(養精)이었다. 원래 이름은 따로 있지만 스스로 양정, 즉 정(精)을 기른다는 뜻의 법명을 지어 부르는 미륵환희종의 화상이었다.

그리고 마지막 사내, 수려한 외모를 지녔지만 어쩐지 선이 굵어 사내다움이 돋보이는 이십 대 청년이 천마공자였다.

천마공자, 이화태양종 종사인 제강산의 아들, 제천강(齊天罡)이 남궁운해를 보고 손짓했다. 그리고는 옆 자리를 권했다. 남궁운해는 거기 조용히 앉았다. 제천강이 말했다.

"양정 사형이 오늘 재미있는 여흥을 준비했다오. 같이 보고 즐기고자 해서 불렀소."

남궁운해는 고개를 끄덕였다.

"고맙군요."

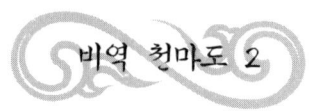

바역 천마도 2

양정이 남궁운해에게 미소를 지었다. 그는 항상 미소 짓지만 그게 좋은 인상을 만든 적은 한 번도 없었다. 반투명한 한 꺼풀 껍질 안에는 싸늘한 얼굴이 있어서 그게 그대로 드러나는 듯한 묘한 느낌을 받게 만들기 때문이었다. 그의 미소는 단지 습관일 뿐인 듯했고, 그 마음이 그대로 드러나는 것 같았다.

양정이 말했다.

"미륵환희불공(彌勒歡喜佛功)의 아흔두 번째 구결에 대한 새로운 깨달음이 있었지. 이 부처님께서 직접 시범을 보여줄까 하네."

그의 목을 끌어안고 있던 유소빙이 코맹맹이 소리로 물었다.

"누구한테? 나한테 해줄 거죠?"

양정이 웃었다.

"좀 아플 텐데."

유소빙이 코웃음을 쳤다.

"아프기만 한 게 아니겠죠. 안 할래요. 아직 죽기는 싫으니까."

그녀는 그의 몸 위에서 내려와 자기 의자에 앉았다. 그녀는 언제 정사를 나누었는가 싶도록 싸늘하게 식어 있었다. 한기가 감도는 얼굴이었다. 그게 그녀 본연의 모습이었다. 항상 음란한 짓을 하고 있었지만 빙궁의 무공은 이미 극한으로 익힌 그녀였다. 마음만 먹으면 순식간에 이 대전 안을 얼려 버릴 수도 있었다.

빙궁의 여자들이 빙백한공(氷魄寒功)이라 부르는 빙궁 고유의 무공을 대성하기 위해서는 순음지기(純陰之氣)를 간직하고 있어야 한다고 했다. 그러기 위해서는 처녀를 지켜야 한다. 여자들에게 있어서는 일종의 동자공인 셈이었다. 그런데 유소빙은 마음대로 정사를 벌였다. 양정하고만이 아니라 열여덟 제자 중 내키는 아무하고나, 그녀는 상대를 가리지 않았다. 그건 이미 예전에 빙백한공을 대성하고 마음대로 노는 것이거나 아니면 처녀를 지키지 않고도 빙백한공을 대성하는 방법을 만들었거나 둘 중 하나일 것이다.

남궁운해는 그 두 가지 가능성이 다 있다고 생각했다. 어느 쪽이건 무서운 일이었다. 아직 서른도 안 된 그녀가 빙백한공을 예전에 대성했다면 그녀는 엄청난 재질을 지녔을 것이다. 그것도 무섭지만 그보다 후자가 더욱 무서웠다. 어떤 신공이든 대성하기 위해서는 각각의 무공에 따르는 여러 가지 제약이 있기 마련이고, 그게 난관이 되어 어중이떠중이가 다 신공을 익혀 고수가 되는 것을 막는 요소가 된다. 그런데 그 제약이 파괴되었다면 자격이 안 되는 많은 사람들이, 예컨대 중궁의 일천 마인들도 마음대로 배울 수 있게 될지도 모르는 것이다. 절정마공을 익힌 수많은 마인들이 중원에 들끓게 되는 최악의 상황이 가능했다.

양정이 자리에서 일어났다. 그는 건장한 체구에 발기한 남근을 가리지도 않고 대전 중앙으로 걸어갔다. 거기에서 정사를 벌이던 사람들이 동작을 멈추고 자리를 비켜주었다. 남자들은 전원, 여자들 중에도 몇몇은 대종사의 제자들이었다. 그들에게 있어서 양정은 대사형이 되는 것이니 대우를 해주는 것이었다. 그가 이제 무얼 하려고 하는지도 관심의 대상이 되었다.

그렇게 자리를 비켜준 후에도 계속 정사를 나누고 있는 남녀 한 쌍을 가리키며 양정이 말했다.

"미륵환희불공은 이렇게 방사를 통해서 정을 교류하고, 그럼으로써 채음보양, 혹은 채양보음을 하는 신공이라는 건 다들 알고 있겠지. 아홉째야, 한번 제대로 해보려무나."

지목된 그 사람, 여전히 정사를 벌이고 있던 음침한 인상의 청년이 히죽 웃고는 동작을 달리했다. 그는 위에 올려두고 있던 여자를 대청 바닥에 눕히고 그 위에 올라가는 정상적인 자세를 취했다. 도가 방중술에서는 봉황무(鳳凰舞)라고 부르는 체위였다.

사내가 낮게 중얼거렸다.

"옴 아 후 사바하, 옴 아 후 사바하."

금강주(金剛呪)라고 하는 밀교(密敎)의 진언이었다. 라마승들도 외우고 다니는 것인데, 지금 사내의 금강주가 특이한 것은 들이마시고 내쉬는 호흡을 그 주문에 맞추고 있다는 점이었다. 뿐만 아니라 여자의 안에 들어가고 나오는 동작 또한 주문에 맞춘 것이었다. '옴' 이라고 하면서 숨을 내쉬고, 이때 강하게 여자의 안으로 돌진한다. '아' 라고 하면서, 실제로는 '하' 에 가까운 발음을 하면서 숨을 들이마시며 조용히,

천천히 여자의 안에서 나온다. '후' 주문에 맞춰 이번엔 빨리 들어갔다가 나오고, '사바하' 주문으로 잠시 쉰다. 그리고 다시 '옴'을 시작으로 전체 과정을 반복하는 것이다.

대전에 낮은 주문이 길게 퍼져 나갔다. 그 단순하고 짧은 주문들이 반복되어 나중엔 소리가 구분되지 않고 그저 높낮이만 달라지면서 끝없이 이어지는 소리로 들렸다. 모두가 조용히 있는 가운데 여자의 거친 호흡과 사내의 낮은 주문이 반향을 일으키며 대전에 감돌았다. 양정은 가만히 바라보고 있다가 여자가 뜨거워져서 음기를 뿜어내고 사내가 그것을 흡수하는 것에 맞추어 주문을 외웠다.

"옴 아마 타 타카 훔 파!"

그것을 신호로 여자가 경련을 일으키다가 늘어졌다. 사내는 아무렇지도 않은 듯 몸을 떼고 일어났다. 양정이 그에게 말했다.

"한 번 더 할 수 있겠지? 이번엔 도가 쪽으로 해보아라."

사내가 말했다.

"한 번 아니라 몇 번이라도 더 할 수 있죠. 이번엔 누구하고 할까?"

그가 대전의 여자들을 둘러보았다. 그 시선이 남궁운해에게도 잠깐 머물렀다가 지나갔다. 사내는 누워 있던 여자 하나를 지목했다.

"이리 와라."

여자가 웃으며 그에게 다가와 가부좌를 틀고 앉았다. 사내가 그녀의 정면에 역시 가부좌를 하고 앉았다. 두 사람은 위아래 이를 맞부딪쳐 딱딱 소리를 일곱 번 내고 함께 주문을 외웠다.

"백원금정(白元金精), 중앙황로군(中央黃老君), 황상태정(皇上太精), 무상태진(無上太眞), 상정현로(上精玄老)!"

사내가 하복부에 손을 대고 강하게 압박한 다음 위로 천천히 손을 움직이며 쓸었다. 마치 무언가 뱃속에 담긴 것을 옮겨가는 듯한 동작이었다. 그렇게 가슴과 목을 거쳐서 얼굴에까지 손을 움직인 사내가 잠시 뺨을 비볐다. 같은 동작을 세 번 반복하는 동안 여자도 묘한 동작을 했다.

그녀는 사내와는 반대로 어깨부터 시작해서 젖가슴을 손으로 압박하더니 아랫배에 무언가를 쓸어 담는 듯한 동작을 세 번 반복했다. 그러고 나서 가부좌를 한 채 앞으로 엎드렸다. 자연 그녀의 엉덩이가 하늘로 들렸다. 사내는 일어나 여자의 뒤로 돌아가더니 뒤에서부터 그녀에게 진입했다.

구경하던 한 사내가 노래하듯 읊었다.

"사내는 환원(還元)하고 여자는 화진(化眞)하여 방사를 시작하되, 여자는 엎드려 허리를 버티고 남자는 무릎을 높인다. 옥경은 상하로 오고 가며 좌우로 문지르고 찧는다. 양봉이 직입하여 해후하며, 음간은 금굉을 지나 비스듬히 충동하여 낮고 깊게 곡실을 닦는다. 위로 긁으며 아래를 찌르고, 옆으로 틀며 곁으로 문지르고, 따뜻하고, 미끄럽고, 기름으로 불 밝힌 듯한다. 혹은 급하게 빼고, 혹은 천천히 굴린다. 얕은 삽입은 갓난아기가 젖을 문 것처럼, 깊게 찌른 것은 겨울 뱀이 굴속에 들어간 것처럼. 혀는 입으로 들어가고 옥경은 그 마음을 찌른다."

사내는 도사처럼 정수리에서 머리를 모아 감고 나무 비녀를 찔러 넣은 속발(束髮)을 하고 있었는데, 하하 웃더니 말했다.

"아홉째, 빨리 해라. 매일 보던 짓을 또 보니 지겹구나. 대사형이 무얼 보여주려는지 궁금하지도 않으냐?"

정사를 하던 사내가 그에게 투덜거렸다.

"셋째 사형이 가르쳐 준 걸 그대로 하고 있는데, 참견도 모자라 이젠 재촉입니까. 알았습니다. 얼른 끝내지요."

속발을 한 사내가 좌우의 여자들에게 말했다.

"얼른 끝내게 도와주거라."

네 명의 여자가 정사를 벌이는 두 사람에게 다가갔다. 둘은 여자의 엉덩이를 좌우에서 잡아주고, 하나는 사내의 등을 밀었다 받았다 하며 보좌했다. 마지막 하나는 정사하는 여자와 입을 맞추었다가 사내에게 가서 다시 입을 맞추는 것을 반복하는데, 침을 받아 옮겨주는 것이었다.

정사가 끝났다. 이번에는 둘 다 절정에 도달했는데 여자도 남자도 기운이 팔팔하게 남아 있었다.

양정이 말했다.

"이게 밀교와 도가의 전통적인 방중술이지. 시간도 오래 걸리고, 한 번에 다 정기를 흡수하지도 못하는 낡은 방법이라고나 할까. 이걸 이번에 획기적으로 간단하고 쉽게 만들었단다. 단번에 정기를 흡수해 버리지. 어디 누가 시험해 볼 테냐."

여자들이 잠시 망설이는 듯했다. 한 여자가 조심스럽게 물었다.

"정기를 흡수당한 여자는 어떻게 되나요?"

양정이 간단하게 대답했다.

"물론 죽지."

여자들의 낯빛이 새파랗게 질렸다. 양정이 질문했던 여자를 손가락으로 가리키며 말했다.

"어디 네가 한번 해볼 테냐?"

여자가 무릎걸음으로 물러났다. 그녀는 바닥에 엎드려 절하고 빌었다.

"제발 용서해 주세요."

양정이 미소 지었다.

"내 기억으론 아마 네가 항산파(恒山派) 여승 출신이지? 불문에 몸을 던져 삶과 죽음이 여일(如一)하다는 걸 깨달았을 법한 아이가 어찌 죽음을 두려워하느냐?"

여자가 말했다.

"소녀는 어려서 출가한 데다가 일곱 살이 되었을 때 절은 무너지고 사부와 함께 여기로 끌려와 제대로 불법을 배우지 못하였어요. 삶과 죽음이 여일하다는 도리 같은 건 배우지도 못하였고, 믿지도 않사옵니다."

양정이 주변을 둘러보며 말했다.

"보아라. 자기가 죽을 걸 뻔히 알면서 몸을 맡길 사람은 없지. 하물며 정사를 즐길 수 있겠느냐."

그는 대전 밖을 향해 소리 질렀다.

"준비한 걸 가져오너라!"

대전 문이 열리고 무사 한 명이 여자를 밀어 넣었다. 무사가 말했다.

"죄송하지만 소인이 간혹 데리고 놀던 여자입니다. 급히 분부하셔서 마침 놀러 온 이 여자를 데려왔습니다."

양정이 고개를 끄덕였다.

"상관없다."

문이 닫혔다. 남궁운해의 무표정하던 눈빛이 잠깐 이채를 띠었다. 들어온 여자는 언보보였다.

양정이 말했다.

"마을에서 아무나 하나 잡아오라고 했더니 제법 괜찮은 물건을 주워

왔군."

언보보는 호기심 가득한 눈으로 대전 안을 둘러보았다. 그녀의 눈빛이 점점 경악으로 물들어갔다.

양정이 그녀를 향해 다가오라고 손짓했다. 그러나 그녀는 다가오지 않았다. 양정이 미소 지었다.

"마을의 멍청이들은 보통 이렇게 반응하겠지. 강호의 일반 여자들도 이럴 거라는 예를 보여주기 위해 데려오도록 했네. 죽는 걸 모르더라도 쉽게 몸을 맡기지는 않는다는 것이지. 이럴 경우 유혹을 하고 치마끈을 풀게 하고 정사를 하고 흡정하고…… 아주 귀찮은 일이겠지. 그럴 때 이런 방법이 있다는 거야."

양정이 언보보를 향해 손을 뻗었다가 당겼다. 언보보가 비명을 지르며 대전을 미끄러져 양정의 손에 잡혔다. 양정이 한 손으로 언보보의 턱을 움켜쥐고 다른 손으로 그녀의 치마를 찢어발겼다. 그리고는 드러난 언보보의 음부에 손을 찔러 넣었다. 피가 터져 나왔다. 끔찍한 비명이 대전 안을 메웠다.

양정이 주문을 외웠다.

"옴 야마 타 타카 훔 파!"

남궁운해가 보는 앞에서 언보보는 시든 야채처럼 말라 죽어갔다. 양정은 그녀의 시체를 구석에 던져 버리고는 말했다.

"어때, 간단하지?"

그는 다시 항산파 비구니였다는 여자에게 손을 내밀었다. 그는 미소 지으며 말했다.

"운이 나빴거니 생각해라. 거부당하는 일엔 익숙지 않아서 말이지."

그는 이번에는 여자의 입에 손을 찔러 넣고 주문을 외웠다. 그녀 역시 말라 죽어갔다.

　제천강이 박수를 쳤다.

　"훌륭한 솜씨입니다, 사형."

　그는 남궁운해에게 고개를 돌리고 말했다.

　"시비가 없어졌구려. 하나 새로 대주겠소."

　남궁운해는 끝까지 눈을 감지 않고 견뎌내었다. 그러나 입을 벌려 대답할 정도로 의지가 강하지는 않았다. 그녀는 거부하지도 못하고 말없이 고개를 끄덕였다.

　제천강이 말했다.

　"회의를 합시다. 자리를 옮기지요."

비역 천마도 3

열여덟 제자들이 대충 옷을 걸쳐 입으며 대전을 나갔다. 그들은 복도를 걸어가면서 와자하니 떠들었다. 양정의 지시에 따라 방중술을 시범 보였던 사내는 귀문탈백종 출신의 형아민(邢雅岷)이라는 자였는데, 양정의 뒤로 바짝 따라붙어 걸으면서 말했다.

"대사형의 신공은 참으로 놀랍습니다. 그렇게 간단한 방법으로 시간도 안 들이고 정기를 빨아들일 수 있다면 앞으로는 쉽고 빠르게 막대한 내공을 쌓는 게 가능하지 않겠습니까? 보이는 대로 정기를 빨아들이면 되니까요."

양정이 고개를 저었다.

"네가 검법에만 치중해서 내공 분야에 대해서는 잘 모르는구나. 문외한이나 다름없는 소리를 지껄이다니. 정기가 곧 내공은 아니고, 내공으로 바뀐다고 해서 무한대로 흡수할 수 있는 것도 아니다. 여자의 음기, 남자의 양기, 사람의 생기와 정기는 단지 기운일 뿐이지. 몸을 보하고 그중 일부는 내공으로 바꿔 쌓을 수는 있겠지만 당연히 전환의 과정이 필요한 것이니라."

명색뿐이긴 하지만 양정은 어쨌든 화상이고, 화상은 말하기를 좋아하는 법이다. 게다가 대사형으로 사제들을 가르치다 보니 말만 시작하면 설교가 되었다. 지금도 그래서 그는 내공에 대한 강론을 하기 시작했다.

"내공을 쌓는다는 건 그걸 담을 그릇을 만드는 것과 병행하게 되고, 또 그래야만 하는 것이야. 이만큼의 내공을 담으려면 그만한 크기의 그릇이 있어야겠지. 그릇은 곧 사람이니 먼저 그만한 사람이 되어야 한다는 것이다. 그가 감당하지 못할 내공과 기를 퍼부어 담으면 말 그대로 감당하지 못해 폭주해서 망가지고 말겠지."

유소빙이 참견했다.

"그럼 아무리 간단하게 채양하고 채음하는 법을 익혔다 해도 쓸모없다는 뜻이잖아요. 감당할 수 있는 만큼만 흡수하고, 그걸 또 내공으로 전환해야 하고."

양정이 혀를 찼다.

"간단하게 채양하고 채음하는 법이라는 건 말 그대로 채양, 채음의 방법이 쉬워졌다는 것이지. 그게 왜 의미가 없느냐. 운기하고 폐관하며 수련하는 방법보다야 채양, 채음으로 정기를 흡수하여 내공을 쌓는 게 몇십, 몇백 배나 빠른 법이니, 그게 간단해졌다는 건 결코 작은 일이 아니니라."

앞서서 걸어가던 제천강이 한마디 했다.

"머리를 쓰기 따라서는 여러 가지로 응용이 가능하겠지요. 가령 적과 싸우다가 진기가 고갈되었을 때 잠깐만 숨을 돌릴 수 있다면 바로 진기를 보충하는 게 가능하지 않겠습니까. 가까운 곳에 있는 사람을 통해서요."
 양정을 비롯한 사람들은 그게 무슨 뜻인지 처음엔 잘 알아듣지 못했다. 잠시 어리둥절해서 반응을 보이지 않다가 제일 먼저 깨달은 양정이 손뼉을 쳤다.
 "아하, 그런 방법이 다 있었군. 사제의 생각이 참으로 기발하구나!"
 유소빙의 안색이 흐려졌다.
 "대사형이 싸울 땐 되도록 가까이 있지 말아야겠군요."
 형아민은 아직도 이해하지 못하고 유소빙에게 물었다.
 "대체 무슨 소리들을 하고 있는 겁니까?"
 유소빙이 대답했다.
 "잘 모르겠으면 나하고 붙어 다녀."
 그녀는 양정에게 말했다.
 "대사형, 제게도 그 신공을 전수해 주실 거죠?"
 양정이 고개를 끄덕였다.
 "물론이지."
 그는 한마디 덧붙였다.
 "아민에게는 절대 안 가르쳐 줄 테니 마음대로 써먹어라. 하하."
 남궁운해는 제천강의 옆에서 묵묵히 걷고 있었다. 대종사의 이 열여덟 제자는 정말 악독하기 짝이 없어서 농담처럼 말하고는 있지만 실제로 그런 상황이 되면 주저없이 옆 사람을, 비록 그것이 사형제라고 해도 희생시킬 것이다. 그들의 친인인 마교 십팔마왕에 못지않은 마왕이 이들이었다. 아니, 애초에 이 소마왕들은 그 십팔마왕의 후예들이니 아버지를, 혹은 어머니를 닮아서 그런지도 모른다.
 그녀는 제천강을 생각했다. 화염도 제강산에 비하면 선이 약간 가늘어 보이는 느낌인데, 그건 아마도 어머니의 영향일 것이다. 그의 어머니라면 마교통일대전의 막바지에 죽었다는 천왕문의 여장문인 출신이 아니었던가. 멸문하긴 했지만 한때 강호에 군림하던 정도 명문의 후예를 어머니로 둔 제천강이 왜 이렇게 악독한 것일까. 제강산 역시 마왕이라는 소리를 듣긴 하지만 그래도 마도 중의 군자라 할 만하다는 세인의 평가를 듣던 사람이 아니었던가.

그래서 더 그런지도 모른다. 재질이 뛰어난 사람이 나쁜 쪽으로 물들면 정말로 위험한 인물이 된다는 것을 제천강이 똑똑히 증명해 주고 있는 것이다. 대종사는 대체 왜 이들을 이렇게 키웠을까. 그에게 위험한 존재가 될지도 모르는 십팔마왕의 후예들을 왜 이다지도 강하게, 악독하게 키웠을까. 자기는 이들을 확실히 통제할 수 있다는 확신이 있었을까. 그녀는 대종사를 만나 물어보고 싶었다. 하지만 대종사가 어디 있는지도 모르는 지금 그건 꿈일 뿐이었다.

남궁운해에겐 당장 궁금한 것, 그리고 당장 대답이 돌아올 수도 있는 의문이 하나 더 있었다. 그녀는 회의장에 들어서면서 제천강에게 물었다.

"언보보의 죽음은 어떻게 해결하실 건가요?"

제천강이 대답했다.

"시비를 새로 하나 구해준다고 하지 않았소."

"그게 아니라 언보보의 부모에게 무어라고 말할 건가를 묻는 거예요. 그냥 숨겨 버리고 말 건가요? 그들이 찾으면 뭐라고 대답하죠?"

"그들은 안 찾을 거요."

확신에 넘친 제천강의 대답에 남궁운해는 말문이 막혀 버렸다. 그러나 애써 입을 열었다.

"당신들은 정종 사람들을 너무 무시하고 있어요. 그들이 날 창녀라고 부르며 욕하는 걸 아나요? 난 그게 차라리 기뻤어요. 아무 생각도 없이 당신들에게 협조하며 하루하루를 살아가는 것 같지만 나를, 당신의 약혼녀를 창녀라고 부른다는 건 그들에게도 분노가 있다는 뜻일 테니까요. 언젠가 그 분노가 터질지도 모르죠."

제천강이 그녀를 쳐다보더니 빙그레 미소 지었다. 그 미소는 점차 더욱 짙어지고 곧 홍소로 변했다. 회의장에 들어와 남궁운해의 말을 들었던 열일곱 제자들이 함께 웃었다. 곧 회의장은 웃음소리로 들썩거렸다. 남궁운해만 홀로 영문을 몰라서, 심한 모멸감을 느끼며 딱딱하게 굳은 표정으로 서 있었다.

제천강이 손을 흔들며 웃음을 그쳤다. 그가 말했다.

"아무리 정종 출신이지만 오랜 도피 생활을 통해서 견식을 좀 쌓은 줄 알았지. 당신도 그러고 보면 꽤나 멍청한 구석이 있군."

그는 미소를 지우지 않고 말했다.

"정종 사람들이 당신에게 말한 그대로를 아직도 믿고 있단 말인가? 그들이 여기, 내궁에까지 들어와 보지 않았다고 생각하는 거요? 그들이 여기서 어떤 일이 벌어지고 있는지 까맣게 모르고 있다고? 천만의 말씀. 그들은 모두, 적어도 비중이 있는 인물들은 모두 여기 끌려와서 볼 것 다 보고 당할 것 다 당하고 반폐인이 되어 끌려 나갔소. 그러니 얌전히 살고 있는 것이지. 평화롭게? 천만에. 두려움에 떨면서."

남궁운해의 입이 벌어졌다. 이빨이 딱딱 소리를 내며 부딪쳤다. 어떤 말도 나오지 않았다.

제천강이 말했다.

"그들은 언제 죽을지 몰라서 하루하루 공포에 잠겨 살아가고 있소. 닭 같은 신세지. 매일 아침 주인이 모이를 주러 나오면 그걸 받아먹기 위해 모이는 거요. 하지만 어느 날 아침, 주인은 모이를 주는 대신 목을 비틀어 뜨거운 물에 던져 버리지. 그게 그들의 운명이오. 그 운명이 두렵고 싫어서 당신을 부러워하고 질시하는 거요. 당신에겐 최소한 살 길이라도 남아 있으니까. 더구나 자존심도 꺾지 않고 당당하게."

제천강이 다시 웃었다.

"언보보가 아까 어떻게 끌려왔는지 못 들었소? 그녀는 그런 정종 인물들에게서 키워졌소. 우릴 미워한다고? 천만의 말씀. 그녀도 할 수만 있다면 우리 중 누구에게 몸을 바치고 싶었을 거요. 그게 안 되니 그냥 무사들에게라도 몸을 맡겼지. 왜? 우리를 동경하기 때문이겠지. 하지만 그녀의 운명 또한 닭에서 벗어날 수 없었소."

남궁운해가 조용히 물었다.

"난 뭐죠? 나 또한 닭인가요?"

제천강이 미소 지으며 말했다.

"당신은 봉황이오. 나와 혼인하면 그렇게 되겠지. 하지만 난 물론 암탉을 마누라로 삼고는 봉황이라고 추켜세우진 않소. 당신은 스스로 봉황임을 증명해 보여야 할 거요."

그는 회의장 중앙에 놓인 탁자를 가리켰다. 거기에는 넓은 도면이 수백 장 쌓여 있었다.

"오늘은 저것 때문에 부른 거요. 가서 살펴보시오."

혼란스러운 마음으로 탁자에 다가가 도면을 살펴보던 남궁운해가 흠칫 놀라 말했다.

"남문(南門)에서 종루까지 진입로만 이십 리, 네 귀퉁이의 종루를 세우고 그걸 연결하는 벽의 둘레가 육십 리, 중원에 이렇게 넓고 거창한 건물은 하나밖에 없어요. 자금성(紫禁城)!"

제천강이 고개를 끄덕였다.

"잘 봤소. 당신이 생각하는 바로 거기요. 거기가 마교대제전의 장이 될 거요."

남궁운해가 물었다.

"황제와 그 신하들은 어떻게 하고?"

제천강이 간단하게 대답했다.

"전부 죽여 버리거나 인근 별궁에 옮겨 버리면 되지 않겠소."

남궁운해는 더 이상 말하지 않았다. 이런 식으로 한다면 뭐는 가능하지 않을 것인가. 그런데 대체 그녀를 왜 불렀을까.

제천강이 그녀에게 말했다.

"도면을 연구해 보시오. 자금성의 전체와 부분, 전각 하나하나까지 모두 그려져 있소. 당신의 임무는 그곳 전체를 하나의 진식으로 만드는 거요. 기관을 설치하고, 여기 일천 마군을 요소요소에 배치해서 거기 갇힌 사람들을 하나도 남김없이 제압할 수 있는 기문진식을 만들어주기 바라오. 필요하면 나와 우리 사형제들도 진식의 일부로 배치해도 좋소."

남궁운해가 고개를 갸웃거렸다.

"왜 내가 협조해 줄 걸로 생각하는 거죠? 지금까지도 협조하지 않았는데. 내가 기문진식을 만들어준다는 건 결국 남궁세가의 모든 것을 알려주는 것이나 다름없어요. 난 안 하겠어요."

제천강은 희미하게 미소 지었다. 제천강이 손가락을 까닥여 남궁운해를 불렀다. 그녀가 다가가자 그는 천천히 그녀의 치마를 걷어 올렸다. 남궁운해는 본능적으로 몸을 피하려 하다가 이것 또한 마땅히 견뎌야 할 고문의 일부라 생각하고 피하지 않았다. 제천강의 손가락이 그녀의 은밀한 부분을 더듬고 들어왔다. 그녀는 여전히 피하지 않았다. 하지만 허벅지를 오므리게 되는 것은 그녀로서도 어쩔 수 없는 본능적 반응이었다.

제천강의 손가락이 단단히 닫힌 허벅지 사이로 파고들었다. 거칠고 무례하고 추호의 망설임도 없는 행위였다. 남궁운해의 허벅지가 상처 입고 고통을 호소했다. 제천강의 손가락은 그녀의 허벅지를 강제로 열고 음부로 파고들었다. 거칠게, 무례하게, 추호의 망설임도 없이.

남궁운해가 짧게 신음했다. 고통스러워서였다. 제천강의 손가락이 그녀의 안을 마구 헤집고 있었다. 그러다가 시작했던 것과 마찬가지로 갑자기 손가락을 빼내었다. 그는 피로 물든 손가락을 들어 싱긋 웃더니 유소빙이 내미는 흰 천을 받아 그 피를 닦았다. 그가 말했다.

"신혼 첫날밤을 겪었다고 생각하시오."

남궁운해가 입술을 깨물며 극도의 모멸감으로 경련하며 말했다.

"당신은 손가락으로 모든 일을 처리하나요?"

제천강은 화내지 않았다. 대신 그는 갑자기 허리띠를 풀고 바지를 내렸다. 남궁운해는 외면하려다가 충격적인 장면을 보고 짧은 비명을 질렀다. 제천강의 남근이 있어야 할 자리는 큰 상처 자국만이 남아 있을 뿐 아무것도 없었다.

제천강이 말했다.

"그 문제에 있어서만은 손가락을 사용할 수밖에 없었다는 것을 이해시키기 위해서 보여주는 거요. 그리고 또 한 가지 이유가 있지."

그는 자랑스럽게 웃었다.

"이건 대종사를 죽일 때 입은 상처요. 하필 여기라는 게 좀 아깝긴 하지만 충분히 자랑스러워할 만한 상처지."

그를 제외한 열일곱 제자들이 박수를 쳤다. 진지하게, 존경하는 눈빛으로.

제천강이 바지를 다시 입고는 말했다.

"대종사는 죽었소. 비 오던 어느 날 밤 내 손에 죽었지. 정종의 모든 사람들도 죽었소. 자존심이 먼저 죽었고, 그 다음엔 마음이 죽었소. 조만간 우리가 천하를 접수하기 위해 이곳을 떠나는 날 그들은 모두 자기의 머리를 제물로 바치게 될 거요. 당신에게 희망은 남아 있지 않소. 나를 인정하고 내게 협조하는 것만이 당신의 유일한 선택이고, 마땅히 가야 할 길이오. 그 첫 번째가 그 도면이지."

그는 남궁운해의 뺨을 어루만지며 말했다.

"그건 내가 당신에게 주는 선물이기도 하오. 당신은 정종의 마지막 자존심으로서 당연히 마도천하를 만든 자들을 미워하겠지?"

남궁운해가 대답했다.

"갈아 마시고 싶을 만큼."

"갈아 마시게 해주리다."

제천강이 도면을 가리켰다.

"저기 가둘 게 바로 그들이니까 말이오."

그는 미소 지었다.

"알겠소? 마교대제전에 온 모든 마인들은 단 하나도 살아서 나가지 못할 거요. 낡은 피는 몰아서 쓸어버리고 새로운 피로 천하를 채울 때가 된 것이오."

열일곱 제자들이 다시 박수를 쳤다. 그 우렁찬 소리 속에서 남궁운해가 물었다.

"그게 당신들의 아버지고 어머니, 친인들일 텐데도?"

제천강이 단호하게 말했다.

"핏줄 따위는 의미없소. 새로운 마도천하에서도 중요한 건 힘과 의지뿐이오."

남궁운해가 고개를 끄덕였다.

"좋아요. 그들을 죽이는 일이라면 나도 협조하겠어요."

제천강이 미소 지으며 고개를 끄덕였다.

"내 요청에 조건을 다는 사람은 천하에 당신밖에 없을 거요. 앞으로도 당신밖에 없을 테고."

그는 한마디 덧붙였다.

"믿을진 모르지만, 난 당신을 사랑한다오."

긴 시간이 지나고 남궁운해가 천마궁을 나왔을 때, 천마도는 폭풍우에 휩싸여 있었다. 쉴 새 없이 번개가 치고 억수 같은 비가 내렸다. 남궁운해는 길가의 벽에 기대어서서 토하기 시작했다. 그날 먹은 모든 것과 창자에 남은 모든 것을 게워 버리고 싶다는 듯 오랫동안 토했다. 그리고 나서 그녀는 입을 닦고 언보보의 집으로, 과거 진주언가의 가주였던 그 아버지를 만나러 갔다. 언보보의 죽음을 전해 듣고도 그는 반응을 보이지 않았다. 남궁운해의 찌르는 듯한 시선을 피해 벽을 바라볼 뿐이었다.

남궁운해가 돌아서서 나오려 할 때 그는 중얼거렸다.

"어떻게 할 수 있겠나. 무얼 할 수 있겠나."

남궁운해는 멈추어 서서 그에게 말했다.

"당신들은 이미 죽은 사람들이에요, 마도의 손을 빌릴 필요도 없이."

그녀는 폭풍우가 몰아치는 거리로 나왔다.

제32장
풍운 무저갱

▌토끼를 잡으면 개는 필요없어지기 마련이다 특히 사나운 개라면 더욱 그렇지. 하지만 이제 다시 사냥감이 나타났으니 사나운 개의 힘이 필요한 거야. 그것도 아주 큰 사냥감이지

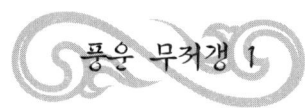

풍운 무저갱 1

무저갱의 저녁. 삭풍이 그치지 않고 불어오는 외진 공터에서 두 사람이 싸우고 있었다. 삭풍을 가르고 담오의 칼이 날아왔다. 여섯 자가 넘는 길고 육중한 칼이 버들가지처럼 가볍게 휘둘러지고 있었다.

손지백은 검을 뻗어 담오의 칼에 붙였다. 밀고, 미끄러뜨리고, 뗐다가 다시 쳐서 방향을 바꾸려 하는 방법들을 순간적으로 몇 가지나 사용해서야 간신히 담오의 칼을 비껴 나가게 할 수 있었다. 그는 서늘해지는 가슴을 달래며 반격을 가했다.

담오의 칼은 예전보다 훨씬 강력해졌다. 과거보다 한결 무겁고 파괴적인 힘을 발휘하고 있었다. 그러면서도 예전과는 달리 무궁한 변화의 묘까지 갖추고 있었다. 무영이 떠난 지 단 일 년 만에 그의 칼은 열 배나 강해졌다.

그러나 그에 맞서는 손지백 또한 강해졌다. 그는 화산제일검이라 불리던 예전의 무위를 완전히 회복하고, 오히려 그때보다 더 발전했다. 근 일 년간 무저갱 대당가들과 특히 사도 담오와 수백 번의 사투를 벌임으로써 가능했던 일이었다.

손지백의 검이 수백 송이의 매화꽃을 피워냈다. 꽃잎들이 눈보라처럼 허공을 뒤덮고 담오의 전신을 휘감았다. 그 하나하나가 치명적인 상처를 입힐 수 있는 예리한 검화(劍花)였다.

담오는 그 예리한 꽃잎에 둘러싸여 죽을 것 같았다. 새하얀 꽃잎 위에 붉은 피를 쏟아낼 것 같았다. 그러나 그는 표정의 변화도 없이 담담하게 칼을 휘둘러 화산 매화검의 꽃보라를 양단(兩斷)하고 그 틈으로 빠져나오며 손지백의 허리를 노리고 다시 칼을 휘둘렀다. 양 갈래로 땋은 머리가 허공에서 춤을 췄다.

손지백 역시 당황하지 않았다. 그는 앞서의 공격이 성공할 거라고 그리 기대하지 않은 것처럼 담오가 빠져나오자 바로 초식을 변화시켰다. 이번에는 삭풍이 휘몰아치는 듯한 매서운 초식이었다.

담오의 칼은 멈추지 않았다. 손지백의 검기가 일으키는 바람에 쓸려 살갗이 터져 피를 흘리면서도 애초의 공격 방향을 바꾸지도, 수비로 전환하지도 않았다. 그의 긴 칼이 그대로 손지백의 허리를 쓸어 베어 넘기고 지나갈 찰나에 손지백이 하는 수 없이 방어로 전환했다. 그는 검을 돌려 담오의 칼에 붙였다. 때리거나 밀지 않고 화산 검결(劍訣) 중 '점(粘)'의 구결을 사용하여 단지 붙이기만 했다.

손지백의 발이 허공에 한 치쯤 떴다. 그는 담오의 칼이 휘둘러지는 대로 밀려갔다. 그리고 칼이 그리는 원호가 담오에게서 가장 멀어졌다가 다시 가까워지는 그 순간 '탄(彈)'의 구결을 사용하여 칼에서 멀리 떨어져 나갔다. 힘으로는 도저히 담오를 제압할 수 없으니 정면으로 공격을 맞받지 않으려 하는 것이었다.

　담오는 그런 손지백을 놓아주지 않았다. 그는 칼을 정면으로 뻗고 손지백을 향해 달렸다. 손지백의 이마에 핏줄이 돋았다. 그는 검을 어깨 위로 치켜들어서 정면을 향하게 하고는 담오를 향해 마주 달렸다. 두 사람은 죽음을 각오한 듯한 정면 격돌을 벌이려 하고 있었다.

　길이에서 월등한 담오의 칼이 손지백의 가슴으로 박혀들려 하고 있었다. 손지백의 발이 미끄러지듯 사선으로 움직였다. 담오의 칼은 손지백의 옆구리로 미끄러져서 팔과 가슴 사이에 끼워졌다. 이제 손지백의 차례였다. 그는 어깨에 올렸던 검을 내뻗어 담오의 목을 노렸다.

　육중한 바윗덩어리가 두 사람 사이로 날아왔다. 피하지 않았다간 담오도, 손지백도 으깨어질 판이었다. 두 사람은 공격을 멈추고 황급히 떨어졌다. 바윗덩어리는 두 사람이 서 있던 바로 그 자리에 떨어졌다. 쇠사슬이 연결된 푸른 바윗덩어리였다.

　지금까지 두 사람의 싸움을 구경하다가 바위를 던진 종리매가 바위를 회수하며 화를 냈다.

　"너희들은 정말 언제나 철이 들 테냐! 비무를 했으면 비무로 끝내야지 매번 목숨 걸고 서로를 노리다니! 이게 몇 번째야!"

　손지백이 검을 검갑에 넣으며 투덜거렸다.

　"노인네가 번번이 참견이시오. 말리지 않았으면 이번엔 끝낼 수 있었는데."

　그렇게 말하는 손지백의 왼쪽 옆구리는 이미 피로 흥건히 젖어들고 있었다. 담오도 바보는 아니라 손지백이 칼을 끼는 순간 비틀어서 베어버리려 하고 있었던 것이다. 손지백이 담오의 목을 찌르는 순간 손지백 역시 가슴이 절반쯤은 잘려 나갔을 것이다.

담오는 허공에 칼을 한 번 떨쳐서 피를 떨어내더니 그 긴 장도(長刀)를 수납하려면 어쩔 수 없이 하게 되는 거창한 동작으로 도갑에 찔러 넣었다. 그리고는 손을 들어 머리를 쓸었다. 그런 그를 향해 종리매가 말했다.

"머리에만 신경 쓰지 말고 초식에도 신경을 써라! 넌 아직도 중요한 순간만 되면 힘으로 모든 걸 해결하려는 경향이 있어. 그게 너와 비슷한 수준의 상대에겐 통할지도 모르지만 한 단계 위의 사람에겐 전혀 통하지 않는단 말이다. 내공도 떨어지는 것이 건방지긴."

손지백은 하늘을 보고 달의 위치를 가늠하고는 두 사람에게 말했다.

"종리 노야, 늦게 거둔 제자는 나중에 시간 들여 가르치시고 그만 갑시다. 사람들이 기다리겠소."

담오가 종리매의 제자가 되었던 것이다.

담오는 무영이 무저갱을 떠난 후 조직을 재정비하고 부상을 치료하기 위해 한 달 쉰 다음 바로 다시 종리매에게 도전했다. 물론 또다시 처참한 패배를 맛보아야 했다. 그 뒤로 그는 두 번 더 똑같은 방식으로 도전했다가 꺾였다. 그때쯤 종리매가 그에게 제자로 들어올 것을 회유했고, 자존심 강하고 건방지기 짝이 없는 담오도 종리매의 앞에 무릎을 꿇었던 것이다.

종리매가 그를 제자로 삼은 것은 자신의 나이를 의식했기 때문이었다. 올해 그의 나이 아흔이었다. 아무리 무공의 고수로 노익장을 발휘하곤 있지만 사람은 언젠가는 죽는 것, 제자 하나 없이 생을 마감하기에는 세상에 남긴 미련이 너무 많았다. 그 자신이 죽을 때까지 다 못 이루고 가는 것을 믿을 만한 제자에게 맡기고 떠날 생각을 하게 되는 게 당연했다. 그 대상이 담오였다. 몇십 년 만에 만나보는 믿음직한 녀석이라고 생각한 것이다.

담오에게도 사부가 필요했다. 내가기공을 익힐 필요성이 절실했기 때문이었다. 당년에 마교가 정종을 능가하고 결국 천하를 정복한 것은 절정고수의 수뿐만이 아니라 그 아래 단계의 고수 수에 있어서 월등했기 때문이었다.

정종의 절정고수가 되기 위해서는 긴 세월 동안 고련을 해서 내공을 쌓아야 한다. 그러나 마공을 익히면 특정한 방법을 통해 단시간에 잠력을 끌어올리고 기공(奇功)을 발휘하는 게 가능하다. 정종무사가 십 년간 내공을 수련한 것과 같은 효과를 일 년 만에 보일 수도 있는 게 마공의 효과인 것이다. 대신 마공의 부작용이 만만치 않고, 그런 방식으로 절정에 도달한다는 것은 불가능에 가까워서 결국 마공의 고수가 되기 위해서도 자기들 나름의 내가기공이 필요하게 된다. 현재 마교 십팔마왕은 그걸 성취한 자들이고, 그 수하들 중의 마도고수 역시 그러했다.

그러나 담오와 같이 천부적인 신체 조건과 힘, 재능에도 불구하고 정종이나 마도의 내가기공을 익히지 못하고 편법이라 할 사도의 기공(奇功)을 익힌 사람은 초반엔 믿어지지 않을 정도로 빨리 강해지지만 어느 정도 선에서 진보가 멈춰 버리게 되는 것이다.

담오는 종리매에게 몇 번이나 패하면서 인정하기 싫어도 그 부분을, 자신의 한계를 인정해야 했고 굴복했다. 그와 같은 사람은 인정하고 굴복하기까지 대단히 어려운 과정을 거쳐야 하지만 대신 한번 인정하고 굴복하면 이번에는 그것이 신념이 되어서 좀처럼 변하지 않는 것이다. 한번 종리매의 제자가 되자 담오는 죽으라고 하면 달게 죽겠다고 할 정도로 충실한 제자가 되었고, 그런 담오를 종리매는 모든 걸 전해

주며 아껴주었다. 그게 이 안 어울리는 사제의 관계였다.
 자연 종리매와 붙어살다시피 하는 손지백도 담오와 교분을 나누는 사이가 되었는데, 그는 한 번 담오에게 밀린 적이 있었기 때문에 반드시 이기고 싶어하기도 했다. 비무라는 형식을 빌어 수없이 싸운 이유가 그것이었다.
 그가 원래의 실력을 되찾으며 강해지는 동안 담오도 종리매의 지도를 받아 진보하고 있었기 때문에 승부는 쉽게 가려지지 않았다. 그래서 두 사람의 비무는 할 때마다 과격해지고, 나중에는 생사를 가르는 지경까지 치달아가곤 했는데, 종리매가 없었다면 벌써 둘 중 하나, 혹은 둘 다 죽어버렸을지도 몰랐다.
 그렇게 강렬한 경쟁자로 여기면서, 때로는 미워하고 때로는 서로를 인정하면서 두 사람의 어색하고 묘한 교분이 깊어졌다. 특히 대당가로서 그들 둘은 두심오가 빠진 공백, 그리고 그 공백이 만들어지기까지 서로 입어야 했던 막대한 타격 때문에 힘을 합치지 않을 수 없었다. 둘이 힘을 합쳐야 다른 대당가들의 세력에 밀리지 않을 수 있었던 것이다.
 그렇게 세력을 재정비한 이후에도 그들은 멈추지 않았다. 이번에는 둘이 합쳐 다른 대당가들보다 월등해진 세력으로 그들은 모종의 일을 꾸미고 있었다. 그 책사는 홍진보였다. 오늘 그들이 만나야 할 바로 그 사람이었다.

풍운 무저갱 2

　종리매와 손지백, 담오는 취접루로 들어갔다. 이곳은 여전히 담오의 지배 하에 있었고 취접이 주인인 것도 여전했다. 그녀가 담오의 여인인 이상 취접루를 빼앗으려는 시도는 곧 담오를 죽이겠다는 것과 동일한 것이었다. 담오의 신념과 자존심은 여자에게도 해당되는 것이라 한 번 사랑한 여자는 죽을 때까지 흔들림없이 사랑해야 한다고 그는 믿고 있었고, 그대로 했다. 그의 사랑과 신념은 단순하기 때문에 순수했고, 순수하기 때문에 더욱 강했다.
　취접이 그들을 반갑게 맞아들여서 방으로 안내했다. 그들 세 사람에 맞추어 세 명의 여인이 들어왔다. 그들은 말없이 술과 안주를 들었다. 세 여인이 깔깔대고 재잘거리며 시끄럽게 굴었지만 그들은 참견하지도, 말리지도 않았다.
　취접이 들어왔다. 여인들이 일제히 일어나 인사를 하고 나갔다. 취접이 한쪽 벽에 걸린 등잔을 잡아당겼다. 벽이 반으로 갈라져 열리고 옆방이 나타났다. 거기 홍진보와 네 명의 사내가 앉아 있는 게 보였다.
홍진보가 일어나 인사했다.
"그동안 안녕하셨습니까, 종리 노야."
종리매가 손을 흔들었다.
"만난 지 얼마나 됐다고 안부를 묻고 그래."
홍진보가 웃었다.
"벌써 한 달은 됐지요."
손지백이 말했다.
"노인네야 하루 이틀도 모르는데 한 달이 지나면 안부가 궁금하긴 하지. 벌써 황천으로 떠나진 않았는지, 벽에 똥칠은 안 하는지……."
종리매가 소리 내어 웃었다. 그리고는 화난 표정으로 으르렁댔다.
"손 좀 봐주랴, 꼬마야."
담오가 짧게 말했다.
"말씀만 하신다면 제가."
손지백이 얼른 손을 흔들었다.
"농담입니다, 농담."
그는 담오를 향해 투덜댔다.
"하지만 자네가 말하면 농담같이 안 들려."
담오는 무표정했다. 손지백이 중얼거렸다.
"농담이 아니었군."
홍진보가 여전히 일어선 채 말했다.
"그만 노시고 인사부터 나누시죠. 이미 다들 아시는 분들이고, 둘씩 셋씩 만난 적도 있지만 이렇게 한자리에 모두 모인 건 처음이니까요."

종리매를 제외한 전원이 일어나 서로 공수하고 인사했다. 사도 담오, 주귀 손지백, 새선풍(賽旋風), 화두타(花頭陀), 철금마검(鐵琴魔劍) 공손번(公孫樊), 혈면염라(血面閻羅) 최주(崔柱), 그리고 홍진보였다. 의례적인 인사말은 오가지 않았다. 무수한 의미를 담은 눈빛이 있을 뿐이었다.

새선풍은 무저갱의 대당가 중 그 용모로 유명한 사람이었다. 전신이 검은 곤륜노였기 때문이었다. 그래서 별호도 새선풍, 수호전의 흑선풍 이규가 되살아났다는 뜻의 별호였다. 실제로는 흑선풍 이규에게 미안한 일이었다. 그는 검긴 했지만 곤륜노는 아니었으니까.

하지만 새선풍은 원래의 이름 대신 이 새선풍이라는 별호를 고집하고, 무기도 쌍도끼를 사용했다. 머나먼 파사 국에서 끌려온 노예의 후예로 온갖 고생을 하며 자라온 결과인 듯하다고 사람들은 말했다. 무공까지 익혀 더 이상 곤륜노라고 무시당하지는 않지만, 적어도 그를 아는 사람들로부터는 무시당하지 않지만 그래도 곤륜노가 아니라 한족이고 싶은 욕구가 남아 있는 모양이라고 말하기 좋아하는 사람들은 수군거렸다.

그게 사실이라면 그건 그의 누나인 흑풍과는 아주 다른 태도라 할 것이다. 그의 누나 흑풍 역시 노예일 때 사용하던 이름은 버렸지만 대신 자신의 검은 피부를 강조하는 별호를 사용했으니까.

새선풍이 유명한 또 하나의 이유가 흑풍의 동생이라는 것이었다. 당년에 흑풍이 종사에게 반기를 들고 떠날 때 그는 같이 떠나지 못했다. 그 바람에 체포되어 여기 무저갱으로 보내졌던 것이다.

화두타는 승려였다. 과거 정종의 소림사 출신이라고도 하고 오대파 출신이라고도 하는데 실상은 알 수 없었다. 원래 대머리인지 아니면 깎은 머리인지 몰라도 불빛에 반사될 정도로 맨들맨들한 머리통에 붉고 노란 꽃들을 새겨놓은 그 흉악한 모습을 보면 정종 출신이 아니라 원래부터 방문좌도 출신임이 분명하다는 말도 있었다.

사용하는 무기도 흉악해서 네모지고 커다란 식칼이었다. 거대한 덩치에 식칼을 잡고 휘두르는 모습은 보는 것만으로도 악몽을 꾸기에 충분하다는 소문이 있었다.

철금마검 공손번은 단아한 풍채를 지닌 중년의 사내였다. 적당한 길이의 수염을 멋지게 기른 중년의 미장부였는데, 마도천하가 되기 전에는 정사 중간의 성향으로 철로 만든 금(거문고)을 들고 강호를 유유자적 떠돌던 풍류남아였다.

그의 무기는 철금이었다. 지금도 그의 자리 옆에 기대어 세워져 있는 철금은 평소에는 장쾌한 음률을 보여주는 악기지만 싸울 때는 적의 머리를 부숴 버리는 흉기가 되곤 했다. 상대가 되는 자를 만나면 철금 속에 감추어져 있던 마검이 뽑혀 나오기도 했으니 철금은 검갑이기도 한 셈이었다.

혈면염라 최주는 술 취한 것처럼 붉은 얼굴의 육십 대 노인이었다. 그 역시 마도천하가 도래하기 전에는 강호에 제법 이름을 날리던 자였는데, 강남 쪽에서 작은 방회를 만들어 그 방주를 하기도 했었다. 이젠 무저갱의 죄수 신세인 것은 남들과 같았고, 여기 모인 다섯 대당가와 함께 대당가의 하나인 것도 마찬가지였다.

이렇게 네 명에 담오와 손지백까지 합쳐 무저갱 열두 대당가 중 여섯이 모인 것이다.

홍진보가 말했다.

"바로 안건에 들어가겠습니다. 한 가지 확실히 해둘 것은 우리가 이제 하려고 하는 것은 개혁이지 반역이 아니라는 것입니다. 이화태양종에 대한 반역도 아니고, 구자헌에 대한 반역도 아닙니다. 우리의 적은 그동안 수없이 설득했는데도 불구하고 노예들에 대한 처우를 개선하지 않는 나머지 여섯 대당가입니다. 그들은 여전히 노예를 죽도록 착취하고 죽으면 쓰레기처럼 던져 버리고 재수없었다고 말하고 잊는 사람들입니다. 그게 결국은 손해가 된다는 것을 모르고 지금까지처럼 계속 살 수 있다고 생각하는 자들입니다."

최주가 손을 들었다.

"그들이 잘못하고 있는 것은 잘 알고 있으니 그만 해도 좋겠소. 사실 나도 홍 형과 손 형의 설득이 아니었으면 그냥 그렇게 했겠지. 방회를 운영해 본 경험도 있는 사람으로서 이건 좀 아니라고 생각하긴 했지만 다들 그렇게 하고 있으니 어쩔 수 없다 여겼던 것이 부끄럽구려. 그들에 대한 욕은 우리 자신에 대한 욕도 되니 그만 해두고 어떻게 그들을 제압할까 의논해 봅시다."

화두타가 말했다.

"노예들의 처우에 대해서 빈승은 별 생각이 없소. 어차피 다들 죽는 것, 이렇게 죽으나 저렇게 죽으나 마찬가지리라. 빨리 죽는 게 극락에 빨리 가는 것도 되니 그 또한 좋은 일이지요. 나무아미타불."

합장 염불까지 하는 그를 새선풍이 못마땅하다는 듯 노려보았다.

"노예는 빨리 죽어도 된다는 거야, 젠장."

화두타는 그를 상관하지 않고 계속 말했다.

"빈승이 여러분에게 가담하기로 한 것은 구자헌에 대한 증오 때문이오. 빈승은 무저갱이 그를 중심으로 뭉쳐서 종사에게 반기를 들었을 때 가장 열심히 나서서 싸웠던 사람이외다. 그런데 그게 종사와 구자헌이 짜고 한 사기였다니 분노가 구름을 뚫을 지경이오."

새선풍이 고함을 질렀다.

"아까 이야기 못 들었어? 우리 적은 구자헌이 아니라 나머지 여섯 명이라고 했잖아! 지금 무슨 이야기 하는 거야!"

화두타는 여전히 침착하게 말했다.

"다음 목표에 대한 이야기외다. 빈승이 여기 참가한 이유를 말하는 것이고. 빈승은 이게 힘이 될 걸로 생각하고 참가했소. 다른 여섯 대당가들을 제압하고 나면 무저갱은 우리 지배 하에 들어오겠지요. 그 힘이면 구자헌의 친위대와 충분히 겨룰 수 있고, 압도할 수 있소. 그때 구자헌의 목을 따면 되는 거요."

그는 눈을 뒤룩거리며 다른 대당가들을 보았다. 그리고 홍진보에게 시선을 고정시키고 말했다.

"이 계획대로 하지 않겠다면 빈승은 이쯤에서 빠지겠소."

새선풍이 허리춤에서 쌍도끼를 꺼내 잡았다.

"이야기를 다 들어놓고 누구 맘대로 빠져. 가려거든 머리통은 남겨 두고 가라."

화두타는 이빨을 드러내며 웃고는 합장하고 눈을 감았다.

"생사는 여일한 것이오. 죽거나 살거나 사바 세계를 떠도는 혼백, 흙 한 줌 모여 이루어진 가엾은 물건에 불과한 몸. 죽이시오. 저항하지 않겠소."

새선풍이 도끼를 치켜들었다.

"죽이라면 못 죽일 줄 알고? 너 사람 잘못 봤다. 이 새선풍은 죽여달라는 사람을 그냥 둬본 적이 없는 사람이야."

홍진보가 손뼉을 쳐서 시선을 집중시켰다. 그는 급한 기색 없이 온

화하게 말했다.

"이후의 계획이야 앞으로 짜기 나름 아니겠습니까. 너무 성급하게들 굴지 마시고 앉으세요. 차근차근 말씀드리겠습니다."

새선풍은 여전히 도끼를 내리지 않았다. 그는 정말로 갈등하고 있었다. 이 기회에 마음에 안 드는 놈 하나 해치우는 것도 나쁘지 않다고 생각하고 있었기 때문이다. 들어 올린 손을 그냥 내리는 것도 마음에 들지 않았다.

종리매가 말했다.

"얼른 그 무기 거두지 않으면 네 머리통이야말로 없어질 줄 알아라."

새선풍은 그 말에 마음을 정하고 도끼를 거두었다. 강한 자의 말은 곧 법이다. 종리매의 위협에 무기를 거두는 것은 조금도 체면에 손상 가는 일이 아니었다. 적어도 새선풍에게는 그랬다. 대신 그는 자리에 앉으면서 투덜거렸다.

"재수없는 노인네."

그 한마디 말로 완벽하게 체면을 살렸다고 생각하고 그는 만족한 기분으로 홍진보의 이야기에 귀를 기울였다. 자기 머리로 복잡한 계략을 제대로 이해할 자신은 없었지만, 최소한 알아듣는 시늉이라도 해야 다른 대당가들이 얕보지 않을 것이다.

홍진보가 말했다.

"일단 여섯 대당가들을 제압한 후에 어떻게 하자는 말씀을 하셨지만, 사실은 그조차 쉽지 않다는 걸 인정하셔야 합니다. 물론 여기 계신 여섯 분이 나머지 여섯 대당가들에 비해 월등히 강하다는 건 압니다. 하지만 그들도 대당가 자리를 지킬 만큼의 무공은 있고, 그 아래 무사들의 수도 만만치 않습니다. 대규모 싸움은 안 됩니다. 그러면 바로 구자헌을 자극할 우려가 있습니다. 여섯 대당가들과 전면전을 벌이는데 구자헌의 친위대가 개입하면 우리는 당해낼 수 없을 것입니다. 그럼 끝이지요."

최주가 말했다.

"당연히 계략이 있겠지요? 안 그러면 우릴 불러 모았을 리가 없으니까."

홍진보가 말했다.

"한 사람만 죽이면 됩니다."

최주가 물었다.

"누굴?"

"백골조(白骨爪) 황염(黃琰)입니다. 그는 위협에 넘어갈 사람도 아니고, 회유에 굴복할 사람도 아닙니다. 죽이는 수밖에 없지요. 즉, 암살하는 것입니다."

화두타가 손을 들었다.

"그건 빈승에게 맡겨주시오. 쥐도 새도 모르게 처리해 버리겠소. 아미타불."

홍진보가 고개를 끄덕였다.

"그럼 황염은 스님께 맡기도록 하겠습니다."

그렇게 쉽게 결정하는 데는 이유가 있었다. 홍진보와 구자헌만이 알고 있는 화두타에 대한 정보에는 화두타가 사실은 자객 출신이라는 게 있었기 때문이다. 자객의 특성상 유명해지진 않았지만 그쪽 계통에서는 대단히 인정받던 자객이라고 했다. 맡겨서 성공하면 좋은 일이고, 실패해도 상처만 입힐 수 있으면 그걸로도 좋았다. 어차피 그는 죽이거나 고립시키면 되는 일이었으니까.

최주가 물었다.

"그는 죽인다 치고, 나머지 다섯은 어떻게 할 생각이오?"

홍진보가 말했다.

"여기로 초대합니다. 우리 모두 모여 있는 이곳으로 하나씩 초대해서 위협하지요. 항복하지 않으면 죽여 버린다고 하면 항복하지 않을 사람이 없습니다. 황염 외에는."

최주가 다시 질문했다.

"그러다가 소문이 나면? 한둘은 그렇게 한다고 치고 나머지 사람들이 알게 되면 그들도 뭉칠 텐데?"

홍진보가 말했다.

"하룻밤 안에 해치우면 됩니다. 다섯을 하루 저녁에 초대해서 각자 다른 방에서 기다리게 한 다음 하나씩 이리로 불러서 위협하는 것이지요."

최주가 고개를 저었다.

"그게 어떻게 가능하겠소? 우리가 초대한다고 쉽게 올 사람들도 아니고, 하룻밤에 다 모일 사람들도 아니오. 홍 형의 계획은 매우 현실성이 없구려."

그의 얼굴엔 실망한 기색이 역력했다.

홍진보가 웃었다.

"이 이름이 없었다면 그 계획은 현실성이 없었을 겁니다."

"무슨 이름?"

"구자헌입니다. 여섯 대당가들은 우리가 초대한다고 쉽게 올 사람이 아니지요. 하지만 구자헌이 초대한다면 올 겁니다. 그것도 은밀하게,

수행원들은 최소로 해서 모일 겁니다. 각자가 다른 장소에서 안내원을 만난 다음 각자 다른 입구로 들어와 다른 방에 하나씩 대기하게 됩니다. 그런 다음 차례로 여기 불려와 위협을 당하고 항복하게 되는 겁니다."

그는 자신만만하게 말했다.

"내일 밤 여기 오도록 이미 연락을 해놨습니다, 구자헌의 이름으로."

최주가 입을 벌리고 있다가 간신히 다물었다.

"그들이 믿어주겠소?"

홍진보가 말했다.

"구자헌을 항상 수행하는 호위무사가 직접 가서 저와 구자헌의 서명이 든 서한을 주는데 믿지 않을 이유가 없습니다."

"과연."

최주가 비로소 납득하고 고개를 끄덕였다.

홍진보는 화두타에게 말했다.

"황염을 처리하는 건 천천히 하셔도 됩니다. 모두가 굴복하면 어차피 황염 혼자는 별일을 못할 테니까요. 단지 남은 불씨를 끈다는 기분으로 하시면 될 것입니다."

화두타가 말했다.

"낮 동안은 그놈이 어디 있는지 조사해야 할 거요. 밤엔 빈승이 이 손에 황염의 목을 들고 참석하리다. 황염의 목을 앞에 두고 위협하면 더욱 잘 먹히겠지요."

홍진보가 고개를 끄덕였다.

"물론 그렇겠지요."

새선풍이 말했다.

"꼭 황염의 목이 자기 손 안에 있는 것처럼 말하는군. 그게 주머니 속의 물건처럼 마음대로 꺼낼 수 있다는 거냐? 그럼 왜 그동안은 안 했어? 황염은 그렇다 치고 내 목은 왜 안 가져갔냐?"

화두타가 말했다.

"빈승의 무공이 황염보다 떨어진다고 보시는 모양이구려. 물론 그렇소. 하지만 숨어서 쏘는 화살에는 당할 수가 없는 법이오. 그리고 한 가지 부대 조건이 더 있지요."

그는 종리매를 가리켰다.

"종리 노야께서 도와주셔야 하오."

새선풍이 바닥에 침을 뱉었다.

"퉤! 결국 그거였군. 종리 노인네가 가담하면 못 죽일 놈이 어딨겠냐. 그거라면 나도 하겠다."

화두타가 말했다.

"목표를 경동시키지 않고 잠입해서 접근하고 기회를 보아 출수하는 그 복잡다단하고 심오한 기술을 새선풍 시주는 백 년을 가르쳐 줘도 못 배울 거요. 종리 노야를 안내해서 놈의 목을 딸 수 있도록 돕는 건 빈승에게만 가능한 일이외다. 빈승이 직접 하는 것처럼 자랑한다고 과한 일은 아니지요."

홍진보가 끼어들어 두 사람의 말싸움을 중단시켰다.

"과연 대단한 일이라 아니 할 수 없습니다. 스님은 일을 진행시켜 주시고, 종리 노야께선 스님을 도와주십시오."

종리매가 고개를 끄덕였다. 화두타가 손을 들었다.

"한 가지! 애초의 내 요구는 아직 유효하오. 다음 목표가 구자헌이 아니라면 나는 여기서 빠지겠소."

홍진보가 말했다.

"제가 대표해서 약속드리지요. 다음 목표는 구자헌입니다. 근본적으로 구자헌을 처리하지 않으면 무저갱의 미래는 항상 불안할 것입니다. 그렇게 강대한 적을 배후에 두고 산다는 건 불안한 일이지요."

화두타는 확인하듯 다른 대당가들을 보았다. 모두 고개를 끄덕이고 있었다. 그는 공손번에게 말했다.

"공손 시주는 어째 한마디도 안 하시오?"

공손번은 지그시 감고 있던 눈을 떴다.

"할 말이 없어서."

그는 모든 사람을 향해 고개를 숙여 보이고 다시 말했다.

"모든 사항에 동의하오."

화두타와 새선풍, 공손번과 최주가 하나씩 차례로 떠난 후 방에는 홍진보, 담오, 손지백과 종리매만 남았다.

손지백이 말했다.

"정말 거친 놈들이군요. 저런 자들을 끌어 모았다는 게 믿겨지지 않을 만큼 놀랍소. 홍 형의 능력이 정말 대단하오."

홍진보가 고개를 저었다.

"이해가 일치하는 자들을 규합하는 건 어렵지 않습니다. 하지만 저들이 나중에 무영 주인님의 힘이 되도록 이끄는 일은 참으로 어렵지요."

종리매가 말했다.

"보지도 않은 사람을 어떻게 따르겠느냐. 여기 우리들 중 한 사람이 구자헌처럼 전원을 제압해서 수장이 되고, 그 사람이 무영을 도우면 혹시 가능할 수도 있겠지."
홍진보가 말했다.
"담 형이나 손 형이 그 역할을 하면 되겠지요. 저와 종리 노야가 옆에서 돕고."
담오가 말했다.
"만약 내가 된다면……."
그는 종리매를 향해 말했다.
"안 도울 겁니다. 저는 제 자신을 위해 싸우지 누군가 다른 사람을 위해 싸우고 싶진 않습니다."
손지백이 말했다.
"그를 주인으로 인정하는 내가 해야겠군."
담오가 이번엔 그를 향해 말했다.
"그전에 나를 꺾어야 할 거다."
손지백이 그를 노려보았다.
"물론이지. 당장이라도 꺾어줄까?"
두 사람의 눈빛이 마주쳐 불똥을 튀겼다. 홍진보가 그들을 말렸다.
"어떻게 만나기만 하면 싸움이십니까? 두 분도 참 대단하십니다."
그는 생각에 잠겨 중얼거렸다.
"무영 주인님은 저를 노예에서 해방시켜 주시고 다시 살아갈 힘을 주신 은인입니다. 제가 보기에 무한한 잠재력이 있기도 합니다. 제가 그분을 위해 노력하는 건 지극히 당연한 일이지요. 하지만 담 형에게 그럴 이유가 없다는 것도 당연합니다. 손 형이나 종리 노야께서 주인님을 돕는 것만 해도 제겐 신기하게 보입니다."

손지백이 말했다.

"술병에서 꺼내준 은혜가 있잖소. 주인으로 모신다고 이미 맹세도 했고."

종리매도 말했다.

"광중에서 벗어나게 해준 은혜가 있지. 우연이긴 했지만."

그는 담오의 어깨를 두드렸다.

"지금은 물론 내 제자 편을 들겠다. 만약 너와 무영이 싸운다면 말이다."

그는 히죽 웃었다.

"어느 쪽이 이기건 난 상관없다. 무영이 나가서 얼마나 컸을지 기대가 되는구나. 녀석도 반쯤은 내 제자나 다름없으니까."

홍진보가 손으로 머리를 쳤다.

"내 정신 보게! 제일 먼저 알려 드렸어야 할 일을 잊고 있었네."

그는 사람들에게 말했다.

"태양궁의 최근 소식이 들어왔습니다. 그중에 주인님 소식도 있었지요. 서열 팔위 혈영을 꺾고 정식 교도로 입문했답니다."

종리매의 눈이 빛났다.

"혈영을? 그거 대단하구나."

홍진보가 말했다.

"더욱 놀라운 일이 있습니다. 주인님은 지금 마교혈맹록 서열 백오십위인 빙궁의 설녀와 싸우기 위해 빙궁으로 떠났답니다. 날짜가 꽤 됐으니 지금쯤 도착했을지도 모르지요."

손지백의 입이 벌어지고 담오의 눈도 빛났다. 담오도 빙궁의 설녀가 어떤 괴물인지는 소문으로 알고 있었다. 눈빛만 닿아도 얼어붙게 만든

다는 한공의 고수들이 아니던가. 게다가 마교 서열 백오십위. 혈영을 이긴 것만 해도 대단한 일이고, 지금 그의 수위를 넘어갔다고 인정할 수밖에 없었다. 하지만 지금부터 더 노력한다면 싸워볼 수는 있었다. 그러나 무영이 빙궁의 설녀를 이긴다면 한참 발전한 그조차도 상대할 수 없는 고수라고 인정해야 했다.

담오는 고개를 흔들었다. 그는 언젠가는 사부인 종리매조차 이겨내고야 말겠다고 결심한 사람이었다. 종리매는 백오십위 정도가 아니라 서열 오십위권 안에 드는 초절정고수가 아닌가. 그런 종리매가 목푠데 무영이 문제가 될 순 없었다. 담오는 만약 무영을 만나게 되면 반드시 한번 겨뤄봐야겠다고 결심했다. 먼저 손지백을 넘고, 그 다음엔 무영을, 다음엔 사부를, 마지막은 제강산이었다. 언젠가 모두 꺾고야 말겠다. 그게 무인으로서 그의 삶에 목표가 되었다.

"불길하다. 불길해."

종리매가 중얼거리고 있었다.

"혈영조차 마교 서열은 오백위가 안 된다. 혈영을 꺾었으면 무영도 그 정도라는 건데, 그런 무영에게 백오십위는 너무 힘든 상대지. 오백위와 백오십위는 단지 중간에 삼백오십 명이 있다는 정도의 차이가 아니야. 무공 격차가 두세 단계 이상 있다고 봐야 한다는 말이다. 이건 종사의 음모거나 마교 총단의 견제라고밖에는 생각할 수 없어."

그는 잠시 생각하다가 다시 말했다.

"만약 무영이 그 정도까지 진보했다면 그건 그것대로 위험하다. 두심오도, 제강산도 무영의 잠재성에 대해 다시 평가하게 될 거라는 거다. 자칫하면 그들이 통제할 수 없는 괴물이 돼버릴 거라고 생각할 수도 있지. 그때 진정한 위기가 닥치게 되는 셈이다."

홍진보가 소식을 전할 때의 기쁜 얼굴은 지우고 우울한 기색으로 말했다.

"행운을 빌 수밖에 없군요. 한시라도 빨리 이곳을 나가서 힘이 되어드리고 싶습니다만 아직 무저갱의 세력 규합도 제대로 못하고 있으니…… 안타깝기 그지없습니다."

그들은 무거운 침묵 속에 술을 마시고 자리를 떴다. 방을 나가려던 홍진보가 문득 생각난 듯 담오를 불렀다.

"담 형의 가족 속에 손(孫) 노인이라고 있던데, 기억하십니까?"

담오가 고개를 끄덕였다.

홍진보가 말했다.

"정확한 연세는 모르겠지만 엄청나게 연로한 분이더군요. 제가 임의로 그분을 빼내서 청소나 하게 일을 맡겼습니다. 물론 담 형에게 전해질 급여는 동일할 겁니다. 허락없이 한 일이지만 괜찮겠지요?"

담오가 고개를 끄덕였다.

"난 상관없지만…… 그가 그렇게 하지 않을걸."

홍진보가 물었다.

"무슨 뜻이십니까?"

담오가 말했다.

"홍 형이 그렇게 하기 전에 내가 이미 쉬도록 한 적이 있었단 말일세. 거부하더군. 뭐, 직접 보면 알겠지."

담오가 나갔다. 홍진보는 고개를 갸웃거리면서 거처로 돌아갔다.

풍운 무저갱 3

 아침이 밝아왔다. 홍진보는 오늘 벌일 거사에 대한 기대와 불안감으로 잠을 이루지 못하다가 새벽이 되어서야 잠깐 눈을 붙이고, 아침이 되자 허둥지둥 일어나서 업무를 보는 곳으로 나갔다. 예전에는 염자랑이 쓰던 곳이었는데, 불필요한 물건들을 모두 치우고 극히 간소한 공간으로 다시 꾸며서 사람들을 만나고 업무를 처리하는 건물이었다.
 집 앞에는 한 노인이 며칠 전 내린 눈을 치우고 있었다. 늙어 꼬부라져서 언제 관에 들어가도 이상하지 않을 것 같은 노인인데, 온 얼굴이 칼자국 따위의 흉터로 가득해 녹록치 않은 전력이 있을 듯한 사람이었다. 담오의 노예로 고된 노역을 하는 게 가련해서 이곳으로 불러들인 바로 그 손 노인이었다. 그가 홍진보를 보더니 고개 숙여 인사했다.
 홍진보는 고개를 끄덕여 주고 건물 안으로 들어갔다. 손 노인이 따라와 말했다.

"말씀 좀 드릴 게……."

홍진보는 그를 돌아보며 말했다.

"아, 담오 대당가에게는 제가 허락을 받아뒀습니다. 어르신께서는 걱정 마시고 여기서 일하세요. 힘들면 그냥 쉬셔도 됩니다. 매일 내리는 눈, 뭐 치울 거나 있나요. 사람 다닐 길만 뚫어놓으면 되지요."

손 노인이 말했다.

"그게 아니라……."

그는 잠시 망설이더니 다시 고개 숙여 인사하고 말했다.

"절 불쌍히 여겨 여기로 불러주신 건 감사드리겠소. 정말 감사하오. 하지만 난 그냥 갱도에 들어가 일하는 게 좋다오. 돌려보내 주시오."

홍진보는 잠시 이해를 못하고 멍하니 서 있다가 말했다.

"노쇠한 분에게 갱도 작업이란 감당하기 힘든 고역이 될 거라는 건 저도 직접 해봐서 압니다. 그냥 마음 편히 가지고 쉬세요. 부담 가질 필요 없습니다."

손 노인이 머리를 흔들었다.

"내겐 갱도 작업이 편하오. 그쪽이 훨씬 마음 편하다니까. 그냥 굴이나 파며 여생을 보내게 도와주시오."

한사코 고집을 부리는 것이었다. 홍진보는 하는 수 없이 고개를 끄덕였다.

"정 원하신다면 그렇게 하세요. 어쩔 수 없군요."

손 노인이 인사하고는 돌아섰다. 그때 구자헌이 몇 명의 무사를 대동하고 다가오는 게 보였다. 손 노인은 구부정한 허리를 더욱 구부리고 옆으로 피했다. 구자헌이 눈을 빛냈다.

"거기 그놈도 수상하다. 잡아둬라!"

무사들이 뛰어와 손 노인을 포위했다. 구자헌은 홍진보에게 다가오며 말했다.

"아침부터 소란을 피우게 됐군. 너도 순순히 굴복해라. 저항은 소용없다."

홍진보의 머리가 바쁘게 돌아갔다. 생각나는 건 하나밖에 없었다.

'들켰구나!'

그는 백지장처럼 하얗게 된 얼굴로 구자헌에게 물었다.

"어떻게 아셨습니까?"

구자헌이 말했다.

"무저갱의 모든 것은 내 눈 안에 있다. 적당한 선에서 그쳤으면 그냥 모르는 척하고 넘어가 줄 생각이었다만 대담한 짓을 획책하니 더 이상 내버려 둘 수가 없었지. 마침 잘됐다. 대당가라고 불리는 놈들은 어차피 모두 체포할 생각이었으니까."

홍진보가 물었다.

"그럼 이미?"

"가담자는 한 사람 빼고 모두 잡혔지. 지금 마지막 한 사람을 잡으러 가야겠다. 네 힘이 필요할지도 몰라서 들렀으니 순순히 따라와라."

"마지막 한 사람이 누굽니까?"

묻긴 했지만 대답은 이미 그의 머리 속에 떠올랐다. 구자헌까지 나서서도 잡지 못할 사람이 무저갱에 종리매 빼고 누가 있을 것인가. 그 생각을 하는데 구자헌이 말했다.

"종리 노인네 외에 누가 있겠나. 할 이야기도 있으니 같이 가보자."

홍진보가 순순히 구자헌의 뒤를 따르다가 멈춰 서서 손 노인을 가리켰다.

"저분 노인네는 이 일과 상관없으니 빼주십시오. 오늘 처음 청소하러 온 사람입니다."

구자헌이 손 노인을 보다가 갑자기 안색이 변했다. 그는 무사들에게 명령했다.

"저 노인 얼굴을 잘 보이게 들어라!"

무사 하나가 손 노인의 머리채를 잡아당겨 얼굴을 들게 했다. 구자헌이 잠시 들여다보다가 급히 말했다.

"무례하게 굴지 마라! 손 떼!"

그는 손 노인에게 공손히 읍하고 말했다.

"오랜만에 뵙습니다. 여기 계신 줄 몰랐습니다."

손 노인이 씁쓸한 표정으로 손을 저었다.

"삼 년 전쯤 자네 모르게 여기 들어왔지. 여기가 내 무덤으로 적당한 것 같아서. 이제 들켜 버렸으니 곤란하군."

그는 흐린 하늘 저편을 바라보며 말했다.

"이제 또 어디로 가야 하나……."

구자헌이 말했다.

"가긴 어디로 가십니까. 여기 잠시 머물다 종사를 뵈러 가셔야죠. 제가 안내하도록 하겠습니다."

손 노인이 말했다.

"꼭 그래야 할까?"

구자헌이 말했다.

"그러셔야 합니다. 안 그러면 저는 종사 앞에 목을 바쳐야 할 겁니다."

손 노인이 그의 목에 걸린 강철 목걸이를 가리키며 말했다.

"재미있는 걸 차고 있더군. 그걸 채운 제강산이 밉지도 않나?"

구자헌이 목걸이를 만지며 씩 웃었다.

"대의를 위하고 종사를 위한 일인데 뭐는 못하겠습니까. 이건 제겐 자랑스러운 표지입니다."

손 노인이 고개를 끄덕였다.

"자네들은 늘 그렇게 살곤 했지. 부러운 일일세. 난 인생을 허비했어. 이제 남은 것도 없고……."

그는 문득 말을 바꾸었다.

"바쁜 듯하니 가서 일 보게. 난 여기 있겠네."

구자헌은 다시 한 번 정중하게 읍하고 떠났다. 홍진보가 노인을 몇 번이나 돌아보며 그 뒤를 따랐다. 무사들도 궁금해하는 건 마찬가지였다. 도대체 저 노인이 어떤 인물이기에 종사의 이름을 마음대로 부르고 구자헌을 어린애 대하듯 하는 것일까. 홍진보는 구자헌에게 물어보고 싶었지만 감히 물어볼 수가 없었다. 대신 그는 여러 가지로 추측을 해보았다. 하지만 걸리는 게 없었다.

홍진보는 걸음을 조금 빨리해서 구자헌의 얼굴을 슬쩍 보았다. 들떠 있는 듯했는데, 그게 기뻐서 그런 것인지 아니면 이제 상대할 종리매 때문인지 알 수 없었다. 홍진보는 맞아 죽을 각오를 하고 물었다.

"저 노인이 어떤 분입니까?"

구자헌이 냉랭하게 말했다.

"금방 죽게 될지도 모르는 놈이 궁금한 것도 많구나. 알 필요 없다!"

홍진보는 입을 다물었다.

잠시 후 그들은 종리매가 있는 곳에 도착했다. 예전에는 두심오가 살던 곳, 지금은 손지백이 종리매와 함께 거처하고 있는 곳이었다.

종리매는 백여 명의 무사들에게 포위되어 있었다. 주변에는 시체가 적잖게 널려 있는 것으로 보아 이미 한바탕 싸움이 있었던 모양이다. 이젠 포위하고만 있을 뿐 감히 덤벼드는 자가 없는 가운데 종리매는 살기를 흩날리며 서 있었다.

구자헌이 말했다.

"종리 선배, 손도 맵구려. 일이 이렇게까지 되었으니 그만 포기하심이 어떠하오?"

종리매는 구자헌의 뒤를 따르는 홍진보를 힐끔 보고 외쳤다.

"홍진보! 설마 네가 배반한 것은 아니겠지!"

홍진보가 씁쓸하게 웃으며 대답했다.

"저도 잡혀온 몸입니다. 손 대당가는 어떻게 됐습니까?"

종리매가 한쪽을 가리켰다. 상처 입고 결박된 손지백이 거기 뒹굴고 있었다.

"저 바보 같은 놈은 멍청하게 쓰러져 자다가 저 꼴이 됐다."

구자헌이 말했다.

"내 독에 당하고도 몇 명이나 죽이고야 쓰러졌다니 그것만으로도 대단한 거요. 선배도 참 놀랍구려. 내가 직접 하독하지는 않았지만 이미 당하긴 했을 텐데 그렇게 버티니 말이오."

종리매가 코웃음을 쳤다.

"네놈 독 따위는 내겐 방귀 냄새나 다름없다. 또 쓸 거 있으면 어디 내놔봐라."

구자헌이 말했다.

"선배와 싸우고 싶지 않소. 그래서 이놈을 끌고 온 거요. 선배네 일당 중에는 그나마 이놈이 좀 머리를 쓰니 내 말도 이해하겠지요."

종리매가 말했다.
"무슨 말을 하겠다는 거냐! 그놈으로 날 위협하려 했다면 사람 잘못 봤다. 내 오늘 너를 죽이고 나도 죽겠다. 덤벼라!"
종리매가 다가왔다. 무사들이 주춤 물러났다. 구자헌이 손을 들었다.
"이야기나 듣고 덤비시오. 들어보면 나쁜 이야기도 아닐 거요."
그는 무사들을 향해 명령했다.
"끌고 와라!"
무사들 손에 무저갱의 열두 대당가들이, 쓰러져 있던 손지백까지 포함한 모두가 끌려 나왔다.
구자헌이 일렬로 꿇어앉은 그들을 향해, 종리매를 향해 말했다.
"종사에게서 소집 명령이 떨어졌소. 우리는 이제 태양궁으로 돌아가야 하오. 전쟁이 있을 거요. 즉, 우리 힘이 필요해졌다는 것이오."
화두타가 외쳤다.
"당신이 우릴 배신하고 종사와 붙어먹었다는 게 그대로 드러났군! 여기 내칠 땐 언제고 이제 와서 다시 우리 힘이 필요하다는 건가! 가라 그러면 가고, 오라 그러면 오는 개던가, 우리가!"
구자헌이 손짓했다. 무사 한 명이 화두타의 뒤에 서더니 칼을 들어 올렸다.
구자헌이 말했다.
"개가 되기 싫다면 죽여줄 수밖에 없지."
화두타가 급히 말했다.
"개가 되겠소! 살려만 준다면 뭐든 하지요."
새선풍이 외쳤다.

"이 지조없는 개새끼야! 생사가 여일하니 뭐니 하더니 갑자기 그렇게 비굴하게 구냐! 이 자존심도 없는 땡중아!"

구자헌이 손짓하자 무사 한 명이 새선풍의 뒤로 갔다. 구자헌이 물었다.

"자존심 강한 자네는 그냥 죽을 텐가?"

새선풍이 급히 말했다.

"가겠소! 여길 벗어나는 일인데 거부할 이유가 없지. 하지만 개는 싫소. 내 자의로 가겠소."

구자헌은 그들의 앞을 천천히 걸으며 말했다.

"교토사(狡兔死) 주구팽(走狗烹)이라는 말이 있지. 토끼를 잡으면 개는 필요없어지기 마련이다. 특히 사나운 개라면 더욱 그렇지. 하지만 이제 다시 사냥감이 나타났으니 사나운 개의 힘이 필요한 거야. 그것도 아주 큰 사냥감이지."

그는 바로 서서 열두 대당가를 하나씩 보며 힘주어 말했다.

"우리는 다시 중원으로 진출한다. 태양궁에서 끝나는 게 아니라 천하를 되찾는다는 말이다. 거기 참여해서 그 공을 나누고 싶지 않나?"

제33장
요동 유명종

> 그들에게 영역은 곧 사람이고, 그 사람들은 그들에겐 제물로만 여겨지나 봅디다
> 그들이 그 제물로 무얼 하는지 상상하는 것만으로도 끔찍하오

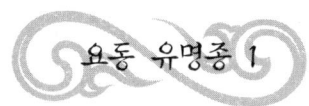

요동 유명종 1

 백림의 깊은 숲 속에 작은 공터가 있었다. 거대한 바위가 평평하게 누워 있는 탓에 나무가 없는 작은 공간이었다. 지금 그 바위 위에 한 사람이 서 있었다.
 바위는 마치 밑에 불을 때서 녹인 것처럼 깨끗하게 눈이 치워져 있고, 대신 붉은 피로 기묘한 문양이 그려져 있었다. 부적에 쓰는 글자 같기도 한 어지러운 문양 중심에는 작은 제단이 마련되어 있었다. 붉은 초 두 개가 타오르는 중앙에 작은 향로 하나가 있는 그런 제단이었다. 제단 앞에는 한 사람이 누워 있었다. 입을 봉하고 손발을 묶어 꼼짝도 못하게 만든 여인, 벌거벗은 여인이었다.
 그 앞에 서 있는 사람은 붉은 옷을 입은 평범한 용모의 사내였는데, 눈만은 심상치 않았다. 피처럼 붉게 빛나는 눈이었던 것이다. 그는 제단을 향해 무어라 중얼거리더니 소매에서 기묘하게 구부러진 단검을 꺼내어 두려움과 호소가 가득한 눈으로 쳐다보고 있던 여인을 죽이고 심장을 꺼내었다. 그리고 그 심장을 반으로 갈라 향로에 피를 떨구었다.

향로에서 회색 연기가 피어올랐고 그 연기는 곧 붉은색으로 변했다. 사내가 피로 물든 양손을 펴 들고 중얼거렸다. 처음엔 알아들을 수도 없는 주문, 그 다음은 알아들을 수 있는 말이었다.

"유명제팔사도(幽冥第八使徒)가 총교제삼사신(總敎第三邪神)께 문안 드립니다."

연기 속에서 흐릿한 형체가 나타났다. 붉은 복면을 한 사람이었다. 복면 이마에 새겨져 있는 백색의 사(邪) 자만이 또렷하게 보였다. 그가 웅얼거리듯이 말했다.

"말하라."

제팔사도를 자처한 자가 말했다.

"이화태양종과 흑사광풍가의 전쟁이 실제로 진행되고 있습니다. 며칠 전 흑풍단이 광풍가의 일 개 지단을 습격하여 초토화시켰다는 보고가 들어왔습니다. 이화태양종의 무력 중 절반 이상이 달단 접경 지역으로 이동하고 있고, 선발대는 이미 도착해서 대치 중이라는 보고도 있었습니다."

제삼사신이 웅얼거렸다.

"확실한가? 속임수는 아닌가?"

제팔사도가 대답했다.

"무사들의 이동은 제 눈으로 확인했습니다. 흑풍단의 보고는 이미 태양궁 안에 파다하게 퍼진 소문입니다. 호교원주와 연무원주, 호법원주가 이미 태양궁을 떠났고, 호궁사자대장도 떠날 준비를 하고 있다고 합니다. 제강산을 호위해서 달단으로 가는 것이 아닌가 추측됩니다."

제삼사신은 잠시 침묵을 지켰다. 제팔사도의 이마에 땀이 흘러내렸다. 이 법술은 먼 곳과 연락을 주고받기에는 더없이 편하지만 막대한 심력과 법력이 소모되는 일이었다. 몇 마디밖에 나누지 않았지만 그것만으로도 그에게는 엄청난 피로가 쌓이고 있었던 것이다.

제삼사신이 그런 그를 봐주듯이 말했다.

"조만간 총교에서 움직임이 있을 것이다. 그때까지 동향을 파악하고 만일의 경우 길 안내를 할 수 있도록 준비하라. 수고했다."

제삼사신이 흐릿하게 사라져 갔다. 제팔사도는 안간힘을 써서 주문을 외웠다. 연기가 걷히고 영상이 완전히 사라졌다. 그는 피로한 기색으로 주저앉았다. 그렇게 한참을 쉬고 나서야 일어나 제단을 치우기 시작했다.

구덩이를 두 개 파서 시체를 파묻고 나머지 하나에는 제단과 촛대, 향로를 싼 보따리를 묻었다. 그리고는 흙으로 핏자국과 땅을 판 흔적까지 깨끗이 덮어버린 후에 그는 주변을 살피며 자리를 떴다.

한참 후 공터가 바라보이는 나무 아래의 흙이 들썩거리더니 복면을 쓴 한 사람이 고개를 내밀었다. 그는 몸을 완전히 드러낸 후 온몸에 묻은 흙을 털고 복면을 벗었다. 곽대우였다.

그는 주변을 잠시 살펴보고, 특히 죽은 여인이 묻힌 곳을 향해 애도의 주문을 외웠다.

"보고 있었으면서도 손을 못 써서 미안하오. 아후라마즈다와 많은 사람을 위해 희생했다고 여기면 덜 억울하리다. 네메세테 아타르슈……."

그는 돌아서서 숲 속으로 사라졌다.

금궁(禁宮)은 태양궁 안의 한 전각을 말하는 것이다. 다른 곳과 마찬가지로 담장으로 구획되고 정문에는 두 명의 무사가 서 있었는데, 그 외에는 사람의 그림자를 볼 수 없었다. 담장 안쪽 전각 주변에도, 담장

밖 거리에도 지나가는 사람조차 없었다. 한가하게 그걸 세고 있는 사람은 없지만 실제로 평소 이 문을 통해서는 경비무사 외에는 다니지 않았다. 간혹 금궁원주 무인검이 회의에 참석하고 돌아오며 드나드는 게 잠깐 보일 뿐이었다. 하지만 그조차도 들어가는 모습을 보인 적이 없는데 나오기도 하고, 나온 걸 못 봤는데 들어가기도 했다.

지금도 그래서 분명 들어가는 모습을 보인 적이 없는 사람이 금궁원주의 방에 앉아 있었다. 그는 단 한 번도 금궁에 드나드는 모습을 보인 적이 없는 사람, 곽대우였다.

무인검이 말했다.

"우리 계획대로 잘 진행된다는 말이군."

곽대우가 고개를 끄덕였다.

"그런 것 같습니다."

무인검이 벽에 걸린 지도를 보며 말했다.

"그래, 거짓말은 아니지. 우리 무력의 절반 이상이 달단 접경으로 움직이고 있으니까. 접전이 벌어지고 있는 것도 사실이고. 하지만 우리가 요동 쪽으로도 경계의 눈길을 늦추지 않고 있다는 건 모르겠지."

곽대우가 말했다.

"공격을 기다리고 있다는 것도 모를 테지요."

무인검이 말했다.

"시간이 중요해. 앞으로 한 달 정돈가. 무저갱을 정리하고 오려면 그 정도는 걸리겠지. 유명종 놈들은 우리가 달단으로 보낸 무력만큼이나 강한 힘이 더 보충되어서 그들을 기다린다는 걸 모르겠지."

그는 요동과 북해를 잇는 몇 가지 경로들을 살펴보며 혼자 중얼거렸다. 유명종의 침입 경로를 예상해 보는 것이다.

곽대우가 말했다.

"유명종은 만만한 상대는 아닐 겁니다. 아무리 무저갱의 무사들이라 해도 유명종의 환술과 방술에는 당황할 수밖에 없죠."

무인검이 말했다.

"그래서 죽영이 움직이고 있잖은가. 그쪽은 잘 돼가나 모르겠군. 이번 싸움에서는 그쪽이 정말 중요한데."

곽대우가 말을 돌렸다.

"광풍사는 어떻습니까? 애초 계획대로 잘 진행하고 있나요?"

무인검이 고개를 끄덕였다.

"그들도 우리와 대치하는 쪽으로 무력을 움직이고 있지."

무인검이 희미하게 웃었다.

"그건 즉, 요서 쪽으로 접근한다는 뜻도 되지. 사자군림가 놈들도 날벼락을 맞게 될 걸세."

곽대우가 다시 물었다.

"총단에 올릴 보고서는 잘되고 있습니까?"

무인검이 처음으로 인상을 썼다.

"그게 쉽지 않군. 명왕유명종이 요동에서 얼마나 악독한 일을 하는가, 북해에 그게 어떻게 위협이 되는가 등등의 사례들을 제시하면서 그들을 칠 필요성을 역설하고는 있는데, 총단 놈들이 그런 걸로 눈 하나 깜짝하지 않을 게 뻔하니 맥이 빠지는군."

곽대우가 말했다.

"총단에서 어떻게 보건 신경 쓰지 마세요. 어차피 안 받아들일 이야기지만 우린 나중에 우길 근거만 만들어두면 됩니다. 못마땅하면 쳐들어오라고 하지요. 어차피 싸워야 할 판인데."

그는 손가락으로 탁자를 두들기며 잠시 침묵하다가 지도 위쪽, 즉 북쪽을 보며 중얼거렸다.

"지금쯤 도착했을 텐데 잘하고 있나 모르겠군요."

무인검이 인상을 썼다.

"무영이라는 놈 말인가?"

곽대우가 웃었다.

"한 번 당했다면서요? 마음에 두지 마십시오. 같이 여행하면서 보니까 꽤 괜찮은 녀석이더군요. 장래성도 있어 보이고."

무인검은 침묵을 지켰다. 못마땅한 표정이었다. 곽대우가 일어났다.

"이번 시험도 제대로 통과하면 무영이야말로 우리 이화태양종에 없어서는 안 될 전력이 될 겁니다. 종사도 중용할 테고 교도들도 그를 영웅으로 떠받들 테고……. 그런 사람을 미워하면 미워하는 사람이 손해 보게 되죠."

그는 문으로 걸어가며 말했다.

"무영에게는 아무 짓도 하지 마세요. 되도록 감정도 버리고."

그는 문 앞에 멈춰서 손가락으로 무인검을 가리키며 말했다.

"제가 용납 않습니다."

무인검은 여전히 못마땅한 표정을 하고 있었지만 고개는 끄덕였다.

"알겠네."

어둠 속의 금궁원주, 무인검을 간판으로 내세우고 실제로는 이화태양종의 모든 기밀 사항을 관장하는 막후의 금궁원주 곽대우는 비밀 통로를 통해 금궁을 빠져나가 마차 바퀴가 어지럽게 널려 있는 백림차행으로 돌아갔다.

요동 유명종 2

　수십 명의 기마무사들이 달리고 있었다. 전원 창을 겨드랑이에 끼워 잡고 반대쪽 팔뚝에는 방패를 차서 자유로워진 손으로 고삐를 잡고 있었다. 전쟁터에 나간 장군처럼 투구와 갑옷도 갖추고, 얼굴에는 흙먼지와 바람을 가리기 위한 바람막이도 하고 있었다. 투구와 바람막이 사이로 살기 충만한 눈이 빛나고 있었다.

　맞은편에서도 비슷한 숫자의 기마무사들이 달려오고 있었다. 전원 검정 가죽으로 만든 갑옷을 입고 검정색의 피풍의(披風衣)를 펄럭였다. 그들 역시 긴 창을 앞으로 내밀고 반대 편에는 둥근 방패를 팔뚝에 끼워 착용했다.

　급속도로 거리가 가까워졌다. 말발굽이 얼어붙은 땅을 두들기는 소리가 망치로 모루 때리는 쇳소리처럼 날카롭게 울렸고, 모래 알갱이가 파편처럼 튀어 올랐다. 말머리를 돌리는 사람도, 고삐를 당기는 사람도 없었다. 그들은 달려온 그대로의 속도로 적과 마주치며, 혹은 스쳐 지나가며 창을 휘둘렀다. 창에 찔려 허공으로 솟아오르는 사람, 방패로 막았지만 힘에 밀려 땅으로 굴러 떨어지는 사람이 속출했다. 말과 말이 부딪쳐 같이 넘어가는 사람도, 창을 든 반대쪽으로 오는 적에게 방패를 휘둘러 공격하는 사람도, 아예 마주 서서 창술로 싸우는 사람도 있었다.

무사히 적을 쓰러뜨리고 적진을 통과해 반대 편으로 달려나간 기마무사들이 고삐를 잡아 말머리를 돌렸다. 그들은 다시 대열을 짜서 전장으로 달려갔다. 적들도 마찬가지였다. 또 한 번의 격돌이 있었다. 이것으로 무사들의 반수가 죽거나 부상을 입고 쓰러졌다. 살아남은 무사들은 창을 휘두르며, 혹은 허리에 찬 칼을 빼내 들고 격렬하게 싸웠다. 그중에 맹룡이 있었다. 기마무사대의 한쪽은 그가 지휘하는 흑풍단이었던 것이다. 적은 검정 가죽 갑옷과 피풍의를 착용한 흑사광풍가의 무사들이었다.

맹룡은 그 이름처럼 맹렬하게 창을 휘두르고 있었다. 그의 창은 강철로 만들어진 것이라 햇빛을 받아 찬연하게 빛나고 있었는데, 곧 핏빛으로 물들어 붉게 변해 버렸다. 그는 방패도 들지 않은 채 한 손으로 고삐를 잡고 나머지 한 손만으로 신묘한 창술을 발휘하고 있었다. 그의 손 안에서 창은 뻗어 나가고, 돌아가고, 휘둘러 치는 것을 자유자재로 했다. 그의 기마술 또한 뛰어나서 말 배에 붙어 창을 피하고, 다시 일어나며 안장 위에 올랐다가 나중에는 고삐를 안장 앞 고리에 걸고 발로 말을 다스리며 싸우기도 했다.

흑사광풍가의 기세가 꺾였다. 하나둘씩 전권을 이탈하는 자들이 생기더니 곧 전원 도주하고 있었다. 한 명만이 남아 맹룡과 격전을 벌였는데, 그 역시 창술에 조예가 있어서 승부가 쉽게 결정되지 않았다. 그러나 동료들이 전원 도주한 뒤에 홀로 남아 싸우는 것은 극히 불리한 일이었다. 그는 결국 틈을 보아 돌아서서 도주하기 시작했다. 피풍의에 새겨진 천(仟) 자가 맹룡의 눈에 들어왔다.

맹룡은 말에 박차를 가해 달려갔다. 강철 창이 그의 겨드랑이에 끼워져 정면을 향했다. 도주하던 적이 머리를 돌려 그를 보았다. 창을 움직여 방어하려는 듯 몸짓하는 그를 맹룡의 창이 꿰뚫었다. 맹룡은 적을 창으로 꿰어서 들어 올렸다가 바닥에 던져 버렸다. 말은 주인을 잃고 그대로 달려나가고, 적은 얼어붙은 흙바닥을 뒹굴었다.

맹룡은 말 위에 앉아 적을 내려보았다. 검정 일색의 의복을 입고 얼굴에는 바람막이를 한 것은 다른 흑사광풍가 사람들과 다를 바 없었지만 피풍의에 '천' 자가 수놓아져 있는 것은 천랑전사(仟狼戰士) 중 하나라는 증표였다. 흑사광풍가에서는 그렇게 피풍의에 십(仟), 백(佰) 등의 숫자를 수놓아서 신분을 표시하는 전통이 있었다. 기마대의 특성상, 흑사광풍가의 전통상 지휘자는 가장 앞에서 그 숫자를 뒷사람에게 보여주며 달려가게 되어 있기 때문이었다. 우두머리 늑대가 가장 앞을 달리는 것과 마찬가지로 뒷사람에게는 그게 힘이 되고 목표가 되도록 하려는 의도였.

천랑전사는 흑사광풍가에서도 서열 백위 안쪽, 제법 거물을 잡은 셈이었다. 맹룡은 창을 휘둘러 창날로 적의 목을 끊었다. 그리고 뒹구는 목을 찔러 허공으로 치켜들고 천천히 본진으로 돌아갔다. 되도록 많이 죽이지 말라는 명령은 들었다. 그러나 아무도 죽이지 않고 어떻게 전쟁 흉내를 낼 것인가. 적의 고수 하나둘쯤 안 죽이고서야 명왕유명종이나 사자군림가의 눈을 어떻게 속일 것인가.

그는 이화태양종 무사들의 환호성을 들으며 목책으로 짜여진 진영 안으로 들어갔다.

그 모습을 바라볼 수 있는 먼 언덕 위에 세워진 흑사광풍가의 진영에서는 두 사람이 이야기를 나누고 있었다.

"좀 너무하는 것 아닙니까, 저놈?"

비(秘) 자가 새겨진 피풍의를 하고 있는 사내가 그렇게 말했다. 만(萬) 자 피풍의를 입은 노인이 형형한 눈빛으로 전장을 바라보다가 입맛을 다셨다.

"연기를 하려니 약간의 희생은 감수해야겠지. 저놈 이름이 아마 맹룡이었지? 서열 이십위라고 했던가?"

"서열 십구위입니다. 이화태양가 기마 전력의 핵심이 되는 흑풍단에서도 다시 핵심 인물이라고 할 수 있습니다."

"그런 놈에게 천랑전사 정도가 대적할 수는 없었겠지. 기억해 뒀다가 나중에 손봐주기로 하세."

비 자 피풍의의 사내는 입맛을 다시다가 다시 말했다.

"가주가 오실 때까지는 계속 이런 연기를 해야겠지요. 저들이 우리 천랑전사를 죽였으니 우리도 저놈 하나쯤 죽인다고 화낼 수는 없지 않겠습니까. 언제 제가 한번 나가게 허락해 주십시오."

"나쁘잖은 생각일세. 흑풍단은 우리 달리목하(達理木河) 지부도 괴멸시켰지. 물론 그곳을 지휘하던 만인랑장(萬人狼將) 호특야(呼特耶)가 사자군림가와 내통하는 놈이고, 지부 인원 중에서도 상당수가 내통자이니 일부러 내어준 것이긴 하지만 무고한 우리 식구들도 많이 희생됐어. 반면 이화태양종 놈들은 거의 피해가 없었네. 장사로 치자면 우리만 적자를 본 셈일세. 나중에 그 계산도 다시 해야겠지."

"어쨌든 가주가 오셔야 진짜 전쟁을 시작하게 되겠지요."

비 자 피풍의의 사내, 일라특특(一羅特特)은 만인랑장의 옆에 반드시 한 명씩 배치되도록 되어 있는 비량대 요원이었다. 적당히 달래고 을러서 가주와 중앙에서 결정한 지침대로 움직이도록 하는 게 그의 주임무, 지금 그가 수행하는 만인랑장 로아부리가(路兒部里加)가 그의 생각보다 화를 내서 당장이라도 전면전을 벌이자고 할까 봐 가주를 언급했던 것이다. 모든 일은 가주가 와야 본격적으로 움직이게 된다. 그전에 섣불리 움직여서 일을 망치지 말라는 암시를 하고 있는 것이다.

로아부리가가 천천히 말했다.

"천천히 오시겠지. 가주가 도착하면 전면전을 안 벌일 수 없게 되니까 당연히 천천히 오셔야지."

"그땐 물론 전면전이 펼쳐지고요?"

"당연하지."

"사자군림가와?"

"그것도 당연하지."

로아부리가는 이를 갈고 말했다.

"사사건건 참견하고 위세를 떨었지. 어디 누가 강한지 제대로 싸워보자."

달단과 북해 사이에 가로놓인 황무지는 너무나 황량해서 하루 종일 말을 타고 달려도 사람을 만나기 어려운 장소였다. 그들 흑사광풍가의 사람이 이화태양종 사람들을 만나면 경계는커녕 오히려 반가워서 서로 술과 음식을 나누며 놀 정도였다. 하지만 사자군림가와는 달랐다. 사자군림가는 요서에 자리 잡고 그 남서쪽을 지키는 형세라서 광풍가와 태양종을 극도로 경계했다. 마치 물건을 훔치러 오는 도둑을 경계하는 듯한 태도였다. 그게 광풍가의 사람들을 오랫동안 자극해 왔던 것이다.

달단은 북해만큼이나, 아니, 오히려 그보다 더욱 황량한 곳이었다.

이화태양종은 본거지를 떠나 유배 왔다고 해서 불만이 있는지 몰라도 광풍가는 본거지를 못 떠나고 묶여 있는 것이 불만이었다. 애초에 이 황량한 달단을 떠나 따듯하고 풍요로운 남쪽을 차지하기 위해 마교에 합류했던 것이 아니었던가. 그런데 천하를 정복하고 나니 '그냥 거기서 양이나 치며 살아' 하는 지시를 받은 셈이었다. 그들 역시 앙앙불락해 온 지 오래였던 것이다.

전장에서 다시 소리가 나고 있었다. 로아부리가는 그곳을 바라보고 눈살을 찌푸렸다.

"저놈 또 나왔군. 오래 기다릴 것 없이 그냥 지금 손 좀 봐주게."

일라특특이 피풍의를 벗으며 대답했다.

"그러지요."

이화태양종의 진영에서는 호교원주 패도권천 심학이 지휘자였다. 그리고 경계 태세를 강화하러 각지를 돌아다니다가 마침 이 부근을 지나가게 되어 들른 포교원주 해시신루 소방도가 그 옆에 앉아 있었다.

소방도는 조금 떨어진 곳에 앉아 전장을 바라보고 있는 흑풍을 향해 말했다.

"흑 선봉, 적을 너무 자극하는 것 아닌가 우려되는구려."

흑풍은 직접 나가지 못하는 것이 아쉽다는 것처럼 주먹을 불끈 쥐고 흥미진진하게 전장을 바라보며 소방도에게는 시선도 주지 않고 대답했다.

"이 정도는 괜찮아요."

그녀의 시선이 닿는 곳에는 맹룡이 멋지게 창을 휘두르며 말 달리고 있는 달단의 광야가 있었다. 그 바로 옆에서 함께 달리고 싶다는 게 그녀의 갈망이었다. 그녀까지 나서면 정말 전면전이 될 우려가 있다는 호교원주의 만류로 참고 있을 뿐이었다.
 포교원주는 혀를 쯧쯧 차며 자리에 물러앉았다. 호교원주가 그를 향해 말없이 고개를 저었다. 그냥 내버려 두라는 뜻이었다. 포교원주는 괜찮다는 뜻을 눈으로 전하며 말했다.
 "종사께서 곧 오시겠지요."
 '종사'라는 한마디에 흑풍의 관심이 쏠렸다. 그녀는 비로소 전장에서 시선을 떼고 그를 향해 물었다.
 "언제 오신대요? 출발은 하셨나요? 어디쯤 오셨을까?"
 포교원주가 하늘을 바라보며 중얼거렸다.
 "글쎄, 오늘이 며칠이더라. 내 계산으로는 오늘 아니면 내일 출발하실 거요. 그전에 호법원주와 연무원주가 무사들을 이끌고 도착할 테고, 종사는 호궁사자대와 함께 오시겠지요."
 그는 흑풍의 눈을 들여다보며 말했다. 이게 본론이었다.
 "종사가 오시기 전에 사단이 나면 진노가 크실 것이오."
 흑풍이 눈을 깜박였다. 그녀는 전장을 바라보았다. 막 흑사광풍가에서도 한 무사가 말을 달려 나오는 참이었다. 그녀는 아쉽다는 듯 입맛을 다셨다.
 포교원주가 달래듯 말했다.
 "오늘만 날이 아니오."
 흑풍이 고개를 끄덕였다. 그녀는 저만치 서 있는 수하에게 외쳤다.
 "징을 울려! 맹룡을 귀환시켜!"
 광풍가의 무사, 일라특특을 맞아 나가던 맹룡이 징소리에 고개를 돌렸다. 달단의 겨울 하늘로 징소리가 퍼지고 있었다. 흑풍의 명령은 절대적이다. 그는 말머리를 돌려 돌아갔다.

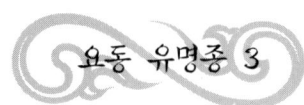

요동 유명종 3

　북경 자금성의 장관은 천안문(天安門) 앞에 흐르는 옥대하(玉帶河)에 놓인 다섯 개의 다리, 외금수교(外金受橋)를 건너는 것에서부터 시작된다.
　높고 넓은 돈대(墩臺) 위에 그 자체로 하나의 성처럼 치솟은 성루가 그 앞에 선 사람을 위압적으로 내려다보는데, 이게 천안문이었다. 거기 동서로 세 개의 문을 달고, 좌우로부터 뻗은 성곽은 자금성의 내전에 이르기까지 드넓은 광장을 직사각형으로 구획하고 있었다. 지금은 마교의 무사들이 멋대로 돌아다니고 있지만 예전에는 벼슬아치나 여타의 일로 출입이 허가된 사람이 아니면 들어갈 수도 없는 곳이었다.
　천안문을 지나 푸른 벽돌이 덮인 드넓은 광장을 직선으로 가로질러 걷다 보면 단문(端門)을 만나게 된다. 천안문에 비해 조금도 작아 보이지 않는 이 단문을 통과해서 아까보다 더욱 긴 광장을 하염없이 걸어가면 오문(午門)에 도착한다. 오문 안쪽에 들어서면 광장은 좌우로 두 배 길이가 되는데 그 중앙에 동서로 흐르는 해자를 가로질러 놓인 다섯 개의 다리를 볼 수 있다. 금수교(金水橋)라 한다.

금수교를 건너고 태화문(太和門)을 지나면 이제야 전각들을 볼 수 있다. 외궁(外宮)의 삼전각(三殿閣)이라고도 하는 태화전(太和殿), 중화전(中和殿), 보화전(保和殿)이다. 이 삼전각을 차례로 거쳐서 뒤로 가면 또 하나의 큰 문을 만나는데 이것이 건청문(乾淸門)이고 이 문을 통과하면 드넓은 광장에 우뚝 선 전각 하나를 볼 수 있다. 여기가 자금성의 중심인 건청궁(乾淸宮)이었다. 예전에는 황제가 건청궁 앞 드높은 계단 위에서 그 아래 늘어선 만조백관을 바라보며 조례를 하기도 하고 전각 안에서 정사를 돌보곤 했었다. 지금 그 황제는 후궁에 물러나 앉아 있고 건청궁에는 원래는 이곳에 전혀 어울리지 않는 사람들, 마도의 인사들이 우글거렸다. 마교 총단이 건청궁에 자리 잡고 있는 것이다.

건청궁 안 심처에는 수십 개의 기둥이 늘어선 거대한 대전이 있었다. 광장을 연상케 하는 이 대전 안에는 천하의 지형을 그대로 옮겨놓은 것 같은 석조 구조물이 있는데, 한 장의 거대한 지도를 깔아놓고 산이 있는 부분은 그 산세(山勢)대로 솟게 하고 강이 흐르는 곳은 작은 물길을 만들어 푸른 옥을 끼워놓았다. 바다가 있고, 호수가 있고, 들판과 산이 있는 입체적인 마도천하경략도(魔道天下經略圖)였다.

마도천하경략도에는 열아홉 개의 깃발이 꽂혀 있었다. 열여덟으로 구획된 지역마다 하나씩, 하북에만 두 개 꽂혀 있는 깃발이었다. 하북의 중앙에 있는 북경에 마교 총단의 깃발이, 그 옆 조금 떨어진 바닷가의 천진(天津)에 용화광명종(龍華光明宗)의 깃발이 꽂혀 있었다.

마교 팔가십종은 다음과 같이 구성되어 있었다.

요동 유명종 87

팔가(八家)

요서 사자군림가(獅子君臨家)

달단 흑사광풍가(黑砂狂風家)

산동 귀곡천문가(鬼谷天文家)

강남 창파금선가(滄波金船家)

산서 음양천검가(陰陽千劍家)

운남 오독절혼가(五毒絶魂家)

광동 철혈흑룡가(鐵血黑龍家)

청해 벽력뇌화가(霹靂雷火家)

십종(十宗)

호북 미륵환희종(彌勒歡喜宗)

북해 이화태양종(離火太陽宗)

해남 북해빙백종(北海氷魄宗)

요동 명왕유명종(冥王幽冥宗)

하남 귀문탈백종(鬼門奪魄宗)

하북 용화광명종(龍華光明宗)

호남 태평용왕종(太評龍王宗)

감숙 보패범천종(寶貝梵天宗)

섬서 고루환혼종(骷髏還魂宗)

사천 소수천녀종(素手倩女宗)

천하를 열여덟으로 구획하고 그 하나하나에 마교 팔가십종의 각 종파들을 분산해서 배치한 뒤 어딘지 모를 천마도에 숨어버린 것이 마교 대종사였다. 여기 북경을 포함하는 하북 지역은 마교 세력 중에서도 중심이 된 백련교(白蓮敎)의 관할 지역이었는데 이제 그 백련교는 용화광명종이라 불리고 있었다. 당대 종사는 대종사로부터 백련교주의 자리를 물려받은 용화마존(龍華魔尊) 한충겸(韓忠謙)인데, 북경에서 조금 떨어진 천진에 광명사(光明寺)를 짓고 거기서 교주로 활동하고 있었다.

광명사라고 해서 절 이름 같지만 실제로는 거대한 전각군을 거느린 궁전 같은 곳이었다. 백련교가 원래는 내세불(來世佛)을 믿는 불교의 한 종파였기 때문에 한충겸 또한 명목상으로는 승려였고 본거지의 이름도 그렇게 지어놓은 것이었다.

그가 하북의 중심인 북경을 본거지로 삼지 않은 것은 대종사의 복안 때문이었다. 마교의 중심인 백련교 관할 지역 안에 총단을 만들고, 그곳을 실질적인 마교의 총단으로 운영하기 위해 각 종파를 대변하는 사절들을 불러 항상 기거하도록 하며, 각 종파에서 균등하게 인원을 차출해서 총단의 업무를 보도록 하되 정기적으로 교체하도록 했다.

하지만 복안만 이럴 뿐 현실은 그렇게 생각한 대로 돌아가지 않는 법이라 현재 총단은 이 지역의 패주인 백련교와 마교의 두뇌 역할을 해서 팔가 중의 하나가 된 책사 집단, 귀곡천문가가 운영하는 곳이나 다름없게 되어버렸다. 현재의 총단을 책임지고 있는 제일총관(第一總管)도 귀곡천문가 출신의 귀제갈(鬼諸葛) 막불군(幕不君)으로 현재 귀곡천문가의 가주인 미풍현사(微風顯邪) 공유(孔瑜)의 오른팔 격인 심복이었다.

귀제갈 막불군은 마도천하경략도를 보며 대화를 나누고 있었다. 상대는 용화광명종의 사절이라지만 사실은 막불군과 더불어 총단을 움직이는 화악법사(華嶽法師) 유진충(劉盡忠)이었다.

유진충이 북해와 달단 접경 지역을 가리키며 말했다.

"지금쯤 싸움이 벌어졌겠지요?"

막불군이 고개를 끄덕였다.

"하루 단위로 새로운 소식들이 전해지고 있소. 아직은 탐색전 수준의 싸움인가 보더군요. 양파의 종사와 가주가 그쪽으로 이동하고 있다니 곧 볼 만한 싸움이 벌어지겠죠."

유진충이 말했다.

"총관의 말씀만 믿고 그냥 내버려 두고 있소만, 그걸 그냥 둬도 괜찮은 건지 모르겠소."

막불군은 유진충을 가만히 바라보았다. 총관과 사절 사이라지만 실제로는 귀곡천문가와 용화광명종의 대표 격이기도 했고, 한편으로는 막후의 공모자이기도 한 사이라 두 사람의 관계는 미묘하게 비틀려 있고 또 미묘하게 맞닿아 있기도 했다. 어쨌든 지금은 막불군이 유진충에게 설명하고 설득할 때였다.

막불군이 말했다.

"이미 우려해 오던 바지만 이화태양종이건 흑사광풍가건 너무 컸소. 이화태양종이 그 북해의 얼음 땅에서 황금을 발견할 줄은 대종사도 예견을 못하셨을 거요. 흑사광풍가가 그 불모지대 달단에서 악착같이 살아남아 세력을 키울 줄도 모르셨을 테고. 그대로 두면 위험하니 아예 먼저 쳐버리자고 저희 가주께도, 귀종의 종사께도 이미 수차례 진언을 드렸다는 건 법사도 잘 아실 거요. 이번에 한 번 더 올리고 받아들여지지 않으면 가문으로 돌아가 버릴까 하는 생각도 하던 차였소이다. 그런데 마침 전쟁이 벌어진 거지요."

그는 마도천하경략도의 가장자리를 따라 걸어가 북쪽 끝 북해가 있는 쪽에 섰다. 그리고 손에 든 공작선(孔雀扇)의 끝으로 무저갱을 가리키며 말했다.

"이화태양종이 캐낸 황금을 모두 우리에게 보냈을 거라고는 생각하지 않으시겠지요? 상당량이 빼돌려졌을 거요. 아마도 창파금선가와 거래해서 전쟁 준비를 했겠지요. 창파금선가의 가주인 금룡대인(金龍大人) 이문창(李文昌)은 황금을 위해서라면 뭐든지 하는 위인이니까. 총단을 속이고 대종사를 기만하는 행위도 서슴지 않고 할 거요."

그는 다시 유진충을 바라보며 말했다.

"이번 전쟁은 우리에겐 다시없는 기회요. 그들이 어느 정도 전력을 모았는지 확인할 기회일 뿐 아니라 그들끼리 싸워 전력을 소진하도록 만들 기회이기도 하고……."

막불군은 요동의 명왕유명종과 요서의 사자군림가를 가리켰다.

"이 양쪽을 이용해서 아예 두 종파를 쓸어버리도록 만들 수도 있소. 사자군림가는 대종사의 이름을 내세우면 뭐든지 할 테고, 유명종은 만족을 모르는 욕심을 가지고 있으니 말이오."

유진충이 히죽 웃었다.

"마침 사자군림가와 흑사광풍가, 명왕유명종과 이화태양종은 앙숙이기도 하고."

말하다 말고 그는 고개를 흔들었다.

"명왕유명종 놈들은 정말 이해할 수가 없소. 우리도 백련교를 기본으로 하고 있어서 신도를 늘리고 교세를 확장하여 세상을 용화광명의 빛으로 물들이고 싶은 욕구야 항상 있소이다만 놈들은 천 명도 안 되는 신도를 그대로 유지하려고 하면서 영역 확장의 욕심은 끝도 없으니 말이오."

막불군이 씁쓸한 표정으로 대답했다.

"천 명의 신도라지만 그 하나하나가 다 사제 아니오. 그들에게 영역은 곧 사람이고, 그 사람들은 그들에겐 제물로만 여겨지나 봅디다. 같은 마교의 일원으로서 이런 말 하면 좀 그렇지만 요동에 명왕유명종이 할당된 것은 거기 사는 백성들에게는 참 안된 일이오. 유명종 사람들에게 거기 사는 백성은 그저 사육되는 개돼지나 다름없이 보일 테니 말이오. 그들이 그 제물로 무얼 하는지 상상하는 것만으로도 끔찍하오."

그는 춥다는 시늉을 했다. 유진충이 가볍게 웃고는 말했다.

"사육한다는 말을 들으니 생각이 났소만…… 거기는 어떻소?"

막불군이 되물었다.

"거기라니요?"

유진충이 목소리를 낮추어 말했다.

"천마도 말이오."

"아, 거기."

막불군이 씁쓸하게 웃었다.

"어린아이들이 참 잔인하게도 놀고 있다니 거기도 유명종이나 다름없긴 하겠소. 대종사께서 대체 무슨 생각으로 그런 걸 허용하고 계신지 원."

그는 문득 얼마 전 천마도에서 자금성의 도면을 요구해 보내준 일을 떠올렸다. 무슨 생각을 하고 있는지 짐작은 갔다. 총단을 점거하기 위해 사전에 지형을 파악하려는 것일 터였다. 삼 년 후 있을 인정비무를 통해 세상에 나올 뿐만 아니라 총단과 마교를, 결국은 마도천하 전부를 장악하려는 계획일 것이다.

어린아이들이 참 꿈도 크다고 생각하고 가볍게 요구대로 따라줬던 것이지만 귀곡천문가에는 이미 보고를 해두었다. 하지만 유진충에게까지 말할 필요는 없을 것이다. 무력 집단에게 머리는 필요없다. 그들에게는 필요한 만큼만 알려주면 그만이었다.

유진충이 물었다.

"바로 그 문젠데, 대종사께선 왜 모습을 드러내지 않는지 모르겠소."

막불군이 고개를 저었다.

"대종사께서 생각하시는 걸 누가 알겠소. 천마도에 계신다고 하면서 어딘가 떠돌아다니시는지도 모르지요. 우리 총단주(總團主) 어른과 함께."

그가 총단을 장악한 것은 그 덕분이었다. 원래 대종사는 총단의 단주로 가장 친한 친구이자 심복인 독수마불(毒手魔佛) 최염(崔廉)을 임명했었다. 마교 서열 이위, 대종사를 제외하면 천하에 상대가 없다는 사람이었다. 그 최염 또한 삼사 년 전에 어디론가 떠난 후 모습을 드러내지 않고 있는 것이다.

있을 때도 별로 참견도 않고 홀로 고독을 즐기던 사람이었긴 했지만 상징적으로나마 총단의 우두머리라 일일이 보고를 하곤 하는 게 적잖이 귀찮았기에 막불군은 은근히 그가 돌아오지 않기를 바라고 있었다. 하지만 말로는 그렇지 않았다.

"무사히 계셔야 할 텐데, 걱정이오. 대종사나 총단주나 상당히 연로한 분들이라서."

유진충이 목소리를 낮추어 말했다.

"혹시 이렇게 된 것 아닐까요?"

그는 머리에 손가락을 겨누고 빙빙 돌리고 있었다.

막불군이 속으로 그를 유치한 놈이라고 욕하면서도 고개를 끄덕였다.

"마공의 고수들은 늙으면 광증을 보이는 경우가 드물지 않소. 하지만 우리 대종사나 총단주는 이미 극마지경(克魔之境)을 넘어서 초마지경(超魔之境)에 드신 지 오랜데 그렇게 되겠소. 혹시 다른 종사들은 몰라도."

바로 너희 종사 말이다 하는 말은 삼켜 버리는 막불군이었다. 대신 그는 위세 부리기 좋아하는 유진충을 달래줄 한 가지 이야기를 했다.

"어쨌든 보고만 있을 순 없으니 경고 서한 한 장씩은 보내도록 합시다. 대종사의 진노가 있기 전에 자중하라 정도의 문구면 되겠지요. 너무 겁을 줬다간 진짜 참을지도 모르니 말이오."

제34장
빙궁 비무장

무거운 공기가 늪 속의 부유물처럼 떠다니고 있는 공간이었다.
바람 한 점 없지만 매서운 추위가 뼛속으로 파고들었다.
얼음장을 깨며 그 속을 걷고 있는 듯한 느낌이었다.

빙궁 비무장 1

　빙궁은 불기 하나 없는 곳이었다. 무엇으로 기본 구조를 이루는 뼈대를 만들었는지 몰라도 보이는 곳은 모두 철저히 얼음으로만 만들어져 있었고, 화기의 사용을 아예 금지했다. 벽도, 바닥도, 심지어 침상마저도 얼음이었다. 탁자도, 의자도, 복도와 대전에 늘어선 기둥과 그 기둥 사이에 서 있는 조각상들조차도 얼음덩어리를 깎아서 만든 것이었다.
　벽에 밝힌 불도 기름이나 초를 태워 밝히는 것이 아니었다. 희뿌연 광채가 뿜어져 나오는 구슬이었다. 그런 구슬이 방마다, 복도마다 박혀서 희미한 빛을 뿌리고 있었다. 어둡지는 않았다. 하지만 차가웠다. 무영의 눈에 박힌 금구의 내단이 그 빛을 받아 오색영롱한 광채를 뿜어내고 있었는데 그건 대낮의 양광과도 같이 따듯한 느낌이 있었다. 그러나 빙궁의 보석은 뿜어내는 빛조차 차가운 느낌이었다.

얼음 궁전은 차가운 빛과 무거운 침묵 속에 가라앉아 있었다.
"내가 이래서 오기 싫었어!"
갈맹덕은 얼음 벽과 얼음 천장, 얼음 바닥으로 된 방에 깎아놓은 얼음 침상 위에 앉아서 양 어깨를 감싸고 덜덜 떨고 있었다.
그들을 여기까지 안내해 온 제칠설녀가 방 안을 둘러보며 말했다.
"여기가 빙궁에서 제일 따뜻한 곳이에요. 바깥에 비하면 한결 따듯하죠. 불을 땐 방을 원하셨다면 죄송하군요. 여기엔 그런 곳이 없어요."
옆에 서 있던 또 한 명의 설녀가 차갑게 말했다.
"침상에 털가죽도 여러 겹 깔았는데 뭐가 문제죠? 우리는 이런 방에선 더워서 못 자요."
무영은 가만히 서서 그녀를 바라보았다. 빙궁의 문을 열고 그들을 맞이한 여자인데, 제삼설녀라고 했다. 그러니 그와 싸울 상대가 바로 이 여자인 것이다.
제삼설녀는 용모로만 보면 제칠설녀보다 훨씬 떨어졌다. 나이도 한참 많은 것 같았다. 그러나 풍기는 분위기는 비슷했다. 하긴 분위기라 해봐야 차갑고 냉정하다는 것뿐이었지만. 굳이 구분해 보면 제칠설녀에 비해 제삼설녀에게는 어딘지 표독스런 인상까지 있어 보인다는 정도였다.
그녀가 갑자기 무영을 가리키며 말했다.
"이 사람은 전혀 추위하지 않잖아요, 물에 젖었는데도."
무영은 사실 전혀 추위를 못 느끼고 있었다. 그 말을 듣고서야 옷이 물에 젖어 이젠 얼음덩어리처럼 버적거리고 있다는 것을 깨달았다. 그는 태양신공을 운기했다. 몸에서 열기가 뿜어져 나와 옷을 녹였다. 뜨거운 김이 뿜어져 나오고 열풍이 일어나 방 안을 휘감았다. 잠시 후 열풍이 그치고 방 안에 가득 찬 김이 서리로 얼어붙은 뒤에 무영은 깨끗이 빨아 말린 듯한 옷을 입고 있는 상태가 되었고, 갈맹덕과 설녀들은 방 밖으로 뛰쳐나가서 그를 보고 있었다.

"대, 대체 무슨 짓을 한 거야!"

제삼설녀가 입술을 떨며 소리 질렀다. 무영은 그 말에 흠칫 놀라 주변을 돌아보았다. 방 안은 마치 폭풍이 휘몰아친 듯했다. 침상도, 벽도, 정교하게 깎아 만든 탁자와 의자조차도 반쯤 녹아 흘러내리다가 그대로 다시 얼어붙은 상태였다. 그의 발 아래도 둥글게 웅덩이를 이루어 바닥이 녹고 물이 찰랑거리고 있었다. 무영이 보는 앞에서 물은 얼어 얼음이 되었다.

무영은 얼른 웅덩이에서 빠져나왔다. 그가 잠시 여기가 얼음 궁전이라는 것을 잊은 때문에 이 모양이 된 것이었다. 그래도 설마 이렇게까지 될 줄은 몰랐다. 북해에서 이랬다면 안 그랬을 텐데, 기온이 낮은 곳이라 열기를 조금 강하게 끌어올렸더니 이렇게 된 듯했다.

무영은 잠시 침묵하다가 짧게 말했다.

"미안하다."

"이게 미안하다 한마디로 해결될 문제야!"

제삼설녀는 냉정을 잃고 소리를 질러댔다. 제칠설녀가 그녀의 소매를 잡아당겨 말리고는 차갑게 사무적으로 말했다.

"방을 바꿔 드리지요. 함부로 열기를 사용하지 마세요. 나중에 만찬 초대를 할 때까지 방에서 쉬고 계십시오. 함부로 돌아다니지 마시고."

갈맹덕과 무영이 다른 방 하나씩을 받아 휴식을 취하도록 하고 제삼설녀와 제칠설녀는 빙궁의 지하로 걸어갔다.

빙궁은 지상에 솟아오른 부분만큼이나 아래로 파 들어간 깊은 공간이 있었다. 지상처럼 방과 대전, 복도를 다 만들어둔 것이 아니라 복도와 계단 중간중간에 공간을 만든 정도였지만 지상보다는 오히려 지하가 빙궁의 핵심이었다. 저 지하, 두껍게 얼어붙은 저 깊은 얼음 굴 끝에 그녀들의 신이고 모든 것인 영세빙정이 모셔져 있기 때문이었다.
　그래서 내려갈수록, 즉 영세빙정에 가까이 갈수록 점점 한기가 심해져서 빙백한공이 일정 경지에 도달하지 못하면 어느 정도 깊이 이하로는 내려갈 수조차 없었다.
　지상과 빙정의 중간쯤에 그녀들의 거주 공간이 있었다. 한기로 적당히 자극을 받으면서 생활에 불편은 없는 정도의 추위가 유지되는 곳이었다. 빙궁에 산다는 것은 생활을 한다기보다는 수련을 하고 신에게 봉사한다는 의미가 더 강한 것이라 먹고 자는 정도 외에는 일체의 일상사가 생략된 것이긴 하지만.
　얼음 탁자 하나를 둘러싸고 다섯 명의 설녀가 모여 앉았다. 이 빙궁에 살고 있는 사람 전부였다.
　제삼설녀가 제칠설녀에게 표독스럽게 물었다.
　"왜 말린 거야. 길게 갈 것 없이 그 자리에서 혼을 내줬어야 했는데!"
　그녀가 화를 낼 만도 했다. 일반 건축물을 고치는 것과는 달리 빙궁의 방을 원상태로 회복시키기 위해서는 상상하기도 어려울 만큼 수고가 많이 들어가기 때문이었다. 조금 덜 추운 곳이라면 물을 뿌려서 얼리고 그걸 다듬어 방을 고칠 수도 있었겠지만 가까운 곳에는 물이 없었다. 먼 곳에서 떠 오면 오는 사이에 얼어버릴 것이고, 화기를 사용할 수도 없었다. 그러니 지금 상태로는 원상 회복은 거의 불가능하고, 녹았다 언 부분을 아예 파내고 깎아서 다듬는 수밖에 없을 것이다.

제칠설녀가 대답했다.

"비무는 어차피 하게 돼 있으니, 미리부터 화를 내서 주인으로서의 체면을 깎지 않는 편이 낫다고 생각했어요. 그보다는 그 사람의 무공 수위와 특징을 짐작하게 되었으니 대책을 생각해 보는 것이 좋지 않을까 판단해 한 일이니 동생이 잘못했더라도 용서해 주세요."

그녀는 공손히 머리를 조아려 용서를 빌었다. 깍듯한 태도에 타당한 이유라 제삼설녀도 더 책망은 못하고 냉랭하게 코웃음칠 뿐이었다. 게다가 그녀들은 빙백한공을 익혀서 어쩌다 흥분했다 하더라도 금세 냉정해지기 때문에 이미 상당히 진정되어 있었다. 이때쯤 되니 오히려 아까 평정을 잃고 흥분했던 것이 창피하다는 생각이 들었다. 신공을 제대로 수습하지 못했다는 증거를 내보인 것 같았기 때문이다.

그래서 분노는 갈무리되어 차가운 원한으로 바뀌고, 제삼설녀의 마음은 더욱 모질어졌다.

"그 따위 졸자를 상대하는 데 대책이 뭐가 필요해. 그냥 얼려서 깨 버리고 그 늙은이에게 조각이나 주워가라고 하면 되지."

제사, 제오설녀 등이 고개를 끄덕였다.

"그쪽은 원래 칠백팔십삼위였던 사람을 대신한 거라면서? 셋째 언니는 백오십위인데 그 사람이 상대나 되겠어?"

"일곱째가 명령서를 가져왔으니 믿는 수밖에 없다만, 총단의 처사가 이상해. 그 따위 졸자를 보내서 비무하라고 하는 건 우리에겐 모욕이라 아니 할 수 없어."

여섯째 설녀가 제칠설녀에게 물었다.

"이걸 우리가 받아들여야 할까? 원래는 빙후님께도 허락을 받아야 하는 일 아니야?"

제칠설녀가 대답했다.

"빙후님께도 물론 서한이 갔어요. 하지만 거기까지 서한이 가서 회신을 받으려면 짧게 잡아도 반년은 걸리기 때문에 시급히 시행하라는 총단 제일총관의 명령이 있었고, 그걸 총단에 있는 빙궁 사절이 승인했어요. 자신이 책임을 질 테니 일단 시행하라는 이야기였지요. 여기 빙궁 사절의 확인서도 있어요."

얼음 탁자 위에 놓인 두루마리 하나가 펼쳐졌다. 총단에 사절로 보내진 빙궁호리(氷宮狐狸)의 확인서였다.

제삼설녀는 차가운 웃음을 흘렸다.

"여우 같은 년이 자기 멋대로 결정하고 있어. 서열도 나보다 아래인 주제에."

제칠설녀는 가만히 듣고만 있었다. 사절이라지만 빙궁 내의 서열은 한참 아래인 삼십위 정도에 불과한 것이 빙궁호리였다. 제삼설녀는 빙궁 내에서는 서열 칠위, 그녀보다 한참 위인 것이다. 그러나 제칠설녀가 판단하기에 빙궁호리를 사절로 보낸 것은 빙후의 탁월한 판단이었다. 다들 차갑기만 해서 대인 관계는 원만하지 못한 빙궁의 여자들 중에 그래도 그녀는 괜찮은 편이었다. 사절이라는 게 무공보다는 지략이나 음모, 대인 관계에 대한 능력이 더 중요한 자리가 아니었던가.

제삼설녀는 두루마리를 손가락으로 건들며 말했다.

"어쨌든 그년이 책임을 진다니 비무는 해주지. 문제가 생기면 이게 필요할 테니까 잘 보관해 둬."

제칠설녀는 두루마리들을 정리해서 방 한쪽에 둔 상자에 잘 보관해 두었다. 이런 류의 잡사는 모두 그녀 차지였다. 그녀가 성격이 꼼꼼하고 빙궁호리처럼 이런 일에 재주가 있어서이기도 했지만 그건 제삼설녀의 책략이기도 하다는 것을 그녀는 잘 알고 있었다.

설녀들은 빙궁을 지키는 사람들이며 빙정을 보살피는 무녀들이기도 했지만 동시에 선발된 수련생이기도 했다. 빙궁의 무공은 빙정의 기를 받고 그 힘을 이용하는 데서 비롯되었다. 아득한 옛날에 초대 종사가 빙정을 발견하고 그 위에 얼음 궁전을 세우면서부터 그녀들은 빙백한 공을 익히고, 조금씩 빙정에 다가가며 그 기를 받아 수련의 정도를 깊게 하는 수련법을 계승해 왔다. 이미 일정 수준의 신공을 수습해서 떠난 제일, 제이설녀를 빼고 지금 여기 있는 다섯 설녀는 바로 그 수련을 하고 있는 것이었다.

그런데 제칠설녀가 여기 온 이후 천부의 재질로 탁월한 성취를 보이자 그녀의 사저들인 제삼, 제사설녀 등이 경계하고 질투해서 온갖 잡사를 맡기고 총단 사자니 뭐니 해서 수련할 기회를 빼앗고 있다는 것이 그녀가 사자가 된 이유였다. 생각해 보면 어리석었던 것이다. 제칠설녀는 시간을 되돌릴 방법이 있다면 이번에는 사저들 앞에서 자신의 무공 수위를 있는 그대로 보여주는 바보 짓은 않을 것이다.

적은 어디에든 있는 것이지만 가장 가까이 있는 적이 가장 무섭다는 것을 그녀는 그 경험을 통해서 알게 되었다. 그래서 겨울 한철 동안만 길이 열린다는 것을 이용해 나머지 기간 동안은 어떻게든 빙궁에 남아 악착같이 수련을 하는 그녀였고, 덕분에 사저들을 추월한 지 오래였지만 그 실력을 감추고 있기도 했다.

그녀는 무영이 만만치 않은 상대라고 생각했다. 그녀가 보기에 무영은 추위에 강한 저항력을 가지고 있었다. 태양신공을 익힌 사람들이면 다 그렇게 되는 것인지, 아니면 무영만 그런 것인지는 알 수 없었다.

만약 전자라면 이화태양종은 빙궁에 정말 심각한 타격을 입힐 수도 있는 상대가 된다. 추위를 무기로 삼는 그녀들에게 추위를 안 타는 적은 천적이라고 할 수도 있는 것이다.

오는 길에 잠깐 본 검법이니 도법 같은 것도 문제였다. 빙궁의 무공은 빙백한공을 중심으로 이루어져 있다. 초식이라 할 것도 제법 있긴 하지만 그보다는 신공이었다. 빙정의 힘을 이용한 신공으로 적을 얼려놓고 다가가 찔러 죽이거나 부숴 죽이는 것이 그녀들의 싸움 방법이었다. 얼어붙은 적은 반응과 동작이 느려질 수밖에 없다. 그런 상대에게 화려하고 정교한 초식 따위는 필요없는 것이다.

그러나 얼어붙지 않는 적이라면 모든 게 달라진다. 이번에는 길보다 흉이 많은 싸움이 될 것 같았다.

제칠설녀는 그런 생각을 입 밖에 내지 않았다. 그녀로서는 제삼설녀가 무영에게 지는 편이 유리했다. 빙궁의 체면을 잃은 죄로 빙후의 호통이 떨어질 것이고, 어쩌면 숙청될지도 모른다. 넷째부터 여섯째까지는 제삼설녀만큼이나 그녀를 미워하진 않기 때문에, 그리고 멍청해서 조종하기 쉽기 때문에 제삼설녀만 없으면 빙궁 생활과 수련이 한결 편해질 것이다.

'죽어주는 것도 좋고.'

제칠설녀가 그런 생각에 잠겨 있는 사이 제삼설녀도 뭔가 궁리를 한 모양이었다. 그녀는 눈을 반짝이며 말했다.

"만찬에 초대하기로 했지. 그걸 여기 데려와서 하는 거야. 얼마나 견디나 보자."

넷째부터 여섯째까지의 설녀들이 가볍게 인상을 썼다.

"남자들을 보는 것도 싫은데 여기까지 부른다고요? 더러워서 싫어요."

제삼설녀가 차갑게 말했다.

"필요해서 하는 일이야. 내 뜻을 거역할 셈이냐?"

설녀들이 입을 다물었다. 제삼설녀가 그녀들을 설득했다.

"저 위만 해도 보통 사람은 견디지 못할 추위야. 여기까지 끌고 오면 대개의 무림고수들도 얼어 죽지. 만약 그놈이 여기서도 영향을 안 받는다면 그건 상당한 적수라는 뜻이야. 그렇게 되면 특별한 방법을 사용할 수밖에 없지."

설녀들이 물었다.

"특별한 방법이 뭔데요?"

제삼설녀가 간단하게 대답했다.

"더 추운 곳에 데려가면 되지. 달리 뭐가 있겠어?"

빙궁 비무장 2

 만찬이 준비되었다는 장소로 가는 길은 제칠설녀가 안내했다. 복도와 계단을 통해 하염없이 내려가야 하는 길이었고, 점점 더 추워지는 길이었다. 중간쯤부터 갈맹덕이 더 이상 못 간다, 만찬이고 뭐고 돌아가겠다며 화를 냈다. 엄살이나 투정이 아니었다. 초피 옷으로 몸을 감싸고 내공을 끌어올려 운기를 해도 뼛속까지 파고드는 추위 앞에서 갈맹덕은 정말로 생명의 위협을 느끼고 있었다.
 제칠설녀가 달래듯이 말했다.
 "조금만 더 내려가면 돼요."
 갈맹덕이 말했다.
 "거, 거기는 안 추운가?"
 제칠설녀가 잠시 침묵했다. 그녀가 다른 설녀들에 비해 더 영민하다고는 하지만 거짓말을 둘러댈 정도까지는 아니었던 때문이다. 그녀는 대신 직접적인 답변을 회피하고 말을 돌렸다.

"비무도 저 아래에서 이뤄질 거예요. 거기 참관할 의무가 있으시죠?"

갈맹덕이 바닥에 주저앉아 소리쳤다.

"난 못 가! 난 죽어도 더 이상은 못 가! 비무고 만찬이고 올라와서 해! 안 그러면 난 그냥 돌아가 버릴 테다!"

제칠설녀는 난감한 빛으로 무영을 바라보았다. 무영은 서너 계단 아래에서 무덤덤하게 그녀와 갈맹덕을 바라보고 있었다. 제칠설녀는 그가 조금도 추위를 느끼지 않고 있는 듯한 모습에 약간 충격을 받았다. 아무래도 제삼설녀의 잔머리는 이 불가사의한 남자 앞에서는 통하지 않을 것 같았다. 하지만 무영의 태연한 모습에서 그녀는 갈맹덕을 위한 한 가지 방법을 떠올리게 되었다.

제칠설녀가 갈맹덕에게 말했다.

"조금만 참고 더 가시지요. 더 이상 춥지 않게 해드리겠어요. 약속드려요."

갈맹덕이 의심스럽게 그녀를 바라보았다.

"어떤 방법으로?"

"방법이 있어요. 절 믿어보세요."

갈맹덕은 주저하며 일어났다. 그리고 어기적거리며 계단을 밟아 내려갔다. 한참을 더 가서야 문제의 만찬장에 도착할 수 있었다. 이제 입도 벌리지 못할 만큼 추웠다. 제칠설녀가 말한 방법이 당장이라도 동원되지 않으면 갈맹덕은 위로 탈출할 작정이었다.

제삼, 제사, 제오, 제육의 네 설녀가 만찬장에서 기다리고 있다가 그들을 맞았다. 제칠설녀가 잠깐 자리를 뜨더니 상자 하나를 가져와 갈맹덕에게 내밀었다. 갈맹덕이 부들부들 떨며 상자를 열자, 거기에는 납작한 돌 같은 것이 들어 있었다. 은근한 온기가 느껴지는 돌이었다.
 제칠설녀가 말했다.
 "추위를 견딜 수 있게 해줄 거예요. 만년온옥(萬年溫玉)이니까요. 품에 간직하고 계세요."
 제삼설녀가 그녀를 노려보았다. 제칠설녀가 말했다.
 "어쩔 수 없었어요. 참관인이시니까요. 참관인 없는 비무는 인정되지 않아요."
 갈맹덕이 손을 떨면서 만년온옥을 잡아 품에 넣었다. 그의 얼굴이 차츰 정상으로 돌아왔다. 그제야 그가 입을 벌려 말했다.
 "이제야 겨우 좀 살 것 같다. 맞아. 이거였어. 예전에 여기 방문했을 때도 이걸 하나씩 받았었지."
 그는 제삼설녀를 노려보았다.
 "대접이 대체 이게 뭐냐! 아무리 종사가 여기 없다 해도 마교에서 온 사자를 이렇게 홀대할 수가 있느냐!"
 제삼설녀가 싸늘하게 대꾸했다.
 "종사께서 여기 계시고 빙궁의 다른 식구들도 여기서 살았다면 대접이 달랐겠죠. 죄송하군요. 대종사의 명령에 의해서 모두 저 먼 남쪽으로 이주한 이후 여긴 우리밖에 없어서 누굴 대접하는 방법을 몰라요."
 죄송하다고 말하지만 전혀 죄송한 기색은 없었다. 오히려 강제로 해남도로 이주시킨 대종사에 대한 원망이 배어 나오는 말이었다. 갈맹덕은 코웃음을 치고는 만찬장의 얼음 의자를 끔찍하다는 듯 바라보고 엉덩이 끝으로 걸터앉았다.
 "만찬이라고 했지? 무슨 요리가 나오나 보자. 가져와 봐."

제삼설녀가 탁자 위에 놓인 접시를 가리켰다.
"거기 있잖아요. 그게 다예요."
갈맹덕은 접시를 바라보았다. 그나마 이건 얼음이 아니고 은이었다. 그 위에 놓인 알약 하나. 제칠설녀가 여행 중에 먹곤 하던 바로 그 벽곡단 같았다.
갈맹덕은 어이가 없다는 듯 제삼설녀를 바라보았다.
"이게 다라고?"
제삼설녀가 싸늘하게 그를 바라보았다.
"더 이상 뭘 기대하죠?"
그녀는 자리에 앉았다. 그동안 아무 말 없이 갈맹덕과 무영을, 특히 보석을 눈 대신 박아놓은 무영을 신기하게 바라보던 제사, 제오, 제육 설녀가 제삼설녀를 따라 자리에 앉았다. 그녀들은 얼음을 깎아 만든 인형처럼 표정이 없었다.
제삼설녀가 말했다.
"미리 말해 두지만 이곳에선 그게 식사의 전부예요. 우리도 그렇게만 먹죠. 그건……"
그녀는 잠시 망설이다가 결심한 듯 말을 뱉었다.
"배설을 않기 위해서이기도 해요."
이왕 말해 버린 다음이었다. 그 뒤는 좀 더 노골적인 말이 이어졌다.
"미리 경고해 두지만 두 분 손님도 이곳에서 똥오줌 같은 걸 쌀 생각은 마세요. 처리할 수가 없어요. 이곳에선 그런 것도 천년만년 그대로 가요. 전혀 썩어서 없어지지 않는단 말이에요. 정 참을 수 없으면 싸도 좋지만 돌아가실 때 그대로 들고 가셔야 할 거예요."
갈맹덕은 입을 벌렸지만 어떤 말도 꺼내놓지 못하고 그저 덜덜 떨고 있다가 닫았다. 제삼설녀가 태연히 말했다.

"자, 드세요."

그리고는 접시에 놓인 벽곡단 한 알을 들어 입에 털어 넣었다. 다른 설녀들이 그 동작을 그대로 따라 했다. 잠시 침묵하다가 제삼설녀가 말했다.

"먼 곳에서 오신 손님을 환영하며, 조촐하나마 이것으로 만찬을 끝내겠습니다."

무영은 벽곡단을 들고 만지작거리다가 입에 넣어 맛을 음미했다. 씁쓸하기만 했다. 삼켜봤지만 기대한 것처럼 갑자기 배가 불러진다거나 하는 효과도 없었다. 이런 걸 먹고 어떻게 견디는지 이해를 할 수가 없었다. 하지만 제칠설녀는 분명히 이것만 먹으며 여기까지 왔었다.

제삼설녀는 표시 내지 않고 무영을 유심히 관찰하고 있었다. 전혀 추워하는 기색이 없었다. 이건 생각한 것보다 강적임이 틀림없었다. 문득 그녀는 무영이 어쩌면 갈맹덕이 방금 얻은 것과 같은 만년온옥 등의 보물을 소지하고 있는 것은 아닌지 의심하기 시작했다.

'저 보석 눈에, 아니면 목에 두른 강철 고리에?'

그녀는 무영에게 말했다.

"목에 그건 왜 감고 있는 거죠?"

무영이 잠시 침묵하다가 대답했다.

"그냥."

제칠설녀가 말했다.

"죄수의 표지라더군요. 한번 감긴 뒤에는 풀 수가 없대요."

제삼설녀가 손을 내밀었다. 무영이 손을 들어 그녀의 손을 막았다. 잠시 날카로운 안광이 교차했다. 제삼설녀가 말했다.

"강철은 알고 보면 약하기 짝이 없는 물건이에요. 얼리면 간단하게 깨지죠. 한번 해보려는 거니까 경계하지 마세요. 비무도 없이 당신을 죽여 버리지는 않아요."

무영이 잠시 망설이다가 손을 내렸다. 설녀의 말처럼 간단하게 목걸이가 깨지리라고는 생각하지 않았지만 이 기회에 빙궁의 신공을 구경해 보는 것도 괜찮을 것 같아서였다.

제삼설녀는 무영의 목에 감긴 강철 고리를 잠깐 만져 보았다. 혹시 만년온옥처럼 열양지기를 간직한 보물이 아닐까 했는데 보통의 강철처럼 싸늘하게 손가락 끝에 달라붙는 느낌이 있었다. 그럼 간단하게 파괴할 수 있을 것이다. 그녀는 빙백신공을 운기해서 강철 목걸이에 흘려 넣었다. 어쩌면 이것만으로도 무영이 죽어버릴 수 있다는 생각을 그제야 했다. 목걸이를 얼리는데 목이 안 얼 리가 없으니까.

그녀는 얼른 손을 뗐다. 무영은 태연한 표정이었다. 그녀는 오기가 치밀어 올라 다시 목걸이에 손을 대고 한기를 흘려 넣었다. 그리고는 손가락으로 목걸이를 때렸다. 전혀 반응이 없었다. 그녀의 표정이 약간 변했다. 이곳의 한기만으로도 강철은 이미 약해져 있어야 했다. 하물며 빙백신공을 운기했는데도 반응이 없다는 것은 믿어지지 않는 일이었다.

그녀가 다시 빙백신공을 운기하려고 하자 무영이 그녀의 손을 밀쳤다.

"그만둬."

소용없는 일이라고 생각한 것이다.

제삼설녀는 싸늘한 눈초리로 그를 바라보았다. 자존심이 극도로 상했기 때문이었다. 낯선 손님으로 인해 흔들린 평정과 실패의 경험이 모두 원한이 되어 무영을 향해 돌려졌다. 그녀는 자리에서 일어났다.
"오래 기다릴 필요 없겠죠. 바로 비무장으로 가요. 끝나는 대로 돌아가시도록 하고."
갈맹덕이 따라 일어났다.
"그거 반가운 소리다. 우리도 여기 단 한 순간도 더 있고 싶은 마음이 없어. 얼른 해치우고 돌아가자. 그런데 비무장은 어디지?"
제삼설녀가 말했다.
"더 내려가야 해요."

비무장으로 가는 길 또한 복도와 계단을 통해 하염없이 내려가는 여정이었다. 만년온옥을 품에 넣고 있는 갈맹덕의 얼굴이 다시 얼어붙기 시작하고 따라오는 설녀들의 얼굴에도 불안과 근심이 교차했다. 제오설녀가 제칠설녀에게 속삭였다.
"대체 어디까지 내려가려는 거지?"
제사설녀가 속삭였다.
"조금만 더 가면 탈의실이야. 설마 거길 넘어가려는 건 아니겠지?"
제칠설녀는 굳은 표정의 제삼설녀를 바라보았다. 제삼설녀는 무영을 노려보고 있었다. 그가 여전히 태연하게 걷고 있으니 오기가 발동한 듯했다. 위기감도 있었을 것이다. 이 정도 추위라면 그녀들도 한기를 느낄 정도였다. 그런데도 태연하다는 것은 놀라운 일이었다.
제칠설녀는 제삼설녀가 금기를 넘어설 것 같다는 느낌을 받았다.
드디어 탈의실이었다. 계단이 끝나고 작은 방에 도착하자 갈맹덕이 퍼렇게 얼어붙은 얼굴로 떨며 말했다.
"여, 여기냐?"

제삼설녀가 그를 힐끔 보고는 말했다.
"옷을 벗어요."
"뭐, 뭐라고?"
"더 내려가면 옷이 부스러져요."
제삼설녀가 먼저 옷을 벗었다. 제사, 제오, 제육설녀가 망연한 눈빛으로 그녀를 바라보고 있는 사이 그녀는 옷을 전부 벗고 알몸이 되었다.
"비무를 하려면 벗고 내려가야 해요."
전혀 몸을 가릴 생각도 없는 듯 나체로 서서 말하는 제삼설녀였다. 제칠설녀가 무영을 힐끔 보고는 제삼설녀를 따라 옷을 벗었다. 그리고는 갈맹덕과 무영을 향해 말했다.
"비무 당사자인 당신은 벗어야 해요. 안 그러면 움직일 때마다 옷이 부스러질 테니까. 뭐, 그래도 상관없다면 안 벗어도 되죠. 하지만 그렇게 되면 돌아갈 때 벌거벗고 가야 할 거예요. 참관인께서는 안 벗어도 좋아요. 벗었다간 얼어 죽겠죠. 별로 안 움직여도 될 테니 그냥 가서 앉아만 있도록 해요. 제가 들어드리죠."
무영은 잠시 망설이다가 옷을 벗었다. 물기도 없는데 벌써 버적거리는 느낌이 들었다. 과연 더 추워진다면 옷이 부스러지고 말 것 같았다. 이젠 그조차도 한기를 느꼈다. 생전 처음 경험하는 한기였다.
설녀들은 생전 처음으로 남자의 알몸을 보고 있었다. 그것도 젊은 남자의 나신을. 그녀들의 얼굴에 엷은 홍조가 떠올랐다. 제삼설녀는 무영이 혹시 추위를 막는 보물을 소지하고 있지 않은가 유심히 살피다가 부끄러운 부분에 눈이 닿자 그녀조차도 홍조를 띠고 시선을 돌려 옷을 벗지 않은 세 설녀에게 호통 쳤다.

"너희들은 왜 안 벗어!"
제오설녀가 망설이다가 말했다.
"저희들은 참관하지 않아도 되지 않을까요?"
제삼설녀가 코웃음을 쳤다.
"언니가 비무하는데 걱정도 안 된단 말이지."
제오설녀가 고개를 숙였다.
"벗을게요."

그렇게 벌거벗고 한참을 더 걸어 내려가야 했다. 반쯤 언 갈맹덕은 제육, 제칠설녀가 양쪽에서 들고 가야 했다. 갈맹덕은 눈동자만 굴리고 있을 뿐 입도 열지 못했다. 반항도 못했다. 살인적인 추위가 앙금처럼 가라앉아 있는 공간이었다. 설녀들조차도 떨기 시작했다.

무거운 공기가 늪 속의 부유물처럼 떠다니고 있는 공간이었다. 바람 한 점 없지만 매서운 추위가 뼛속으로 파고들었다. 얼음장을 깨며 그 속을 걷고 있는 듯한 느낌이었다. 무영은 이제 진짜 추위를 느꼈다. 몸이 경련을 일으키고 있었는데, 그게 떠는 것이라는 걸 한참 생각해 보고야 깨달았다. 사람들이 추위하는 것은 많이 보았지만 자신이 그걸 느껴보는 것은 처음이었다.

그는 오랫동안 걸어 내려와 비로소 도착한 작은 광장, 혹은 신전을 둘러보았다. 중앙에 솟아올라 있는 얼음 뿔 같은 것이 시선을 사로잡았다. 싸늘한 한광을 뿜어내는 거대한 얼음 뿔이었다. 바닥을 뚫고 들어가 있는 저 깊은 곳에는 이보다도 훨씬 큰 부분이 있을 것 같았다.

무영은 제칠설녀를 돌아보며 물었다.
"영세빙정?"
제칠설녀가 고개를 끄덕였다. 무영은 그녀의 나신을 잠깐 훑어보았다. 의도한 것은 아니지만 운중룡에게서 배운 색공 중 일부로 여인의 체형을 평가하는 몇 가지 구결이 머리에 떠오르고, 거기 맞추어 제칠설녀의 몸이 평가되었다. 극상에 속하는 체형이었다. 나머지 설녀들은 비교도 되지 않았다. 제칠설녀의 눈빛이 변하는 것 같았다. 무영은 아차 실수했다고 생각하고 시선을 돌렸다. 영세빙정의 앞에는 제단이 있고, 그 앞에 직사각형의 관 같은 것이 있었다. 무영은 다가가서 들여다보았다.

얼음장을 그대로 사각형으로 잘라서 끌어 올려놓은 듯한 얼음 관 속에 누군가가 들어가 있었다. 고대의 갑옷을 입고 얼굴을 통째로 가린 투구를 쓴 사람, 혹은 시체였다. 체형으로 보아서는 남자 같았다.

무영이 물었다.

"이건 뭐냐?"

제칠설녀가 제삼설녀를 돌아보았다. 제삼설녀는 입술을 깨물고 있었다. 무영이 얼어붙기는커녕 돌아다니며 구경꾼 같은 소리나 하고 있으니 분노가 치밀어 오른 것이다. 위기감이 엄습해 왔다. 영세빙정 앞에서는 그녀들의 신공이 두 배로 강해진다. 그러나 그것도 빙정이 내뿜는 한기보다는 강하지 않았다. 이런 상황에서는 싸우기 전에 이미 졌다고 해야 할 판이었다.

그러나 그녀에겐 아직 방법이 있었다. 그녀는 제칠설녀에게 말했다.

"설명해 줘."

그리곤 자신은 제단에 놓여 있는 작은 비수를 잡았다. 빙검(氷劍)이라고 부르는 빙궁의 보물이었다. 종사 외엔 만지지도 못하게 되어 있는 것이었지만, 오늘 무영을 이기기 위해서는 하는 수 없었다. 제칠설녀가 또 뭐라고 참견할까 봐 무영에게 설명이나 해주라고 한 것이었다.

제칠설녀는 그녀의 지시를 받고 무영에게 얼음 관 속의 인물에 대해 설명해 주고 있었다.

"우리도 정체는 몰라요. 언제부터 여기 있었는지도 모르고. 듣기로는 마도천하가 오고 이곳을 떠나게 되었을 때 종사께서 여기 저걸 들여온 다음 절대 건들지 말라고 지시하셨다지요. 그래서 우린 그냥 철갑마(鐵甲魔)라고 불러요. 얼음 속에 보관된 철갑마, 즉 빙장(氷藏) 철갑마지요."

문득 그녀가 제삼설녀를 보고는 표정을 굳혔다. 제삼설녀의 손에 빙검이 들려 있는 것을 본 것이다. 그녀는 입술을 떼 무어라 말하려 하다가 다물어 버렸다. 말려도 소용없다고 생각했던 것이다.

제삼설녀가 빙검을 무영에게 겨누며 말했다.

"시작하죠."

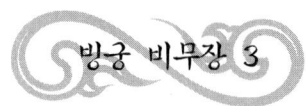

빙궁 비무장 3

 무영은 묵염흔과 파천황을 좌우에 나누어 들고 제삼설녀를 향해 섰다. 벌거벗고 이런 비무를 하는 경험은 처음이었기 때문에 드러난 나신이 적잖이 신경 쓰였지만 그런 기분은 곧 사라져 버렸다. 마교 서열이 자그마치 일백오십위, 그가 원래 차지했어야 할 칠백팔십삼위에 비하면 까마득한 윗자리에 있는 고수인 것이다. 서열이 큰 의미가 있는 것은 아니라고 생각하지만 능력도 없는데 높은 자리를 차지하고 있을 리도 없었다.
 빙궁의 무공이 어떤 것인지 거의 알지 못한다는 것도 문제였다. 충분히 조사해서 올 시간이 없었던 것이다. 검이, 혹은 도가, 그도 아니면 내가기공? 무엇으로 공격해 올지 모르니 긴장하고 기다릴 수밖에 없었다. 어설픈 선제공격은 패배를 자초하는 것이 될지도 모른다.
 추위라는 제약도 있었다. 추워서 떨면서 제대로 무공을 사용할 수는 없다. 태양신공을 운기해서 몸을 덥혀가며 초식을 펼쳐야 할 것 같았고, 실제로 그렇게 해서야 한기를 이겨낼 수 있었다. 적이 든 이상한 검은 뭘까? 마치 얼음 조각으로 만든 비수 같은데 엄청난 한기가 뿜어져 나오고 있지 않은가. 저걸 던지는 것일까, 아니면 저걸로 어떤 초식을?

어느 것도 아니었다. 제삼설녀는 무영의 정면에 서서 빙검을 내밀고는 가만히 서 있기만 했다. 그런데 그녀로부터 가공할 한기가 뿜어져 나왔다. 그녀가 운기하는 빙백한공이 만들어내는 한기에 빙검이 뿜어내는 냉기, 그 두 가지가 합쳐지고 증폭되어 무영에게 엄습해 오고 있는 것이다.

무영은 한층 더 강하게 태양신공을 운기했다. 그는 이 비무의 방식을 조금씩 깨닫기 시작했다. 이건 일종의 내공 대결이었다. 음과 양, 냉과 열, 궁극적으로는 얼음과 불의 대결이었다. 무영은 묵염혼과 파천황을 바닥에 꽂았다. 그것들은 그가 들고 있는 동안 열기에 달구어져 얼음 바닥에 쉽게 꽂혀 들어갔다.

제사설녀를 비롯한 설녀들의 안색이 흙빛이 되었다. 이곳은 그녀들에게는 신성하기 그지없는 장소였다. 거기 들어와 비무를 하는 것도 불경에 속하는데, 이제 그 성스러운 장소에 무기까지 박힌 것이다. 게다가 무영의 발 아래를 보라. 얼음이 녹아 흰 김이 뿜어져 나오고 있지 않은가. 이건 그녀들이 생각했던 것보다 큰일이 될 것 같았다. 그녀들은 이제야 제삼설녀를 뜯어말리지 않은 것을 후회하기 시작했다.

무영은 양손을 둥글게 모아 빙검의 한기가 엄습해 오는 정면에 두었다. 단전으로부터 만들어진 열기가 소주천과 대주천을 하며 기경팔맥을 흐르다가 어깨로, 팔로, 그리고 손으로 움직였다. 그의 손이 그린

원 안에서 태양신공의 열기가 모이기 시작했다. 그의 몸 전체가 붉은 열기를 담은 빛을 뿜어내고 있었다. 오색의 금구단이 더욱 영롱한 광채를 발했다.

그에 비하면 제삼설녀의 색깔은 단조로웠다. 그녀의 나신은 원래 햇빛을 못 보고 산 사람처럼 창백했는데 지금은 더했다. 그녀는 마치 눈으로 만든 사람처럼 백색으로 빛나고 있었다. 새까맣던 머리카락조차도 백색으로 변해 있었다. 창백하고 싸늘한 백색이었다.

백색과 적색의 대결이었다. 백색 한기가 예리한 창처럼 무영을 찌르는데, 무영은 붉은 열기를 방패로 삼아 그 창을 막고 있었다. 무영의 몸에서 점점 더 뜨거운 열기가 뿜어져 나왔다. 그의 발 밑은 둥글게 녹아 웅덩이가 되었고, 물이 끓어올랐다. 하얀 김이 웅덩이로부터 뿜어져 나와 무영을 감싸고 천장으로 올라갔다. 김은 그곳에서 서리가 되어 거미줄처럼 가는 선으로 얼어붙었다.

제사설녀가 참지 못하고 고함을 질렀다.

"그만 해요! 그만!"

제칠설녀가 서둘러 그녀를 말렸다.

"지금 떠들면 위험해요! 언니가 죽을 수도 있어요!"

제사설녀는 입을 손으로 막아 간신히 비명 지르고 싶은 마음을 참으며 말했다.

"하지만…… 이대로 두면 우린 빙후님께 죽을 거야."

제칠설녀는 비무하는 두 사람을 바라보았다. 제삼설녀가 싸울 방법을 잘못 선택한 것 같았다. 저 남자는 아무래도 천부적으로 추위에 강한 체질을 타고난 모양이었다. 거기에 열과 양을 위주로 하는 신공까지 익혔다. 원래 음은 양의 천적이다. 오행의 원리상 수극화(水克火),

즉 물로 불을 끌 수 있기 때문이다. 그러나 불의 크기가 너무 크면 물은 오히려 불의 기운을 돋우어주는 수도 있다. 타오르는 난로에 물을 끼얹으면 오히려 불길의 크기가 더욱 커지는 것과 마찬가지 원리였다.

지금 제삼설녀의 공격이 딱 그 역할을 하고 있었다. 그녀가 뿜어내는 한기는 무영에게 전혀 타격을 주지 못하고 오히려 그 열기 주위를 돌며 방 안에 가득 찬 습기와 함께 끓어올라 수증기가 되어 천장으로 올라가고 있었다. 빙정이 내뿜는 한기의 영향으로 급격한 변화는 없었지만 무영이 만드는 열기가 조금씩이나마 성전 안의 전체 온도를 올리고 있었고, 이것은 다시 빙정의 힘을 약화시키는 작용을 하는 것 같았다.

제칠설녀는 고심을 거듭했다. 제삼설녀가 져서 징계를 받기를 바라긴 했지만 이런 식으로 나가다가 성전이 망가지면, 빙정이 손상되면, 혹은 빙검이 망가지기라도 한다면? 제삼설녀만이 아니라 그녀들 전원, 이 비무에 관련된 모든 사람들이 빙후 앞에 목을 바쳐야 할 것이다.

'뜯어말려야 하려나.'

그녀가 비무를 중단시킬 방법을 찾으려고 고심하는 사이 다행히 제삼설녀도 비슷한 생각을 했는지 공격 방법을 바꾸었다. 한기를 뿜어내는 것을 그치고 초식을 사용하기 시작한 것이다. 그녀는 천천히 무영에게 다가가 빙검을 휘둘렀다. 그녀의 검에서 수십 개의 얼음 칼날이 만들어져 무영을 향해 날아갔다.

그러는 동안 무영도 가만히 있지는 않았다. 그사이 손에 모아두고 있던 열기를 밀어 제삼설녀를 향해 던졌다. 언젠가 제강산이 사용해 동굴의 악룡을 죽였던 태양구를 시전한 것이다. 아직은 제대로 완성시키지 못해 형체를 이룬 것이 아니라 그저 열기의 덩어리에 불과하지만 제삼설녀에게는 충분히 효과가 있었다. 제삼설녀가 만들어낸 얼음 칼날들이 열기에 부딪치는 대로 녹아버렸다. 제삼설녀 본인도 후끈 끼쳐 오는 열기에 놀라 몸을 비키며 정신없이 빙검을 휘둘렀다. 열기는 그녀의 손짓에 밀려 방향을 틀더니 제단 앞 얼음 관에 맞았다.

제칠설녀가 얼른 달려가서 얼음 관을 살폈다. 표면이 약간 녹았지만 큰 타격은 없는 것 같았다. 그녀는 놀란 가슴을 쓸어 내리며 제삼설녀를 노려보았다.

사실 이건 제삼설녀의 잘못만은 아니었다. 예로부터 그녀들 빙궁의 고수들은 강호에 나가 거의 적수를 만나는 일이 없었다. 강호무림은 대개 남자들의 세계였고, 그들은 체질상 음한 계열보다는 양강 계열의 무공을 주로 익힌 자들이었다. 이쪽보다 약하다면 말할 것도 없고 엇비슷한 수준이라도 음한 계열의 무공이 실전에 유리한 게 무공의 원리라 그녀들은 상당한 이점을 안고 싸울 수 있었던 것이다.

하물며 빙정의 한기를 간직한 그녀들은 초식이니 뭐니 해서 손발을 수고롭게 할 필요가 없었다. 당년에 빙후는 저 빙검 한 자루로 천하를 제패하다시피 했었다. 그녀가 빙백한공을 운기하기만 해도 가까이 접근할 수 있는 자가 없었고, 빙검을 겨루면 얼어붙지 않는 자가 드물었다. 반쯤 얼음이 된 자에게 다가가 마무리를 해주면 그만이었던 것이다.

제삼설녀도 그것만 믿고 여타의 무공 수련에는 신경을 쓰지 않고 빙정의 한기를 흡수하고 간직하는 것에만 주력해 왔다. 그 결과가 지금 드러나고 있었다. 한기가 통하지 않는 상대를 만나자 강호초출의 무사처럼 허둥대고 있지 않은가.

무영이 무기를 꽂아둔 곳에 가서 묵염흔과 파천황을 잡았다. 어느새 바닥이 다시 얼어붙어 있었다. 그는 태양신공을 운기했다. 그의 몸이 빨갛게 달아올랐다. 몸 안쪽에 이글이글 타오르는 불길이라도 있는 것처럼 빛이 났다. 제삼설녀가 백색의 얼음 칼날을 날려 보냈지만 그의 몸에 닿기도 전에 봄날 아지랑이처럼 사라져 버렸다. 무영이 검과 도를 뽑아내었다. 그는 양손에 그것들을 나누어 잡고 제삼설녀를 향해 다가갔다. 패도적인 기상과 살기가 그에게서 풍겨져 나왔다.

제삼설녀는 한 걸음씩 물러났다. 이젠 더 이상 싸움이 되지 않았다. 그녀는 겁먹은 토끼처럼 도사리며 뒤로 물러나고 있었다. 몸을 방어하려는 듯 빙검을 내밀고 있었지만 위력을 발휘하지 못하는 빙검은 녹다만 고드름처럼 가냘프기만 해서 차라리 애처로워 보였다. 그에 비하면 파천황의 백색 살기와 묵염혼의 검은 불꽃은 악마의 무기처럼 공포스러웠다.

무영이 그녀의 바로 앞까지 접근했다. 파천황이, 혹은 묵염혼이 움직일 찰나 제삼설녀는 바닥에 주저앉아 버렸다. 싸움은 끝났다.

제칠설녀가 소리쳤다.

"끝났어요! 얼른 나가요! 다들! 빨리!"

특히 내보내고 싶었던 것은 무영이었을 것이다. 무영은 성전을 둘러보았다. 군데군데 녹고 다시 얼어붙은 모습은 처음과 비교하면 처참할 정도였다. 그는 너무 싱겁게 끝난 듯한 느낌 때문에 오히려 어리둥절해하며 성전을 빠져나갔다. 저따위 하수가 백오십위라는 건 정말 이상한 일이 아닐 수 없었다.

그는 설녀들을 따라 탈의실까지 가서 다시 옷을 입고 위로 올라갔다. 반쯤 얼어붙었던 갈맹덕은 위로 올라가면서 점점 녹아서 만찬이 열렸던 방에 돌아갔을 때는 비로소 자기 힘으로 일어나 설 수도 있었다. 그러나 입술은 아직도 얼어붙어서 제대로 말을 못했다. 그 입으로도 억지로 몇 마디 했는데, 졌다는 확인서를 쓰라는 말이었다. 얼른 받아서 돌아가고 싶은 것이다.

제칠설녀가 필기구를 준비했다. 붓이나 먹물 같은 것을 쓸 수가 없었기 때문에 넓적한 석판과 철침을 가져와 제삼설녀의 앞에 놓았다. 제삼설녀가 마지못해서 떨리는 손으로 철침을 들어 삐뚤삐뚤한 필체로 졌다고 쓰고 이름을 새겨 넣었다. 그리고는 철침을 던지고 울음을 터뜨렸다.

그러는 사이 성전에서는 기변이 일어나고 있었다.

얼음 관은 태양구에 맞고 나서도 멀쩡한 게 아니었다. 표면의 얼음이 약간 녹은 정도로밖에 표가 나지 않았지만 진짜 영향을 받은 것은 그 속의 철갑마였다. 얼음 관을 때린 열기의 일부가 멈춰 버린 철갑마의 심장에 약간의 온기를 전했던 것이다.

철갑마는 죽은 게 아니었다. 그는 마교통일대전 당시에 싸웠던 무인 중 하나였고, 그중에도 정종과 마교를 통틀어 다섯 손가락 안에 꼽히는 고수였다. 대종사와 제강산, 최염, 빙후 등 마교의 종사들과 정도 구대문파 장문인급의 초고수들이 참가한 마지막 싸움에서 심각한 타격을 입어 쓰러진 것을 빙후가 빼돌려서 여기 데려왔던 것이다. 그가 입은 상처가 너무 엄청난 것이라 그녀조차도 고치지 못하고 여기 냉동시켜 보관하는 것으로 끝낼 수밖에 없었지만 그는 죽지 않고 끈질기게 생명을 유지하고 있었다.

그리고 빙정이 있었다. 빙정은 빙궁의 모든 것이었다. 언제, 어떻게 해서 여기 있게 된 것인지는 모르지만 아득한 옛적부터 빙정은 이 자리에 존재하여 그 강렬한 한기로 주변의 얼음을 더욱 굳게 하고, 이루다 헤아리지 못할 무한한 공능을 발휘했다. 애초에 빙후가 그것 때문에 여기 철갑마를 빙장해 두기도 했지만, 빙정의 공능 중에는 치료 효과라는 것도 있었다. 오랜 세월, 근 십칠 년간 빙정 바로 앞에 누워 있던 철갑마에게도 그것이 작용했다. 그는 조금씩 치료되었고, 약간의 계기만 있으면 깨어날 수도 있는 상태였던 것이다. 태양구의 열기가 바로 그 계기였다.

심장이 다시 뛰고 피가 다시 흘렀다. 갑옷에 갇힌 철갑마의 싸늘한 육체에 온기가 돌고 무한한 기운이 그 온기를 따라 다시 일어났다. 투구 사이로 붉은빛이 번뜩였다. 그가 눈을 떴다. 얼음 관이 갈라지기 시작했다. 잠시 후 얼음 관은 폭발하듯 터져 나가고 철갑마가 일어났다.

그는 비틀거리며 걸었다. 제단에 기대어 잠시 쉬고 눈을 들어 사방을 보았다. 그는 혼란스러워하고 있었다. 그의 머리 속은 백지와도 같았다. 텅 빈 공간과도 같은 막막함만이 그의 두뇌를 채우고 있었다. 그 광활한 공허가 그를 혼란스럽게 하고 두렵게 했다. 그리고 고통이 있었다.

그는 머리를 잡고 비명을 질렀다. 머리가 깨어지는 것 같은 고통이 휘몰아쳐 왔다. 그는 투구를 손으로 잡아 깨뜨릴 듯이 비틀었다. 그러나 투구는 깨어지지도, 벗겨지지도 않았다. 그의 엄청난 힘으로도 투구는 어쩔 수 없는 물건이었다. 빙검과 빙정, 그리고 이 투구를 만든 만년한철(萬年寒鐵)은 빙궁의 삼대보물로 전해오는 것이었고, 그중 하나인 만년한철을 모두 사용해서 투구와 갑옷을 만든 것은 그 누구도 철갑마의 정체를 알아보지 못하도록 하기 위한 것이었다. 그녀가 평생토록 유일하게 사랑한 이 남자를 마도천하에서 숨겨주기 위한 노력이었다.

철갑마의 길고 고통스러운 비명이 성전을 울리고 통로를 따라 멀리 퍼져 나갔다. 제칠설녀가 고개를 갸웃거리며 귀를 기울였다. 제사설녀가 물었다.

"왜 그러니?"

제칠설녀가 대꾸했다.

"언니는 이상한 소리 안 들려요? 비명 같은……."

제사설녀가 잠시 귀를 기울이더니 고개를 저었다.

"아무 소리도 안 들리는데?"

"제가 잘못 들었나 보죠."

제칠설녀가 그렇게 말하고 다시 귀를 기울였다. 분명히 무언가 비명 같은 소리가 들려오고 있었다. 저 아래쪽 어딘가에서였다. 등골이 서늘해지는 경험이었다. 빙궁에는 여기 모인 사람들 외에는 아무도 없었다. 그런데 누가 비명을 지른단 말인가. 착각일 거라고 믿고 싶었다. 그런데 무영이 중얼거렸다.

"저 아래 누가 있다. 소리가 들린다."

제삼설녀가 고함을 질렀다.

"헛소리 그만 하고 이거나 가지고 꺼져!"

갈맹덕이 부들부들 떨며 말했다.

"그래, 나도 여기 잠시도 더 있고 싶지 않다. 가자!"

제사설녀가 손을 내밀었다.

"온옥 돌려줘요. 그건 갖고 갈 수 없어요."

갈맹덕은 그녀를 멍하니 쳐다보다가 품속에서 온옥을 꺼내 던졌다.

"더럽다, 더러워! 얼어 죽으려 하는 사람에게서 불을 뺏어도 유분수지. 이곳을 떠날 때까지만 기다려 주지도 못해!"

그는 벌떡 일어났다. 아무리 추위에 약한 그지만 실제로 얼어 죽을 정도는 아니었다. 분노의 불길이 온옥보다 훨씬 효과가 좋은 듯 그는 순식간에 팔팔하게 성질 난 노인이 되어 무영의 소매를 잡아끌었다.
"가자, 가!"
제칠설녀가 외쳤다.
"누가 와요!"
통로 저 아래쪽으로부터 야수의 포효 같은 것이 들려오고 있었다. 잠시 후 방에 한 사람이 나타났다. 머리를 통째로 감싼 투구, 온몸을 두른 갑옷, 강철 장갑과 강철 장화. 온몸에서 드러난 것은 붉게 타오르는 눈뿐인 사람, 빙장 철갑마였다.

제 35 장
빙장 철갑마

▌머리를 통째로 감싼 투구, 온몸을 두른 갑옷, 강철 장갑과 강철 장화
온몸에서 드러난 것은 붉게 타오르는 눈뿐인 사람, 빙장 철갑마

빙장 철갑마 1

 철갑마는 방 안에 있는 사람들을 보았다. 그러나 그는 그게 '사람'이라고 인지하지 못했다. '사람'이 무엇인지도 몰랐다. 그저 무언가 움직이고 소리 내는 것들이 방 안에 있다는 정도만이 그가 인지하는 모든 것이었다.
 그는 천천히 방 안으로 걸어 들어갔다. 얼음 의자 하나가 그의 발에 걸렸다. 그는 그대로 걷어차서 부숴 버렸다. 시끄러운 소리가 들려왔지만 그 의미를 알 수 없었다. 그는 머리를 돌려 이쪽저쪽을 보았다. 의미없는 물건들, 의미없는 표정들, 의미없는 소리들. 그는 고함을 질렀다. 끔찍한 비명이 방 안을 가득 메우고 퍼져 나갔다.
 무언가 차가운 느낌이 가슴에 닿았다. 철갑마는 고함 지르던 것을 멈추고 앞을 바라보았다. 무언가가 그를 향해 손을—그게 손이라는 것도 몰랐지만—내밀고 있었다. 차가운 기운은 거기서 비롯되고 있었다. 철갑마는 그것을 향해 다가가 손을 휘둘러 때렸다. 그것이 재빨리 피해서 그의 손에 맞지 않았다. 철갑마는 화가 났다.

그는 그것을 따라잡으려 달렸다. 앞에 다시 무언가가 걸렸다. 그는 그대로 부딪쳐서 얼음 탁자를 부수고 그 건너편으로 달려나갔다. 탁자에 올려져 있던 것들이 바닥에 떨어졌다. 그중 하나가 그의 호기심을 끌었다. 그는 물건을 집어 들었다. 둔탁한 무언가가 그의 머리를 때렸다. 강한 충격이 그의 머리를 진동시켰다.

철갑마는 잠시 멍하니 있다가 괴성을 지르며 고개를 들었다. 격렬한 고통과 충격이 그만큼의 분노를 가져왔다. 아까 전과는 다른 어떤 것이 그에게 손을 내밀고 있었다. 그게 갈맹덕이고, 방금 장풍으로 그를 가격했다는 것을 그는 물론 몰랐다. 하지만 분노를 터뜨릴 상대가 누구인지는 알았다. 그는 갈맹덕을 향해 손을 내밀고 달려갔다.

갈맹덕은 자신의 장풍에 맞고도 멀쩡한 이 괴물을 믿을 수 없다는 듯 바라보고 있다가 가까이 왔을 때에야 몸을 날려 피했다.

철갑마가 따라갔다. 그가 의식하지 못하는 사이에 그는 점점 빨리 달리고 있었다. 머리는 비어버렸어도 몸은 기억하고 있었던 것이다. 소림 철비각에 이은 무당 제운종의 경공술이 발휘되었다.

그는 허공에 놓인 사다리를 딛고 올라가듯 공중으로 떠올라서 갈맹덕을 향해 날아갔다. 이번에는 무당 청운신법(靑雲身法)이었다. 한 조각 구름처럼 그렇게 가볍게 날아가서 그는 갈맹덕의 머리 위로 떨어져 내렸다. 그는 갈맹덕을 향해 무시무시한 기세로 주먹을 휘둘렀다. 갈맹덕이 경악해서 도망쳤다. 신법은 정교했지만 공격은 격식을 갖추지 않은 것이었기 때문에 쉽게 피할 수 있었다.

철갑마가 풍차처럼 팔을 휘둘러 대었다. 이것도 그의 신법과 마찬가지로 점점 빨라지고 점점 강해졌다. 게다가 무언가 격식을 찾고 있는 것 같았다. 갈맹덕은 철갑마가 만들어내는 압력에 밀려 후퇴하며 표정을 굳혔다. 이렇게 일방적으로 밀린다는 것이 그가 아무리 추위 때문에 제 실력을 발휘하지 못하고 있다고 해도 있을 수가 없는 일이었다. 마교 서열 팔십삼위라는 이름이 무색한 일 아닌가.

갈맹덕이 고함을 지르며 팔을 뻗었다. 순간적으로 그의 손바닥이 솥뚜껑처럼 커지고 팔이 두 배 길이로 늘어났다. 밀종대수인(密宗大手印)의 일초였다. 철갑마의 가슴팍에 이 일초가 그대로 박혀 들어갔다. 철갑마가 뒤로 밀려갔다. 그러나 이내 다시 앞으로 전진하며 갈맹덕의 팔을 붙잡았다.

갈맹덕의 팔이 팔꿈치 쪽으로 꺾였다. 보통 사람 같으면 그대로 부러졌을 것이다. 그러나 갈맹덕의 팔은 탄력있는 버드나무 가지처럼 꺾는 방향으로 휘었다가 뱀처럼 구부러져서 철갑마를 밀어냈다. 그리고 철갑마의 가슴을 연달아 세 번 때렸다. 소뢰음사(小雷音寺)의 절초 홍염수(紅焰手)였다.

그러나 철갑마는 여전히 무사했다. 그는 맞은 티도 내지 않고 묘한 각도로 손을 뻗어 다시 한 번 갈맹덕의 팔을 잡았다.

갈맹덕의 안색이 파랗게 질렸다. 이번엔 추위 때문이 아니라 위기감 때문이었다. 조금 전에는 일부러 잡혀준 것이지만 이번엔 아니었다. 피하려고 했는데도 그냥 잡혀 버린 것이었다. 무언가 묘한 금나술을 사용하는구나 싶었다. 게다가 이번에는 팔을 꺾는 게 아니라 비틀고 있었다. 아무리 그가 유가신공(瑜伽神功)을 익혔어도 비틀어 끊는 것까지 견딜 수는 없었다. 그는 운기해서 저항했다. 그러나 그것도 힘겨웠다. 철갑마의 힘은 사람의 힘이라고는 믿어지지 않을 정도로 엄청났다. 엄청난 내공이었다.

　금방이라도 갈맹덕의 팔이 부러져 나가려 하는 찰나, 한 자루의 몽둥이처럼 생긴 검이 철갑마를 향해 날아들었다. 철갑마는 팔뚝으로 검을 막았다. 팔이 울렸다. 이 충격으로 그는 갈맹덕을 놓아버리고 이번에는 검을 휘두른 상대를 보았다. 무언가가 그의 시선과 머리를 사로잡았다. 철갑마는 우뚝 서서 움직이지 않았다. 이번에는 화도 내지 않았다. 반짝이는 무엇? 움직이는 저 무엇? 백지처럼 비어버린 머리 구석 어딘가에서 조금 움직이는 게 있었다. 철갑마는 그게 뭔지 생각했지만 끝내 아무것도 떠오르지 않아 괴로워했다.

　머리가 아파왔다. 철갑마는 신음하며 머리로 손을 올리다가 아까 주웠던 물건을 보았다. 다시 한 번 그의 머리 한쪽 구석에서 무언가가 움직였다. 눈에 익숙한 물건이었다. 실제로 그것은 무영이 예물로 가져온 빙후의 조각상이었고, 그의 눈에 익숙한 것은 조각상이 아니라 그 원형이 되는 사람이었지만 그는 알지 못했다. 끝내 그걸 알아보지도 못했다. 철갑마는 조각상을 던져 산산조각이 나도록 만들어 버렸다. 그리고 훨씬 흥미가 끌리는 무영을 향해 접근했다.

　무영은 창백한 얼굴로 철갑마를 보았다. 묵염혼을 팔뚝으로, 비록 갑옷을 입었다고는 하지만 팔뚝으로 막은 괴물이었다. 이렇게 강철 산을 때린 듯이 반응이 없는 경험은 처음이었다. 게다가 이제 그를 목표로 다가오고 있지 않은가.

　갈맹덕이 바닥에 구르는 석판을 챙겨 품속에 넣으며 소리쳤다.

　"그만 가자! 우리 일은 이제 끝났어!"

　설녀들이 그를 원망스럽게 흘겨보고는 서로를 향해 의견을 구했다. 평정이고 뭐고 없었다. 이제 그녀들이 처벌받는 것은 기정사실이었다.

일이 조금이라도 더 커지지 않게 수습하는 것만이 그녀들의 살길이었다.

제칠설녀가 외쳤다.

"모두 동시에 한기를 뿜어 공격해요!"

운이 좋으면 다시 얼릴 수 있을지도 모른다고 생각한 것이다. 그녀의 지시에 따라 다섯 명의 설녀들이 동시에 손을 뻗어 철갑마를 향해 한기를 뿜어냈다. 철갑마가 잠시 움찔했다.

무영이 묵염혼을 휘둘렀다. 검은 마기의 불꽃을 뿜으며 묵염혼은 철갑마의 투구와 갑옷이 연결되는 선을 때렸다. 철갑마가 고개를 갸우뚱했다. 이번에는 무영이 반대 방향으로 돌며 파천황을 휘둘러 갑옷 틈으로 찔러 넣었다. 파천황은 한 치쯤 들어가다가 단단한 벽에 걸린 듯 멈췄다. 무영의 표정이 변했다. 분명히 갑옷 틈새로 박아 넣은 것인데 갑옷보다 단단한 무언가에 막힌 것이다.

철갑마의 주먹이 날아오고 있었다. 무영은 몸을 기울여 아슬아슬하게 그 공격을 피했다. 철갑마의 주먹이 다시 날아들었다. 무영은 이번에도 피했지만 이상한 느낌이 뇌리를 때리고 있었다. 다시 한 번 철갑마의 공격이 가해질 때 그는 그게 뭔지 깨달았다.

'대력금강수!'

갈맹덕이 소리치고 있었다.

"대력금강수다! 그놈은 소림사 출신이야!"

철갑마가 멈춰 섰다. 그는 멍한 눈으로 갈맹덕을 보다가 다시 무영을 보았다. 설녀들이 계속 그를 향해 한기를 뿜어내고 있었지만 그는 상관도 하지 않았다. 그건 그에게는 기분 나쁜 한기 정도에 불과했다. 하지만 '대력금강수'라는 소리가 그를 자극했다. 방금 전까지 그가 노렸던 '그것'도 뭔가 자극하는 면이 있었다. 그는 생각을 포기하고 다시 무영을 노렸다.

그를 자극하는 그게 뭘까. 기분 나쁜 느낌이 드는 흑색의 검도 아니고, 뭔가 반가운 듯한 백색의 칼도 아니었다. 반짝이는 보석도 아니었다. 그를 자극하는 것은 사람, 혹은…….

그는 그걸 찾았다. 검은 목걸이, 어딘가 반가운, 마치 그의 신체 일부와도 같은 느낌의 강철 목걸이였다. 그는 손을 내밀어 무영의 목을 노렸다. 그가 말을 할 수 있었다면 '그건 내 거'라고 말했을 것이다.

무영은 철갑마의 손길을 피하려고 했다. 그러나 한순간 목이 당겨졌다. 아직 철갑마의 손이 닿기도 전에 목걸이가 절로 반응한 듯이 철갑마의 손으로 움직여 가고 있었다. 마치 의지를 가진 생명체처럼. 무영의 표정이 변했다. 이건 예전에 제강산의 손에 잡힐 때와 마찬가지 느낌이고 상황이었다. 피할 수도 없었다. 그는 꼼짝도 못하고 철갑마의 손에 잡혔다. 철갑마가 잡은 것은 목걸이였지만.

철갑마가 목걸이를 잡아당겼다. 무영이 끌려갔다. 그는 그 힘으로 파천황을 철갑마의 배에 찔러 넣었다. 전혀 들어가지 않았다. 철갑마가 목걸이를 흔들었다. 무영은 그 손길을 따라 정신없이 좌우로 흔들렸다. 이건 마치 닭 목을 잡아 흔드는 꼴이나 다름없었다. 무영은 어떻게든 몸을 비틀어 철갑마를 향해 묵염혼을 휘둘렀다. 철갑마가 귀찮다는 듯 묵염혼을 잡더니 그 손에서 빼앗아 저만치 던져 버렸다. 그의 손에서 무영은 어린아이와도 같이 다뤄졌.

무영은 파천황마저 놓아버렸다. 이렇게 된 이상 어쩔 수 없었다. 그는 갈맹덕과 설녀들이 지켜보고 있는 데도 불구하고 대력금강수로 철갑마의 가슴을 때렸다.

갈맹덕이 또 소리쳤다.
"네가 왜 대력금강수를 사용하는 거지?"
물론 그의 말에 대답하는 소리는 없었다. 철갑마는 잠깐 멈춰 서 무영을 보다가 두 손으로 강철 목걸이를 잡고 좌우로 당겼다. 강철 목걸이가 비틀려서 일그러지기 시작했다. 무영의 눈이 커졌다. 그렇게 잡아 비틀던 철갑마가 갑자기 고함을 질렀다. 답답한 모양이었다.
그는 목걸이를 잡아늘이다 말고 손으로 목걸이를 후려쳤다. 무영의 얼굴에 상처가 생기는 것은 개의치도 않았다. 그러더니 갑자기 강철 목걸이를 잡고 눈을 빛냈다. 마치 운기라도 하는 것처럼 가공할 기세가 그에게서 뿜어져 나왔다. 강철 장갑이 터져 나가고 손이 드러났다. 불에 탄 것처럼 일그러진 앙상한 손이었다. 그 손에서 푸르스름한 기운이 뿜어지더니 강철 목걸이에 전달되었다. 강철 목걸이가 기묘한 반응을 보였다. 목걸이는 마치 살아 있는 뱀처럼 조금씩 꿈틀대더니 무영의 목에서 풀려 나가 철갑마의 손에 잡혔다.
철갑마는 꿈틀대는 길쭉한 강철봉을 잡은 것처럼 그렇게 놈을 들고 있다가 기괴한 소리를 냈다. 마치 만족한 웃음소리와도 같은 그런 소리였다.
갈맹덕이 소리쳤다.
"무영, 그만두고 가자! 우리 일은 끝났어! 안 가면 나 혼자라도 가겠다!"
철갑마가 그 말에 다시 갈맹덕을 보고, 무영을 보았다. 이번에야말로 깊은 충격을 받은 듯한 모습이었다. 그의 입에서 무언가 소리가 흘러나왔다.
"그그그그기기……!"

무영은 멍청하게 서서 자신의 목을 만지고 있었다. 저 끔찍한 강철 목걸이가 이런 방식으로 목에서 풀려 나갈 줄은 몰랐다. 대체 이 철갑마의 정체가 뭔지 알 수 없었다. 강철 목걸이가 어떻게 저렇게 된 것인지도.

갈맹덕이 달려와서 그를 잡았다. 그리고는 억지로 끌고 문을 향했다. 무영은 정신을 차리고 갈맹덕의 손을 뿌리쳤다. 고집을 부려 철갑마와 싸우기 위해서가 아니었다. 철갑마는 도저히 그의 능력으로 상대할 수 있는 적수가 아니었다. 그리고 그가 상대해야 할 이유도 없었다. 의문은 의문대로 남겨두고 이곳을 떠나는 게 나을 것이다.

무영은 묵염흔과 파천황을 챙기고, 마침 묵염흔이 떨어진 곳 부근의 깨어진 항아리에서 쏟아진 벽곡단을 한 줌 집어 품에 넣었다. 그는 설녀들을 바라보았다. 그녀들은 이제 철갑마를 제압할 생각을 포기하고 망연히 바라보고만 있었다.

무영은 무어라 말할까 하다가 포기하고 문을 향해 뛰었다. 갈맹덕은 이미 계단을 통해 위로 달려가고 있었다. 뒤에서 철갑마가 고함을 지르고 있었다.

"무, 무우우우, 무영—!"

무영은 하마터면 넘어질 뻔했다. 괴물이 자신의 이름을 부르고 있지 않은가. 하지만 거기 무슨 의미가 있단 말인가. 들은 말을 되풀이하는 것에 불과할 것이다. 그는 다시 계단을 따라 달리기 시작했다. 빙궁의 지상으로 올라가 정문을 빠져나간 뒤 갈맹덕의 뒤를 따라잡을 때까지 그는 쉬지 않았다.

빙장 철갑마 2

 무영과 갈맹덕이 떠난 후 빙궁의 설녀들에게는 철갑마를 제어할 수 단이 없었다. 그들이 있었을 때는 그나마 싸워주는 사람이라도 있었지만 이제 그들도 없었고, 그녀들은 싸울 엄두도 내지 못했다. 그녀들의 유일한 무기인 '한기'가 통하지 않으니 아무런 저항 수단이 없었다.
 제칠설녀는 철갑마를 피해 방 한쪽 구석으로 가면서 자신들의 장점이 곧 약점이 된다는 사실을 절실하게 곱씹었다. 그건 무영을 통해서 이미 명확하게 드러났다.
 제삼설녀가 게으름을 피우며 수련을 열심히 하지 않긴 했지만 그렇게까지 약한 것은 아니었다. 만약 그녀가 한기가 아닌 순수한 내공으로 밀어붙였으면 무영보다 나았을지도 모른다. 적어도 비등하기는 했을 것이다. 하지만 자신하고 있던 한기로, 그리고 별로 능숙하거나 효과적이지도 못한 초식으로 상대했으니 지게 된 것이다. 무공의 고하가 아니라 성질이 상극인 것이 문제가 되었다고 그녀는 보고 있었다. 일종의 천적 관계라고나 할까.

사실 승부는 무영이 탈의실을 지나 성전에까지 따라왔을 때, 그곳에서도 그저 조금 추위를 탈 뿐 얼어붙지 않았을 때 이미 그녀들의 패배로 결정된 것이나 다름없었다. 빙정의 한기를 아무렇지도 않게 견디는 사람에게 그녀들이 달리 무슨 방법을 더 사용해 볼 수 있었을 것인가.

지금 와서 생각해 보니 제삼설녀가 아니라 그녀 자신이 비무를 한다고 해도 별 뾰족한 방법이 없었을 것이다. 물론 그때 이 이야기를 했다고 해서 제삼설녀가 패배를 인정했을 리는 없었지만 어쨌든 이건 나중에라도 반드시 해결되어야 할 문제였다. 이화태양종 사람들에게 이렇게 당하고만 있을 수도 없고, 또 이화태양종 사람이 아니더라도 한기에 강한 자들이 강호에 더 없으리란 법도 없으니까.

어쩌면 해남도에 있는 빙후도 이 문제에 대해 생각하고 있을지도 모른다. 빙정의 기운을 느끼지 못하는 해남도에서 빙궁 사람들의 힘을 유지하기 위해서는 빙백한공 외의 다른 무언가가 필요했을 테니까. 어쩌면 그게 북해를 이화태양종에게 내주고 멀리 해남도로 이주하라는 대종사의 명령에 따른 이유일지도 모른다. 정말로 빙궁의 힘이 빙정에서만 나온다면 차라리 빙궁에서 결사항전하다가 죽는 한이 있더라도 떠나지는 않았을 것이다. 힘이 전부인 마도천하에서 점점 약해진다는 것은 어차피 죽는 길이 될 터이므로.

제삼설녀가 외쳤다.

"다가오고 있어!"

제칠설녀의 상념이 중단되었다. 철갑마가 다가오고 있었다. 제삼설녀를 비롯한 설녀들이 철갑마를 피해 방 건너편으로 우르르 몰려갔다.

겁먹은 여자애들이 하는 행동 그대로였다. 제칠설녀는 그녀들을 경멸하는 빛으로 바라보았다. 이미 벌어진 일만으로도 그녀들은 무사하지 못할 것이었다. 철갑마가 해치지 않는다 해도 빙후가 그냥 두지 않을 테니까.

그녀가 보기엔 철갑마가 그다지 위험해 보이지도 않았다. 통제할 방법이 없어서 탈이지 난폭한 것 같지는 않았으니까. 이쪽에서 먼저 공격하지만 않으면 철갑마가 날뛰지는 않을 거라고 그녀는 생각하고 있었다. 그래서 그녀는 다른 설녀들과 달리 피하지 않았다.

철갑마가 그녀에게 다가와 손을 내밀었다. 제칠설녀는 움직이지 않고 서서 그를 바라보았다. 붉게 타오르는 듯한 눈빛이 그녀의 눈을 찔렀다. 철갑마는 그녀의 뺨에 손을 댔다. 장갑이 부서져 맨살을 드러낸 그 손이었다. 따듯했다. 철갑마의 손에는 온기가 흐르고 있었다. 차츰 철갑마의 눈빛이 안정되고 있었다. 붉은 기운은 여전했지만 더 이상 야수처럼 보이지는 않았다.

철갑마의 투구 사이로 소리가 새어 나왔다.

"무, 무영! 무영!"

그는 설녀에게서 시선을 돌려 무영이 나간 문을 바라보았다. 그리고는 문을 향해 걸어갔다. 철갑마는 곧 계단을 통해 위로 올라갔다.

설녀들이 제칠설녀에게 물었다.

"어떻게 하지?"

제칠설녀가 대답했다.

"따라가야죠."

제칠설녀를 선두로 해서 설녀들은 철갑마의 뒤를 따랐다. 철갑마는 느리지도 빠르지도 않게 일정한 속도로 계단을 올라가 지상으로 나가더니 정문을 통해 밖으로 빠져나갔다. 설녀들은 정문 안쪽에 서서 발을 동동 굴렀다.
 "도망가려나 봐!"
 "이제 어떻게 하지?"
 "빙후님이 아시면 우린 곱게 죽지 못할 거야!"
 제칠설녀는 말없이 빙궁 밖으로 나섰다. 제삼설녀가 뒤에서 소리쳤다.
 "어디 가는 거야?"
 제칠설녀가 대답했다.
 "철갑마가 가는 곳이라도 확인해야죠. 청소라도 하면서 기다리세요."
 제삼설녀가 펄펄 뛰었다.
 "청소라도 하라고? 네가 감히 그런 말을……!"
 제칠설녀는 뒤도 돌아보지 않고 빙원 저편으로 사라졌다. 제삼설녀는 입술을 깨물며 돌아섰다. 제칠설녀의 말대로 청소라도 하는 것 외에 달리 할 일이 없었다. 만찬이 열렸던 방을 정리하고 혹시나 해서 성전에 내려간 그녀들은 잃어버린 것이 철갑마뿐만이 아니라는 걸 알게 되었다. 빙검도 사라졌던 것이다.

 무영과 갈맹덕은 거의 하루 종일 걷고 나서야 바람이 덜한 곳을 찾아 휴식했다. 갈맹덕은 그 혼란 중에도 초피 이불은 잊지 않고 챙겨와서 감싸 덮고 앉았다. 무영도 그 부근에 누웠다. 너무 많은 일들이 일어난 하루였다. 빙궁을 구경했고, 비무를 했고, 괴물을 만났다. 어느 것 하나 중요하지 않은 일이 없었지만 연거푸 충격을 받다 보니 오히려 무감동해지는 기분이었다. 이제 좀 떨어져서 다시 생각하자 그 모든 일들이 내포하고 있는 갖가지 의미들이 한꺼번에 몰려왔다.

그는 이제 마교혈맹록 서열 일백오십위가 된 것이다. 서열대로 하자면 그보다 강한 자는 마도천하에 일백사십구 명밖에 없다. 제강산에게 많이 가까워진 듯한 기분이었다.

철갑마는 대체 정체가 뭘까. 빙궁에 갇혀 있던, 혹은 보호되고 있던 저 괴물이 소림사와 무당파의 무공을 사용할 수 있었던 이유는 뭘까. 원래 정종의 고수였던 것인가. 그런데 빙후에게 잡혀서? 설녀들의 합동 공격을 받고도 멀쩡할 정도로 한기에 강하지 않았던가. 빙후는 설녀들에 비교할 수도 없이 강한 고수라서? 아니면 다른 이유가 있었던 것일까?

무영이 문득 갈맹덕에게 물었다.

"빙궁이 원래 이렇게 약한가?"

이불 틈으로 갈맹덕의 얼굴이 조금 드러났다. 그는 씹어뱉듯이 말했다.

"자만하지 마라, 애송아! 빙궁의 무공은 원래 한기에 강한 사람에겐 안 통해. 네가 그렇게 한기에 강한 줄 모른 게 총단의 실수였을 뿐이다."

"총단의 실수…… 총단은 내가 실패하길 바랬나?"

"흥!"

갈맹덕은 말실수한 것을 깨닫고 입을 다물어 버렸다. 누구나 짐작하는 사실이지만 그걸 직접 확인해 줄 필요는 없는 것이다. 그는 문득 여기까지 오는 내내 생각하고 있던 것이지만 막상 물어볼 기회가 되자 잊고 있던 한 가지를 기억해 냈다.

"꼬마야, 바른대로 대답해라. 대력금강수는 어디서 배웠나?"

무영은 그 말을 듣고서야 중요한 사실들 사이에 가려졌던 사소한 일 한 가지를 깨달았다. 철갑마와 싸우는 와중에 자신이 대력금강수를 사용할 수 있다는 사실을 드러냈다는 부분이었다. 알고 보면 그건 결코 사소한 일이 아니었다. 수없이 경고를 받은 일 아니었던가. 그걸 가장 보여줘선 안 될 사람 앞에서 사용한 것이다.

무영은 잠시 침묵하다가 대답했다.

"알 필요 없다."

갈맹덕이 음산하게 웃었다.

"알 필요 없다고? 건방진 꼬마가 보자 보자 하니까 아주 할아버지 머리 위로 기어오르는구나. 넌 그 사실에 대해 반드시 해명해야 할 거다. 필요하다면 총단까지 끌려가서라도 말이야. 지금 이 자리에서 네 목을 비틀어줄 수도 있지만 제강산이 난처해하는 꼴을 보는 게 더 재미있을 것 같으니 일단은 그냥 두지. 나중에 아주 재미있어질 거다. 흐흐흐."

그는 다시 초피 이불 속에 고개를 파묻었다.

무영은 이 자리에서 갈맹덕을 죽여 버릴까 잠깐 갈등했다. 죽여 버리고 여행길에 사고로 죽었다고 보고하면 그만일 것이다. 추위에 유달리 약한 모습을 보이고 있으니 그가 무영보다 고수라 해도 여기선 죽일 수 있을지도 모른다. 저렇게 이불을 둘둘 감고 있는 지금 기습을 가하면…….

그는 문득 철갑마가 나타났을 때 그가 어떻게 싸웠던가를 생각해 냈다. 여기보다 훨씬 추운 그곳에서도 갈맹덕은 상당한 무위를 드러냈었다. 어쩌면 추위에 약한 척하는 것뿐일지도 모른다. 아니면 상상하는 것보다 훨씬 고수일 수도 있다. 지금 저러고 있는 것도 두심오가 그랬던 것처럼 유혹하고 있는 것일지도 모른다.

무영은 포기하려고 하다가 다시 마음을 바꾸었다. 반격을 두려워하다간 아무 짓도 못한다. 차라리 여기서 반격당해 죽는 한이 있더라도 시도하는 것은 의미가 있었다. 갈맹덕을 죽이는 것은 그 자신을 위해서이기도 하지만 이화태양종을 위해서이기도 했다. 그들이 이대로 북해에 돌아가서 총단에 그 사실을 보고한다면 종사가 곤란해지고, 그건 즉 이화태양종도 곤란해진다는 뜻이니까.

좋다. 죽이자. 그러나 기습은 아니다.

무영은 천천히 자리에서 일어났다. 그리고 말했다.

"일어나라!"

갈맹덕이 다시 이불 사이로 코끝을 내밀었다.

"뭐냐, 꼬마야."

무영이 말했다.

"널 죽이겠다."

갈맹덕이 키득거리고 웃기 시작했다.

"암습은 않으니 제법 쓸 만한 녀석이긴 하구나. 하지만 겁이 없으니 일찍 죽겠지."

그는 얼굴을 내밀고 무영을 보며 말했다.

"계집애 하나 이겼다고 간이 부었나 본데, 날 이길 자신은 있는 거냐? 내가 추위에 약해 보이지? 난 추운 게 싫은 거지 약한 건 아냐. 장담하지만 세 초식 안에 네 목을 비틀어 버릴 수도 있어."

무영이 묵염흔과 파천황을 뽑아 들었다.

"덤벼라."

갈맹덕은 이불을 뒤집어쓴 채로 천천히 일어났다.

"어지간하면 살려서 돌아갈까 했더니……. 뭐, 좋아. 널 죽이고 빙궁 쪽에 이번 비무를 덮어버리는 걸로 협상을 할 수도 있을 테니까. 빨리 해결할 수 있어서 차라리 다행……!"

갈맹덕의 말이 끊어졌다. 그의 표정이 굳었다. 무영은 옆으로 걸음을 옮겨 갈맹덕을 여전히 주시하면서 한편으로는 그의 뒤에 무엇이 나타났는지 살폈다. 철갑마였다. 어느새 철갑마가 나타나 그들 앞에 서 있었다.

강철 투구 사이로 희미한 숨소리가 들려왔다. 철갑마는 잠시 무영과 갈맹덕을 보고 있다가 말했다.

"무, 무영."

빙장 철갑마 3

　싸움 일보 직전이었던 무영과 갈맹덕이 시선을 교차시켰다. 살기가 아니라 의혹을 담아서였다. 철갑마가 어떻게 여기에 나타나게 되었는지, 왜 무영의 이름을 말하는지에 대한 의문이 두 사람의 머리에 동시에 떠올랐던 것이다.
　갈맹덕이 조심스럽게 말했다.
　"널 찾아온 것 같다. 물어봐."
　그 모습이 마치 겁먹은 것 같아서 한편 우습고, 한편 갈맹덕조차 떨게 만드는 철갑마의 신위가 놀랍기도 했다. 갈맹덕과 마찬가지로 무영도 철갑마와 싸웠고, 상대도 안 된다는 것을 절감했지만 이상하게도 두렵다는 느낌은 없었다.
　무영은 철갑마를 향해 말했다.
　"내가 무영이다. 날 찾나?"

철갑마가 손을 뻗었다. 무영은 흠칫했지만 피하지는 않았다. 철갑마에게서 살기가 느껴지지 않아서였다. 철갑마는 무영의 뺨을 만지며 다시 말했다.

"무영. 무영. 무영. 무영……."

가만히 내버려 두면 언제까지고 그 말만 되풀이할 것 같았다. 무영은 철갑마의 손을 밀어내었다.

"다른 말은 할 줄 모르나?"

철갑마는 다른 말을 할 줄 모르는 것은 둘째 치고, 다른 말은 이해하지도 못하는 것 같았다. 그는 무영의 질문에 대해서 전혀 반응하지 않았다. 그러나 행동에 대해서는 민감하게 반응했다. 그는 자신의 손을 밀어내려 하는 무영의 손길을 거의 닿을락 말락 피해가며 돌려서 퉁겨내고 그대로 무영의 뺨에 손을 대고 있었다.

무영이 다시 한 번 그의 손을 밀어내려 했다. 이번에도 마찬가지였다. 무영의 손은 철갑마의 손에 닿지도 못했다. 철갑마의 손에 가까이 가면 보이지 않는 부드러운 압력이 작용해서 미끄러뜨리고 밀어내는 것 같았다. 하지만 사실은 그 압력이란 철갑마의 손이 만들어내는 정밀하고도 매끄러운 반응 동작 때문인 것을 무영도 느끼고 있었다.

처음엔 그게 뭔지 몰랐다. 본능적인 반응인 줄로만 생각했다가 그게 세 번 네 번 반복되자 그때에야 알았다. 느리고 부드러운 동작에 실린 엄청난 힘과 내공, 한줄기 가느다란 실처럼 끊어지지 않고 이어지며 중첩되어 끝내는 이쪽이 꼼짝도 못하게 만드는 기운, 무당 태극권의 구결을 구체화한다면 딱 이랬을 것 같은 동작이었다.

손으로 밀어낼 수 없다면 피할 수밖에 없다. 무영은 얼음 위를 미끄러지듯 움직여서 철갑마로부터 멀어지려고 했다. 그러나 이것도 소용

없었다. 철갑마는 자석에 달라붙은 쇳덩이처럼 무영에게 따라붙었다. 처음의 자세를 조금도 바꾸지 않고 유지한 채로.

무영은 벌컥 화를 내며 대력금강수로 철갑마의 가슴팍을 밀었다. 대력금강수는 정교한 초식도 아니고, 그 자체로 파괴적인 위력을 가진 기공도 아니었다. 그러나 본신의 내공을 남김없이 담아서 실어 보내는 데에는 더없이 적합한 무공이었다. 손실없이 온전히 힘을 담아서 상대를 격타하는 것만을 목적으로 소림에서 오랜 세월 동안 다듬어진 무공이기 때문이었다. 내공이 낮을 때는 일반적인 권장과 조금도 다르지 않지만 내공이 심후해질수록 차원이 다른 무공처럼 위력이 달라지는 것이 대력금강수였다.

현란한 변화도 없고 불필요한 기교도 없다. 더없이 정직하게, 오로지 심후한 내공만을 담아서 순박하고도 솔직하게, 파괴적이면서도 중후하게 일장을 가격하니 적은 오히려 상대할 방법을 못 찾아 허둥거리다가 당해 버리고 마는 것이다. 단순하고 솔직한 공격에 대해서는 그와 마찬가지로 단순하고 솔직한 방법으로 더 강하게 맞받아 치거나 그 단순함을 압도할 수 있을 정도로 현란하고 복잡 미묘한 방법으로 흘려 버리는 것만이 가능한데, 전자에 대해서는 대력금강수만큼 온전히 힘을 실어 보낼 수 있는 무공이 드물고, 후자에 대해서는 역시 그걸 압도할 만큼 정교한 무공이 드물었다. 그러므로 대력금강수가 소림사 최고의 수법으로 전해 내려올 수 있었던 것이다.

철갑마는 가슴으로 다가오는 가공할 압력을 느끼고 있었을 텐데도 피하지 않았다. 무영의 뺨에 댄 손도 떼지 않고 있었다. 그는 일 완도(腕刀:팔꿈치에서 손끝까지)의 거리밖에 되지 않는 공간 안에서 자유로운 나머지 한쪽 손으로 대력금강수를 맞받아서 흘리려고 했다. 그 손에는 아직 강철 장갑을 끼고 있었는데, 더없이 부자유스러울 것 같은 그 손이 영활하고도 정교한 동작을 보여주었다.

　철갑마의 손은 비스듬히 무영의 팔뚝 안쪽으로 흘러 들어가서 곡선을 그리며 바깥쪽으로 흘러나왔다. 봄바람처럼 가볍고 부드러운 동작이었지만 그 속에 갈무리된 힘은 황하의 물결처럼 도도하게 흘러서 거역할 수 없는 큰 힘을 이루었다. 무영의 팔뚝이 밀려 나갔다가 끌려가고, 다시 꺾였다가 풀렸다. 대력금강수의 힘은 허공에 흩뿌려지고 무영은 어린아이처럼 철갑마가 끄는 대로 움직였다. 정신을 차렸을 때 그는 대력금강수를 사용하기 전의 자세로 돌아가 있었다.

　철갑마의 투구 사이로 끅끅거리는 소리가 들렸다. 웃음소리, 혹은 웃음을 참는 소리처럼 들렸다. 처음부터 다시 해보자. 또 어떤 방법을 쓸 테냐 하는 듯한 철갑마의 행동이었다.

　무영은 조롱당하는 것 같아서 발끈 달아올랐다가 이런 식으로 해서는 빠져나갈 방법이 없다는 것을 깨닫고 마음을 가라앉혔다. 철갑마의 의도가 무엇이건 일단은 저항할 수 있는 데까지는 해봐야 했다. 그리고 무당 태극권은 그도 할 수 있었다. 갈맹덕의 눈이 의식되긴 하지만 하나를 들켰으니 하나를 더 들킨다고 달라질 것은 없으리라.

　그는 천천히 손을 뻗어서 뺨을 만지고 있는 철갑마의 팔뚝을 잡으려 했다. 철갑마의 팔뚝이 묘하게 뒤틀려서 무영의 손에서 빠져나갔다. 철갑마의 오른손이 무영의 오른팔 팔뚝을 잡으려 들었다. 무영은 오른팔을 철갑마의 오른손에 내주고 왼손을 뻗어 철갑마의 오른팔 손목을 제압하려 했다. 철갑마의 오른팔이 미꾸라지처럼 무영의 왼손을 빠져나가서 무영의 오른팔 팔뚝을 옆에서부터 밀어내고 다시 무영의 왼쪽 팔뚝을 노렸다. 무영 역시 철갑마가 팔뚝을 움직이는 원리, 즉 태극권의 전사경(轉絲勁) 구결을 알고 있었다. 그래서 그도 왼쪽 팔뚝을 비틀어 철갑마의 오른손을 벗어나려 하고, 한편으로 오른쪽 손으로 철갑마의 오른팔을 노렸다. 그러나 그의 왼쪽 팔뚝은 힘없이 철갑마에게 잡히고 꺾여서 밀려 나가 버렸고, 오른손도 다시 한 번 퉁겨 나갔다.

철갑마는 이 일련의 결투를, 태극권의 추수(推手)를 사용한 이 격투를 단지 한 손만으로 해내고 있었다. 무영은 두 손으로도 철갑마의 한 손을 제압하지 못하고 쩔쩔매고 있었다. 나중에는 손과 팔만이 아니라 몸까지 소용돌이치는 모래 늪에 빠져든 것처럼 철갑마의 손이 가리키는 방향으로 떠밀려 갔다가 다시 끌어당겨지고, 비틀거리고, 회전했다.

정신을 차렸을 때 무영은 주저앉아 있었고, 철갑마는 얌전한 개처럼 그의 옆에 쪼그리고 앉아 유일하게 할 줄 아는 말을 되풀이하고 있었다. 시를 읊조리듯, 노래를 부르듯 낮은 소리로.

"무영무영무영……."

무영은 화가 치밀어 올랐지만 철갑마를 당해낼 수가 없으니 그냥 내버려 둬야 했다.

갈맹덕이 건너편에 앉아서 그들을 바라보고 있다가 말했다.

"둘이 아주 친해 보이는구나. 아깐 다정하게 태극권 수련도 하고······. 네 혐의가 하나 더 늘었다. 태극권은 또 어디서 배웠지?"

무영이 퉁명스럽게 대꾸했다.

"알 거 없다."

갈맹덕이 일어섰다. 무영의 퉁명스런 대답에 놀림받는 것 같아서 기분이 상한 모양이었다. 그는 까마귀의 발톱 같은 손가락을 내보이며 말했다.

"하려다 만 승부를 다시 진행해 보려느냐? 겁나면 말고."

무영이 무기를 잡으며 일어섰다. 철갑마가 따라 일어났다. 무영은 철갑마를 힐끔 보고 갈맹덕을 향해 걸었다. 철갑마가 걸음도 똑같이 해서 옆에 따라붙었다. 갈맹덕이 주춤거리며 뒤로 물러섰다.

"뭐야? 그놈은 두고 와라."

무영은 난들 어쩌겠느냐는 표시를 해 보였다. 철갑마가 왜 이러는지 그도 모른다. 그걸 그가 어쩌겠는가.

갈맹덕이 잠시 갈등하다가 철갑마의 반대 방향으로 돌아서 무영을 노리고 손톱을 휘둘렀다. 단순히 할퀴는 동작 같지만 순간적으로 그의 손이 검게 물들었다. 밀종의 구혼조(句魂爪)라는 무공으로 살갗만 긁혀도 중독되어 죽어버리는 치명적인 살수였다.

무영은 갈맹덕의 기습에 순간 당황했다. 예고 동작도 없이 바로 쳐 올 줄은 몰랐던 것이다. 급하게나마 무기를 뽑아 방어하려고 했는데, 철갑마가 빨랐다. 철갑마는 무영을 잡아당겨 자기 뒤로 밀어놓고 손을 뻗어 대력금강수로 갈맹덕을 쳐갔다. 나직한 신음이 투구 속에서 흘러나오고 강렬한 살기가 눈에서 뻗어 나갔다.

갈맹덕이 놀란 참새처럼 손을 거두고 뒤로 물러났다. 철갑마가 따라 붙다가 무영에게서 멀어지자 일정 거리를 두고 멈추더니 다시 무영의 옆으로 돌아갔다. 갈맹덕은 놀란 가슴을 벌떡거리며 멀찌감치 떨어진 곳에서 무영에게 말했다.

"설마설마 했더니 한 편이었냐! 원래 그놈을 알고 있었던 거냐, 아니면 여기서 우연히 만난 거냐! 설마 애초에 그놈을 노리고 여기 온 것은 아니겠지?"

무영은 잠시 고민했다. 답답하기도 했다. 철갑마의 정체로부터 이렇게 행동하는 이유까지 그로서는 조금도 짐작할 수 없었다. 그는 갈맹덕을 향해 소리쳤다.

"알 거 없다!"

무영은 갑자기 몸을 날려 갈맹덕을 향해 달려갔다. 빙산 모서리를 밟고 뛰어올라 파천황을 휘둘렀다. 그의 옆에서 검은 그림자가 독수리처럼 떠오르더니 갈맹덕을 향해 같이 떨어져 내려갔다. 무지막지하다고밖에는 표현할 수 없는 가공할 압력이 갈맹덕의 머리로 떨어졌다. 갈맹덕은 허겁지겁 몸을 굴려 피하고 뛰어 일어나 달아났다.

콰앙―!

갈맹덕이 서 있던 자리의 빙산이 산산조각나서 얼음 가루와 파편을 날려 보내고 있었다. 빙원이 한동안 흔들리고 빙산과 빙산이 맞붙어 있던 자리가 조각나서 균열이 일어났다. 무영은 날아드는 얼음 파편을 칼로 쳐내고, 빙산 모서리를 밟아 자리를 비켰다. 철갑마는 자기가 때려부순 바로 그 자리 옆에 내려섰다가 미끄러져서 균열을 향해 빠져들어 갔다.

무영이 재빨리 달려가 철갑마를 잡고, 다른 한 손에 든 파천황을 얼음에 박아서 미끄러지지 않도록 버텼다. 철갑마가 무영의 팔뚝을 잡더니 새털처럼 가볍게 뛰어올라 빙원에 내려섰다. 그리고 그 힘으로 무영을 들어 올려 자기 옆에 내려놓았다. 남들이 봤으면 미리 약속된 묘기를 펼쳐 보인다고 했을 정도로 매끄러운 동작이었다.

무영은 파괴된 빙산과 균열을 어이없다는 듯 바라보았다. 방금 철갑마가 소림절기 쇄비장(碎碑掌)의 일초인 차천개지(遮天開地), 즉 '하늘을 가리고 땅을 연다'는 초식을 사용한 것은 알아보았다. 그러나 그 초식이 이런 어마어마한 위력을 발휘할 거라고는 생각도 못했다. 이름 그대로의 위력을 보인 것이긴 하지만 대개 이름이란 과장되기 마련 아니던가. 이건 초식보다도 그걸 사용한 사람이, 그가 가진 힘과 능력이 만들어낸 위력이었다.

갈맹덕은 이제 멀찍이 떨어진 곳에 서 있었다. 그는 가까이 다가올 엄두도 내지 못하는 듯했다. 하지만 입은 여전히 살아서 소리를 지르고 있었다.

"소림 쇄비장이지! 다 알아봤다! 너흰 이제 둘 다 죽었어! 총단에 보고하지 않나 두고 봐라!"

무영이 외쳤다.

"그전에 네가 먼저 죽을 거다!"

갈맹덕이 외쳤다.

"그놈 믿고 큰소리치는군! 그놈 떼놓고 혼자 와봐라! 누가 죽나 보자!"

무영은 더 이상 대꾸하지 않았다. 갈맹덕을 쫓아가지도 않았다. 상황이 이상하게 되긴 했지만 이대로라면 갈맹덕은 그냥 둬도 죽을 것이다. 그는 자신하고 있었다. 식량도 그가 가지고 있고, 길도 그가 안다. 갈맹덕이 똑같은 길을 왔지만 그 길을 되짚어 혼자 북해로 돌아갈 수 있으리라고는 생각되지 않았다. 그러니 갈맹덕은 길을 잃고 얼어 죽거나, 그전에 굶어 죽고 말 것이다. 가만히 기다리면 되는 일이었다.

무영은 휴식처로 돌아갔다. 갈맹덕이 벗어놓고 간 초피 이불이 거기 남아 있었다. 그는 희미하게 웃었다. 갈맹덕이 얼어 죽을 확률이 높아진 것이다. 그는 초피 이불을 집어 들고 북해를 향해 걸었다.

이미 오랫동안 걸었는데도 별로 피곤하지 않았다. 춥지도 않았다. 빙궁의 한기를 체험한 후라 이곳 빙원의 한기는 오히려 따듯하게 느껴질 정도였다. 배도 안 고팠다. 이건 어쩌면 빙궁에서 먹은 벽곡단의 덕분일지도 모른다.

　멀리 뒤쪽에서 갈맹덕이 고함을 질러대고 있었다.
　"이불 내놔! 이불은 두고 가라, 이놈아!"
　무영은 돌아보지도, 대꾸하지도 않았다. 그렇게 한참을 걸어서 비로소 피곤이 느껴질 때가 되자 그는 적당한 곳을 찾아 초피 이불을 깔고 앉았다. 여태 따라온 철갑마가 가까운 곳에 와서 앉았다. 무영은 그를 유심히 관찰했다. 투구는 몇 개의 부분을 이어 붙여서 만들어진 것인데, 머리 전체를 가리게 되어 있었다. 눈구멍이 있고, 입은 귀 아래에서부터 연결된 강철 덮개로 가려져 있었다. 그는 유심히 투구를 살펴보았는데, 여는 부분이 보이지 않았다.
　그는 손을 내밀어 보았다. 철갑마가 그 손을 바라보았다. 무영이 말했다.
　"싸우자는 거 아니다."
　그는 천천히 손을 움직여서 철갑마의 투구를 만졌다. 철갑마가 경계하는 눈빛을 보이긴 했지만 그 손을 거부하진 않았다. 무영은 조금 더 자신을 가지고 투구를 만지며 관찰했다. 이쪽저쪽을 움직여 보았지만 입 가리개 외에는 움직이지 않았다. 무영은 한편 흥미롭게, 다른 한편 조금 당황하며 투구를 구석구석 살펴보았다.
　우려했던 대로였다. 투구를 벗을 방법이 없어 보였다. 입 가리개만 열어서 밥을 먹을 수 있게 해놓았지 벗을 수는 없게 만들어진 투구였다. 연결한 다음에 못을 박아 고정시켰거나 아니면…… 그가 이미 당해봐서 아는 끔찍한 방법이지만 아예 달구어서 붙여 버린 것 같았다.
　이 투구를 철갑마에게 씌운 사람은—아마도 빙후가 그 사람이겠지만—철갑마가 얼굴을 드러내는 것을 막고 싶었던 것 같았다. 잔인한 방법이었다. 얼마 전까지 그가 걸고 있어야만 했던 강철 목걸이처럼, 아니, 그보다 훨씬 더 잔인했다. 그나마 그는 행동이 불편하진 않았다. 하지만 철갑마는 씻을 수도, 긁을 수도 없는 것 아닌가.

무영은 돌아가면, 그리고 만약 철갑마가 거기까지 따라오면 공야장청에게 보여줘서 투구를 벗기는 방법을 찾아보겠다고 결심했다. 강철 목걸이를 풀어준 것에 대한 보답일 수도 있었다. 끝내 그 강철 목걸이를 그가 풀지 못하고 우연한 기회에 이상한 방법으로 풀려 버렸기 때문에 제강산에게서 받은 굴욕을 속 시원히 해결하지 못한다는 문제는 남아버렸지만 말이다.

강철 목걸이에 생각이 미치자 그는 철갑마가 그걸 들고 있지 않다는 걸 알아차렸다. 어디 있을까? 한참을 살펴보고서야 그는 그 강철 목걸이가 이번에는 팔찌처럼 철갑마의 팔뚝에 여러 겹으로 둘둘 감겨 있다는 것을 알아냈다. 모양이 그렇게 바뀌어 있어서 알아보기 쉽지 않았던 것이다. 그러면서 그는 한 가지를 더 찾아냈다. 강철 목걸이가 변형되어 만들어진 그 강철 팔찌와 팔뚝 사이에 제삼설녀가 사용했던 무기, 마치 얇은 얼음 조각 같던 그 검이 꽂혀 있는 것을 발견했던 것이다.

제 36 장
해동 구선문

▎하늘은 자(子)에서 열리고, 땅은 축(丑)에서 열리며, 사람은 인(寅)에서 생겨났다지
　　　선후의 차이는 있으나 같은 이치로 열리고 생긴 것이 아니던가
　　　중국 사람이라고 사람이 아니며, 조선 사람이라고 남보다 곱절 귀할 것이냐

해동 구선문 1

두심오는 장백산(長白山)의 광활한 산록과 무수한 봉우리들을 굽어보는 병사봉(兵使峰) 정상에 서서 사람을 기다리고 있었다. 조선 사람들은 백두(白頭), 태백(太白), 혹은 불함(不咸)이라고 부르는 산에서 해동(海東) 구선문(九仙門) 사람들을 만나기로 한 것이다. 조정도, 백성들도 모르게 어둠 속에 숨어서 요동 명왕유명종의 침략을 막고 있는 바로 그 사람들이었다.

해동 구선문이란 해동 조선에 있는 아홉 개의 선문(仙門)이라는 뜻인 모양인데, 실제로 만나본 사람 중에는 중도 있고 속인도 있어서 중국식의 도교 집단이라고는 할 수 없었다. 하지만 이들은 중이건 속인이건 도통했다고 인정되기만 하면 도사라거나 선인이라고 하는 모양이었다. 한 문파 안에 중도 있고, 도인도 있고, 속인도 있으니 그 묘한 사승 내력이나 계통은 두심오로서는 쉽게 이해할 수 없는 것이었고, 이해할 필요도 없었다. 그의 관심은 구선문의 내력이 아니라 그들이 이화태양종과 손을 잡고 유명종을 쳐줄 것인가 하는 데 있었으니까.

오래전부터 이미 공을 들여온 일이고, 이번만 해도 벌써 두 달 이상 이곳 장백산을 헤매며 그쪽 사람들과 만나왔었다. 그게 결실을 맺어 오늘 드디어 해동 구선문을 이루는 아홉 개 문파의 대표들과 이곳 병사봉 정상에서 회담을 갖게 되는 것이다. 아마도 그쪽에선 따로 의견 통합을 이루고, 일이 성사되었을 경우 나눌 전리품, 이 경우 주인이 없어진 요동을 어떻게 나눌 것인가에 대한 요구들을 해올 것이 분명했다.

양보할 수 있는 건 뭐든지 양보하라는 게 제강산의 말이었다. 유명종의 침략을 막은 그 힘이 이번 전쟁에 반드시 필요하다는 게 첫째 이유였지만 두심오는 다른 생각도 하고 있었다. 일단은 뜻대로 해주고 나중에 필요하면 다시 쳐버리면 그만이라는 생각이었.

유명종은 원래 사람이 많지 않았다. 방술 같은 눈속임으로 큰 활약을 하긴 했지만 무력 집단으로 치면 별게 아니었다. 그런데 해동 구선문의 사람들은 더욱 적었다. 정확히는 알 수 없었지만 모두 합쳐도 일, 이백을 넘지 않을 것이다. 그런 자들이 요동을 다스린다고 해도 그 통제력이란 한계가 있을 터, 먼저 요동을 평정하고 광풍가와 힘을 합쳐 요서까지 치고 나면 일단은 한숨을 돌리게 된다. 그때 요동을 다시 접수해도 그만이었다.

그러니 일단은 무슨 요구를 하건 들어줘도 된다. 하지만 두심오는 그렇게 호락호락 요구를 들어줄 생각은 없었다. 너무 쉽게 얻은 것에 대해서는 오히려 의심을 하게 되는 게 사람의 심리, 적당히 밀고 당겨줘야 자기들이 얻는 것에 대해 가치를 인정하게 될 것이다. 두심오는 오늘 노련한 협상 사절의 역할을 충분히 수행하리라고 마음먹고 있었다.

해가 중천으로 다가가고 있었다. 약속한 시간이 가까워지는 것이다. 두심오는 정상을 어슬렁거리며 누군가가 오지 않나 살펴보았다. 그런 그의 눈에 이상한 모습이 들어왔다. 집채만한 바위 하나가 봉우리 위로 올라오고 있었던 것이다. 눈 쌓인 나뭇가지를 헤치고 비탈을 거슬러서 다가오는 바위를 보는 두심오의 눈이 커졌다.

이윽고 정상 가까이 오자 비로소 그 바위를 짊어지고 있는 한 사내를 볼 수 있었다. 거대한 바위를 어깨에 짊어지고 있어서 작아 보이지만 알고 보면 장대한 체구일 것이 분명한 사내였다. 과연 정상으로 올라와 두심오 앞에 서자 그 거구가 그대로 드러났다. 두심오보다 머리 두 개는 더 큰 사내였다. 얼굴은 고슴도치의 가시 같은 수염으로 가득 덮여 있고 부리부리한 눈은 화등잔을 켜놓은 듯했다.

사내가 끙 소리를 내더니 바위를 내려놓았다. 땅이 잠시 흔들렸다. 사내는 손을 툭툭 털고는 이마에 흐르는 땀을 닦더니 조선말로 무어라고 중얼거렸다. 뜻은 알아들을 수 없지만 느낌으로 봐서는 투덜거리는 것 같았다. 용모가 사납게 생긴 데다가 말씨도 거칠어서 두심오는 조금 경각심을 끌어올렸다. 무공을 아는지는 모르겠지만 바위를 지고 온 힘만으로도 충분히 위협적인 존재인 것이다.

사내는 어깨를 풀고 양다리를 벌려서 자세를 잡더니 숨을 크게 들이쉬었다가 다시 뿜고 하는 것을 몇 번 반복했다. 그리고는 '합' 하는 고함과 함께 주먹을 내질러 자기가 들어다 놓은 바위를 쳤다. 바위가 잠깐 그대로 있더니 천천히 반쪽이 되어 갈라졌다. 칼로 잘라놓은 듯 반듯했다.

사내가 이번에는 허리에 찬 칼을 뽑아 들었다. 그리고 두심오가 보는 앞에서 바위를 잘라 몇 개의 덩어리로 갈라놓았다. 별로 힘을 들이

지도 않고 간단하게, 마치 무우를 자르듯 쉽게 바위를 자르는 모습을 두심오는 멍하니 쳐다보아야 했다.

문득 그는 깨달았다. 이건 일종의 무력 시위였다. 회담 전에 구선문의 실력을 보여주려고 일부러 그중 제일 가는 무사를 보낸 것이 틀림없었다. 두심오는 빙긋 웃었다. 가소로운 짓이라고 생각했던 것이다. 저 정도 바위를 들고 오는 건 중원의 고수들 중에도 가능한 사람이 있을 것이다. 두심오 자신도 들어본 일은 없지만 할 자신은 있었다. 바위를 칼로 저렇게 쉽게 자르는 건 적당한 무공에 보검만 있으면 얼마든지 가능하다. 일격에 바위를 부수는 건 우습지도 않았다. 그래서 그는 사내가 그렇게 열 동강이로 잘라낸 바위를 원형으로 배치해서 의자처럼 땅에 박아놓는 것을 그저 무심하게 받아들였다.

사내가 중앙에 탁자처럼 커다란 바위까지 박아놓는 동안에 허공에서 새의 날갯짓 소리가 들려왔다. 두심오는 고개를 들어 보다가 다시 한 번 눈을 크게 떠야 했다. 양 날개를 편 길이만 일 장이 넘는 듯이 거대한 백학 한 마리가 등에 노인을 태우고 날아오고 있었다. 전설 속의 신선이나 한다고 하는 일을 두 눈으로 목격하고 있는 것이다.

학이 병사봉 정상에 쌓인 눈가루를 날리며 땅에 내려서고, 노인이 그 등에서 내렸다. 소매 끝과 동정에 검은 천을 댄 백색 학창의(鶴氅衣)를 입고 검정색 와룡관(臥龍冠)을 쓴 데다가 눈처럼 하얀 수염이 가슴팍까지 내려와 있어서 신선의 풍모를 갖추고 있는 노인이었다.

그는 두심오를 향해 정중히 인사하고 중국어로 말했다.

"늦었소이다. 손님을 기다리게 만들다니 이런 실례가……."

두심오가 포권했다.

"괜찮습니다. 경치가 좋아서 시간을 잊고 있었습니다."

두심오로서는 한껏 예의를 갖추어 한 말이었다. 조선 사람들이 예의를 엄청나게 따진다는 경고를 이미 충분히 듣고 온 때문이었다. 동방예의지국(東方禮義之國)이라는 이름이 그래서 붙었다는 말도 들었다. 예의 같은 것은 거추장스러운 사치로 잊혀진 지 오래인 마도천하에서 온 그로서는 거북하기 짝이 없는 일이었으나 하는 수 없었다.

노인이 그래도 사과의 말을 몇 마디 더 하고는 자기소개를 했다.

"산야(山野)에 오래 산 몸이라 그럴듯한 이름이 없소. 그냥 백학(白鶴)이라 부르시구려."

두심오가 다시 한 번 포권했다.

"예, 백학 도인이시군요. 저는 두심오라 합니다."

백학 도인은 몇 번이고 인사를 반복하더니 바위를 지고 온 사내를 향해 조선어로 무어라 말했다. 아마도 수고했다 정도의 뜻으로 짐작되었다. 사내가 아까 혼잣말로 하던 것처럼 뭐라고 중얼거렸다. 역시 뜻은 알아들을 수 없었지만 불퉁스러운 말투로 보아 투덜거리는 것 같았다. 백학 도인이 가볍게 무어라고 꾸짖더니 두심오를 향해 웃으며 말했다.

"못 배운 것이라 실례가 많았을 터, 널리 해량해 주시오."

두심오는 그냥 웃어주었다.

백학 도인이 조선어로 사내에게 무어라고 말했다. 두심오는 역시 못 알아들었지만 사내가 그 말에 손을 털며 산 아래로 내려가는 것을 볼 수 있었다.

백학 도인은 학의 등에서 상자를 내렸다. 그 안에서 도자기로 만든 주전자와 물을 끓이는 도구가 나왔다. 도인은 자리에서 조금 떨어진 곳에 그 도구를 풀어놓고 물을 끓이기 시작했다. 그때 산 아래에서 인기척이 들리더니 조선식 복장을 한 여인이 작은 나귀를 끌고 나타났다. 나귀 위에는 도포를 입고 정자관(程子冠)을 쓴 늙은 유생이 타고 있었다.

백학 도인이 그를 맞아 나가며 말했다.

"어이구, 멀리 오시느라 얼마나 고생하셨소."

유생이 여인의 부축을 받으며 나귀에서 내렸다. 그리고 백학 도인을 보더니 땅에 엎드려 절했다. 백학 도인이 허둥지둥 엎드려 그 역시 유생에게 절을 했다. 두 사람은 조선말로 무어라고 한참이나 이야기를 하더니 다시 일어났다. 유생이 이번에는 허리를 굽혀 두심오에게 인사했다. 백학 도인이 소개했다.

"개경(開京)에서 온 서 학사(徐學士)시오."

유생이 웃으며 말했다.

"학사는 무슨 학사입니까. 그냥 서가라고 불러주시오."

두심오가 짧게 인사했다.

"두심오입니다."

두 사람이 인사를 주고받은 뒤에 서씨 유생은 의자에 앉아 여인에게 말했다. 물론 두심오는 못 알아듣는 조선말로 한 것이다.

"애야, 산천경개가 이렇게 좋으니 한 곡 않을 수가 없구나. 어디 가야금이나 뜯어보려무나."

여인이 짊어지고 올라온 가야금을 풀어서 무릎 위에 올려놓고 연주하며 노래를 불렀다. 역시 두심오에게는 어으어으 소리로만 들릴 뿐 알아들을 수 없는 노래였다.

그때 산 아래에서 가야금 소리에 맞추어 피리 소리가 들려오기 시작했다. 백학 도인과 서씨가 반갑게 웃으며 말했다.

"고불(古佛) 노인이 오시네."

피리 소리는 느릿느릿 가까워졌다가 멀어졌다가 하면서 들려오더니 한참이나 지나서야 그걸 부는 사람이 나타났다. 누런 황소 한 마리가 이 높은 봉우리까지 올라왔는데, 그 위에는 늙어 꼬부라진 노인이 앉아서 피리를 불고 있었다. 백학 도인과 서씨는 노인이 보이기 전부터 자리에서 일어나 기다리고 있다가 노인을 보자 바로 부축해서 내리게 하고는 자리를 권하고, 그 앞에 엎드려 절했다. 노인이 의자에서 내려와 맞절을 했다. 조선말로 여러 이야기가 오간 것은 물론이었다.

두심오는 한심해서 허공만 바라보았다. 이렇게 번거롭게 인사를 하는 사람들을 그는 평생 처음 봤다. 그래도 그게 예의라고 해서 그도 이곳에 처음 와서는 한동안 어색한 동작으로 저 절을 하곤 했던 것이다.

서로 간의 인사가 끝났는지 이제야 백학 도인은 두심오에게 노인을 소개했다. 노인은 거의 절반에 가깝게 굽어진 몸을 명아주 지팡이로 간신히 받치고 서 있었는데, 시골 노인처럼 남루한 행색이었다.

"고불이라고 부르거나. 반기는 뜻에서 술 한 병 가져왔네."

그는 허리춤에 매단 호리병을 들어 보이며 웃었다. 두심오가 고맙다니 뭐니 하는 말을 늘어놓는 사이 네 번째 사람이 나타났다.

두심오도 잘 아는 얼굴이었다. 바로 이곳 장백산을 본산으로 삼고 있는 '불함누리'라는 문파의 주인인 불함 선인(不咸仙人)이었다. 그는 커다란 호랑이를 타고 왔는데, 호랑이 뒤에는 몇 명의 사람이 상을 들고 따라왔다. 한 사람은 중이고, 또 한 사람은 삿갓을 쓴 사내였고, 마지막 한 사람은 기묘한 복장을 한 여인이었는데 그들이 든 상에는 떡과 과일 등속의 음식이 차려져 있었다.

불함 선인이 미안하다는 듯 인사했다.

"변변치는 않지만 다과를 준비하느라 늦었소이다. 용서해 주시기 바라오."

중국어와 조선어로 번갈아 한 말이었다.

백학 도인이 사람 좋게 웃었다.

"불함누리가 해동의 무릉도원이라더니 허명이 아니구려. 이 계절에 싱싱한 과일을 다 준비해 오시다니 말이오."

불함 선인은 검정색 도복을 입고 검은 머리에 검은 수염을 길게 길러서 백학 도인과 정반대의 모습을 하고 있었다. 눈에서는 정광이 번뜩여 중원무림의 고수와 가장 흡사한 인상을 주고 있었다. 그가 말했다.

"보잘것없는 것이외다. 제철이 아닌 때 나온 것이니 어디 맛이나 있을까마는 귀한 손님들이 오시는데 달리 준비할 것도 없고 해서 내놓았소이다."

두심오는 나중에 두 사람이 한 말은 못 알아들었지만 백학과 불함 사이에 무언가 알력이 있다는 인상을 받았다. 정중한 태도였지만 서로를 의식하는 느낌이 있었던 것이다. 나중에 이용할 수 있을지도 모른다고 생각하고 그는 이 점을 잘 기억해 두었다.

사람들이 떠드는 소리가 시끌벅적하게 들려왔다. 백학 도인이 말했다.

"이제야 다들 오시는 모양이구려."

잠시 후 몇 명이 걸어서 산 위로 올라왔다. 늙은 중 한 사람과 청색 도포를 입은 노도사 한 사람, 맹한 표정의 중년인 한 사람, 그리고 앞서의 중년인과는 달리 청수한 용모의 중년 유생 한 사람이었다. 그들끼리 엎드려 절하고 어쩌고 하며 인사를 나눈 뒤 두심오에게 소개를 해서 두심오는 그들이 차례로 남산(南山)이라는 중, 청학(靑鶴)이라는 도사, 허씨(許氏)라는 중년인, 그리고 이생(李生)이라는 유생임을 알게 되었다.

불함 선인 외에는 하나같이 어느 문파인지, 뭐 하는 사람들인지도 제대로 알려주지 않았다. 이름조차 제대로 안 알려주는 폐쇄적인 사람들이니 어련하랴 싶지만 중국 전통으로는 좀 너무한 것도 같은데, 그것 또한 이곳 해동 선문들의 특징이라는 이야기는 미리 들어 알고 있었다. 어쨌든 이렇게 모인 사람이 열두 명, 그중 소개를 받은 사람만이 대표라고 치면 여덟 문파가 모인 셈이었다.

두심오가 불함 선인에게 물었다.

"한 분이 아직 안 오신 모양이지요?"

불함 선인이 고개를 끄덕였다.

"곧 올 거요."

그 말이 끝나기 무섭게 허공에서 소리가 들렸다.

"죄송합니다. 일찍 도착했는데 아무도 없어서 눈 좀 붙이고 있었지요. 늦었습니다그려."

두심오가 또냐 하는 마음으로 허공을 바라보았다. 이번에야말로 놀라지 않을 수 없었다. 아득한 하늘로부터 한줄기 밧줄이 드리워지고, 그 밧줄을 타고 한 사람이 내려오고 있었다. 조선식 유생 복장, 그들 말로는 선비라고 하는 사람들이 입는 옷과 테두리가 넓은 검정 갓을 쓴 중년인이었다.

그가 땅에 내려서서 밧줄을 흔들자 밧줄은 위에서 누가 당기는 것처럼 올라가서 곧 사라져 버렸다. 그는 여러 사람들과 인사를 나누고 자신을 소개했다.

"전(田)가요."

그는 서씨를 돌아본 후 웃으며 말했다.

"우리 선생님이 그렇게 자칭하시니 저도 그러면 같이 놀자는 식이라 불초라 아니 할 수 없겠습니다. 고쳐 말하지요. 전 도령이라 불러주시오."

서씨가 웃으며 말했다.

"자네가 이미 일가를 이룬 지 오래되었는데 과거의 사승이 무슨 상관이겠나. 또한 자네 행색이 이미 중늙은이인데 도령을 자처함은 그야말로 외람된 일 아닌가."

전씨가 하하 웃고는 말했다.

"도령이라는 이름에 맞게 바꾸면 되지요."

그는 두심오가 보는 앞에서 점점 어려졌다. 새치가 섞여서 회색으로 보이던 머리카락이 흑단처럼 까맣게 변하고, 얼굴에 난 수염이 우수수 빠져서 바람에 날아가 버렸다. 그는 순식간에 열일고여덟 정도의 소년 모습이 되어 웃었다.

"오랜만에 젊어지니 기분이 색다르군요."

서씨를 비롯한 좌중의 모두가 웃었다. 두심오 하나만 빼고.

두심오는 속으로 중얼거리고 있었다.

'유명종의 침략을 어떻게 막았는지 알겠다. 하나같이 방술, 환술의 고수들이었군. 뭐, 좋아. 이 정도면 유명종의 방술도 충분히 막을 수 있겠지.'

해동 구선문 2

찻잔이 돌아가고 술과 음식이 나누어졌다. 알아들을 수 없는 조선어가 왔다 갔다 하는 와중에 백학 도인이 몇 마디씩 중국어로 통역을 해주곤 했다. 대개는 그들끼리의 일에 대한 것이었다. 두심오가 듣기에는 쓸데없기 짝이 없는 날씨 이야기, 신변잡사 같은 것들이었다. 겨울 지리산(智異山)의 풍광이 어떻다느니, 계룡산(鷄龍山)의 모 도인이 이번에 어떤 깨달음을 얻었다느니 하는 이야기를 하다가 차츰 구름 잡는 이야기로 옮아갔다.

"당(唐)나라 이래로 존제(尊帝)는 간방(艮方)에 있고, 태양은 기원(箕垣)으로 운행하여 천지의 왕성한 기운이 동북쪽에 있으니 장차 중원을 차지할 자는 동북에 있소."

청학 도인의 말에 서씨가 답하였다.

"인(寅)이 해(亥)에 합하여 있으니 천하를 어지럽힐 자는 반드시 서

북쪽에 있지요."

백학 도인이 말했다.

"옛적 주(周)나라 무왕(武王)은 은(殷)나라의 제후로서 주왕(紂王)을 정벌했으므로 제후들이 서로 강함을 다투다가 결국 진(秦)나라에게 망하였습니다. 한(漢)나라 고조는 촉(蜀) 지방에서 나와 천하를 취했으므로 소열제(昭烈帝:유비)는 천하를 잃고 촉 땅으로 돌아갔습니다. 위(魏), 진(晉), 송(宋), 제(齊), 양(梁)나라들은 신하로서 임금의 자리를 찬탈하였기 때문에 모두 신하에게 망하였습니다. 육씨(陸氏)가 나라의 녹을 먹던 자로 역심을 품어 천하를 혼란에 빠뜨리고 도당을 모아 이제 중원을 지배하고 있지만 선례를 따라 마교 십팔방(十八方)에서 재차 반란이 일어날 것이고, 천하는 다시 혼란에 들 것입니다. 마도천하가 온 지 열여덟 해가 되는 올해가 그때이니 이화태양종이 움직이는 것도 하늘이 정해놓은 이치에 따른 것이지요."

두심오가 백학 도인에게 물었다.

"육씨가 누굽니까?"

백학 도인이 이야기에 빠져 있다가 고개를 돌려 짧게 대꾸했다.

"육양정(陸陽頂)을 말하는 것이오."

그리고는 다시 이야기에 빠져들어 버렸다.

두심오는 육양정이 누군가 생각해 보다가 그게 마교 대종사의 실명인 것을 기억해 내고 잠시 놀랐다. 항상 대종사라고만 지칭을 했더니 그 자신도 잊어버렸던 것이다. 풍문에 의하면 대종사가 한때는 시골 마을의 지현(知縣) 노릇을 한 적도 있다고 했는데 이들이 그걸 두고 나라의 녹을 먹던 자 운운하는 모양이었다. 나누는 이야기들은 거의 알아듣지 못하는 조선어고, 그나마 백학 도인이 통역해 주는 이야기도 고리타분하기 짝이 없어서 반도 이해하지 못하고 있으니 온몸이 뒤틀릴 정도로 지겨운데, 어쩌다 알아들을 만한 이야기도 그가 생각하기엔 한심하기만 했다. 지금이 어떤 세상인데 천도 따위를 운운하고 있는 것인가. 마침 불함 선인이 그의 심정을 대변하는 듯한 이야기를 꺼내었다.

"세상이 어떻게 변했는데 아직도 천명(天命)을 운위하시는지 모르겠습니다. 우리가 열심히 막고 있는 덕분에 불함 아래쪽으로는 마도천하의 기운을 느끼지 못하시겠지만 당장 이 산 아래로만 내려가도 유명종의 사악한 기운 때문에 숨이 막힐 정도입니다."

백학 도인이 수염을 쓰다듬으며 허허 웃었다.

"궁즉통(窮卽通)이 세상의 원리이니 막힌 것은 반드시 뚫리겠지요. 지금 우리가 그걸 뚫자고 모인 것 아니겠소. 그런데 불함 아래로 마도의 기운이 안 내려가는 것은 꼭 불함누리의 힘만은 아니리다. 여기 구선문 모두의 힘이 있지 않았더라면……."

불함 선인이 손을 저어 백학 도인의 말을 끊었다.

"누가 저 혼자 힘이라고 했습니까. 그저 불함 위쪽은 목불인견의 참상이 일어나고 있다는 말을 하는 것뿐이지요."

백학 도인이 다시 무어라 말하려 하는데 고불 노인이 헛기침을 했다. 좌중이 조용해졌다. 고불 노인은 차를 조금 따라 마시고는 노인네 특유의 느릿느릿한 어조로 말했다.

"하늘은 자(子)에서 열리고, 땅은 축(丑)에서 열리며, 사람은 인(寅)에서 생겨났다지. 선후의 차이는 있으나 같은 이치로 열리고 생긴 것이 아니던가. 중국 사람이라고 사람이 아니며, 조선 사람이라고 남보다 곱절 귀할 것이냐. 만국 백성들의 복락과 안위, 산천의 도리를 밝히 보아 굽은 곳이 있으면 바로잡기 위해 애써야 할 것이야. 힘이 없어 하지 못함을 안타까워해야지 할 수 있는데 하지 않음이 어찌 선문의 도리던가. 누가 잘났고 못남을 따져 무엇하리."

서씨가 말했다.

"인간세(人間世)를 떠나 산으로 숨어드는 것이 선(仙)이라고 하지만 골짝 사람들을 나 몰라라 하고 내버려 두는 것이 선은 아니지요. 변방이 심상치 않게 된 지 이미 오래지만 조정은 여진의 준동이 심하니 국경을 넘지 마라 금지하고 그걸로 다 되었다 여겨 당파 싸움에만 열중하고 있으니 한심하기 그지없소이다. 이해하지 못하는 사실은 없는 걸로 여기고 모른 척해 버리는 것으로 해결하겠다는 것이니, 이는 매가 두려워 덤불에 머리를 파묻고 자기 눈에 안 보이면 없는 줄 아는 까투리 장끼의 방법에 불과하지 않은가 싶소. 하지만 그대로 버려두면 삼천리 강산에 혈우성풍(血雨腥風)이 몰아칠 게 분명하여 우리가 나서지 않았소이까. 그동안 여러 노력들이 있어 잘 지켜오긴 했지만 언제까지나 지키고만 있을 수도 없고, 언제까지나 우리가 싸우고만 있어서도 안 되겠지요. 이번이 막힌 숨통을 뚫고 새 바람을 불어넣을 기회가 아닌가 하오."

두심오가 다시 백학 도인에게 물었다.

"골짝 사람이라는 건 누굴 말하는 겁니까?"

백학 도인이 귀찮다는 듯 대꾸했다.

"속인(俗人)을 말하는 거요. 속(俗) 자를 파자하면 골짝[谷] 사람[人]이 되지 않소."

이생(李生)이 말했다.

"일전에 이인(異人) 이 처사(李處士)가 찾아와서 십팔 년 전에 자미성을 침범한 천랑성을 사람들은 모두 요성(妖星)이라 하나 자기는 서성(瑞星)이라 한다 하고 말하기를 그 이전에 이미 인심과 세상의 도가 극히 퇴폐하여 장차 큰 변이 생기되, 두 번 다시 복구하지 못하도록 피폐할 것이었는데 천랑성이 뜨고 세상이 한 번 뒤집혀진 이후 차라리 숨통이 트이게 되었으니 어찌 서성이 아닌가 하였습니다. 소생의 생각에도 그때는 사람의 원기가 이미 폐한 것 같아서 손대어 구제할 길이 없어 보였는데, 환란 이후에 죽었던 원기가 다시 살고, 새로운 힘이 북동에서 솟아오르니 장차 위망한 이 형세를 구할 수 있을 듯합니다."

청학 도인이 말했다.

"제자들을 풀어 사해만방을 돌아다니도록 해보았더니 그나마 북해가 사람 살 만한 곳이더구려. 난폭한 자들의 기강을 잡고, 백성의 이용후생(利用厚生)을 도모하며, 나아가 천하를 환란에서 구할 의지를 품고 있으니 제씨(齊氏:제강산)가 비록 한족이라 하나 훌륭하다 하지 않을 수 없소."

듣고만 있던 허씨가 추운 듯 콧물을 훌쩍이며 말했다.

"생각해 보면 우리가 불함 아래를 지켜주는 것이 어리석은 것은 아니었나 싶기도 합니다. 내버려 두었다가 한 번 흔들어 뒤집혀진 뒤에 정리하여 새 틀을 짜는 편이 낫지 않았던가……."

고불 노인이 혀를 찼다.

"자넨 여전히 과격해. 흔들어 뒤집는 것만이라면 괜찮겠으나 삼천리를 핏물로 씻는 것을 어찌 그대로 버려둘 수 있겠는가."

백학 도인이 고개를 흔들었다.

"이미 과거에 논의가 끝난 일이니 그 이야기는 그만두지요."

허씨가 하하 웃고 말했다.

"과거의 논의는 과거로 돌리고, 오늘의 논의가 중(中)을 얻어 맑은 의론이 좌중에 현저하니 그만 의론을 그쳐도 될 듯합니다. 실행함 없는 논의만큼 공허한 것도 없지요. 손님도 지루해하시고."

좌중의 아홉 선인들이 두심오에게 시선을 모았다. 두심오는 하품을 하다 말고 얼른 자세를 바로잡았다. 이제야 본격적인 협상에 들어갈 수 있겠다고 생각하니 지루한 이야기를 견뎌내느라 늘어졌던 신경이 다시 팽팽하게 조여졌다. 그런데 이야기가 묘하게 돌아갔다.

허씨가 중국어로 이렇게 말하고 있었다.

"들으신 대로 우린 이화태양종을 돕기로 했소."

두심오가 물었다.

"조건이 있겠죠?"

허씨가 말했다.

"조건 같은 건 없소. 우린 요동에서 유명종을 몰아내는 것으로 만족하오. 그걸 위해 조건없이 돕도록 하겠소."

두심오가 당황해 버렸다. 조건을 말하면 일단 거부하고 볼 작정이었더니 아예 조건 제시를 않는 것이다. 이런 경우에 대해서는 생각해 본 일이 없었다. 그는 당황한 김에 불리한 소리를 해버렸다.

"저희 종사께서는 어떤 조건이라도 받아들이겠다고 하셨습니다만……."

허씨가 히죽 웃었다. 그 맹한 얼굴이 한순간 전혀 맹하지 않게 보였다. 지저분하고 초라한 몰골에 어울리지 않는 맑은 눈빛이 잠깐 두심오의 머리 속을 들여다보고 간 듯한 느낌이 있었다. 두심오의 등골로 차가운 기운이 스쳤다. 이자들은 만약의 경우까지 모두 내다보고 있는 것은 아닐까.

허씨가 말했다.

"아시다시피 우린 당신들처럼 인원이 많지 않소. 요동벌에 사악한 무리들이 날뛰는 것을 보면서도 거기까지 뻗을 손이 없어 그냥 두었었지요. 당신들이 청소를 해주는 걸 돕는 것만으로도 기쁘오. 요동벌의 주인은 사실 그 땅에 사는 사람들이오. 중국의 황제도, 조선의 나랏님도, 당신들 마교도 아니고, 거기 사는 여진, 말갈, 조선, 한족의 모든 사람들이 주인인 땅이었으니 그들에게 돌려주는 것이 마땅하지만 당신들이 가져간다고 해도 상관은 없소. 당신들이 유명종보다 더 하지는 않겠지요."

청학 도인이 말했다.

"내가 아끼던 청학(靑鶴)이 세상에 모습을 드러내지 않은 지 오래되었소. 중원에서 전쟁이 일어나기 전부터였지요. 평화로운 세상이 다시 와 청학을 다시 만나게 되기를 바라건대, 그 역할을 당신들이 할 수 있다면 다행이겠소."

그는 잠시 말을 멈추고 생각에 잠긴 듯하더니 말했다.

"당신들 중 한 사람이 그 일을 할 것이오. 올해부터 몇 년간 천하에 폭풍이 몰아칠 것이며, 수많은 사람들이 죽을 것이오. 당신들의 땅 북해에서 시작되어 천하를 가로지르는 장정이 시작되고, 그 장정이 끝나면 평화가 도래하여 청학이 다시 하늘을 날 것이오. 우린 그걸 알기 때문에 당신들을 돕기로 했소. 교만으로 받아들일지도 모르겠소만, 아마도 우리의 힘이 큰 도움이 될 것이오."

불함 선인이 말을 받았다.

"우리가 주는 힘이."

두심오는 그들의 말이 진심에서 나온 것인가 탐색하는 눈으로 한참을 살폈다. 농담 같지는 않았다. 혹시 그들 모두가 착각하고 있을 수는 있지만 그렇게 가볍게 여기기에는 지나치게 진지했다. 그는 조심스럽게 물었다.

"그 사람이란 저희 종사를 말씀하시는 것입니까?"

청학 도인이 고개를 저었다.

"당신네 종사에게 대운(大運)은 없소. 그는 불행한 최후를 맞을 것이오. 그의 최후 이후에 진정한 영웅이 일어나며, 당신네 종사가 시작한 일을 끝맺게 될 것이오."

두심오가 침을 꿀꺽 삼켰다. 그는 망설이다가 용기를 내어 물었다.

"제가 그 사람일 가능성이 있습니까?"

청학 도인이 웃었다.

"미리 알려고 하지 마시오, 이미 말한 것으로 충분히 천기를 누설했으니."

고불 노인이 흘흘 거리며 웃었다.

"청학이 수명을 십 년은 줄였구나. 어리석은……."

허씨가 다시 입을 열었다.

"유명종이 북해를 침략하여 당신네와 싸움을 벌이기 시작하면 우리가 움직일 거요. 연락은 않아도 좋소. 우리가 알아서 할 테니까. 우리가 그들을 완전히 제압할 거라고는 할 수 없지만 충분한 배후 타격은 줄 수 있소. 한편으로 당신들에게 아무런 도움을 주지 않으면 그들의 사이한 환술, 방술에 매우 곤란하게 될 거요. 그걸 위해 몇 사람을 딸려보내 주리다. 여기 세 사람과 또 한 사람이오."

허씨가 아까 불함 선인을 따라 상을 들고 왔던 세 사람을 가리켰다.

"풍백(風伯), 우사(雨師), 운사(雲師)라 부르시오."

고불 노인이 물었다.

"그 아이는?"

불함 선인이 대신 대답했다.

"태평동(太平洞)에서 기다리고 있습니다."

백학 도인이 희미하게 웃더니 두심오가 못 알아듣도록 조선어로 고불 노인에게 말했다.

"임(林) 장사도 꽤나 투덜거리더니 그 아이도 썩 내키지 않나 봅니다. 결국 한족이 벌인 일을 해결하기 위해 한족을 도와야 하는 셈이라."

허씨가 말했다.

"저도 나왔는데 그 아이라고 편안한 곳에서 놀 수만 있겠습니까. 고불 어르신께서 부르시는데."

불함 선인이 자리에서 일어났다. 그는 조선어로 먼저 말하고 중국어로 같은 뜻의 말을 반복했다.

"회의는 끝났습니다."

그는 두심오에게 말했다.

"나와 같이 갑시다. 태평동에 안내하겠소."

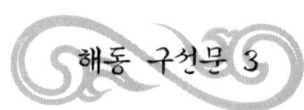

해동 구선문 3

　두심오가 불함 선인의 뒤를 따라 산을 내려간 뒤에 남은 여덟 도사는 작별 인사를 하고 떠날 준비를 했다. 그중 백학 도인이 청학 도인에게 다가가 말했다.
　"오늘 큰 희생을 치르셨소이다그려."
　청학 도인이 가볍게 웃었다.
　"십 년 수명 정도야 무어 그리 대단하겠소."
　백학 도인이 혀를 찼다.
　"육신에 미련은 없지만 일찍 죽어 좋을 것도 없지요."
　서씨가 웃으며 말했다.
　"청학 도인께서 일찍 등선(登仙)하실까 봐 걱정하시는가 보오."
　백학 도인이 하하 웃고는 수염을 쓰다듬었다.
　"사실 나는 그 정도까지 가르쳐 줄 필요가 있었나 그게 더 의문이오."

청학 도인이 대답했다.

"계산이 있어서 한 일이라오."

백학 도인이 물었다.

"무슨 계산?"

허씨가 말했다.

"소생이 한 계산입지요. 저 두심오란 사람을 키워줘야 한다는 계산입니다."

"어떻게?"

"야심을 불어넣는 것이지요. 제씨가 곧 죽을 거다. 그러니 자신에게도 희망이 있다는 생각을 부추겨 그 이후를 도모하게 하는 것입니다. 이미 여러분이 밝게 뚫어본 대로 저 사람은 그릇이 작아서 종사도 못해먹을 위인입니다. 게다가 여태 가리고만 다녀서 그릇이 더욱 작아졌지요. 저대로 버려두면 제대로 써먹지도 못할 것이니 야심을 불어넣을 필요가 있었던 겁니다."

백학 도인이 고개를 끄덕이다가 말했다.

"자칫 천마성(天魔星)에게 방해가 될 우려는?"

허씨가 콧물을 훌쩍이며 대답했다.

"어차피 천마가 될 사람의 앞을 가로막을 사람이기도 하지요. 하지만 오늘의 예언을 기억하고 있다면 나중에 승복하기도 편할 겁니다. 자긴 영웅이 될 운명이 아니구나 하는 걸 깨닫는 그때 비로소 쓸 만한 조력자가 되겠지요."

고불 노인이 혀를 찼다.

"과하다, 과해. 허씨 자네가 머리를 씀이 너무 과하다. 운명이란 그렇게 정해진 것만은 아니라네. 역(易)은 곧 쉽게 변한다는 뜻도 있으니 어찌 운명이 모두 정해진 대로 움직인다 할 수 있으리. 우리네 흐린 눈으로 천기를 봤다고 해도 겨우 더듬어 짐작하는 것뿐인데 여기 돌 굴려두고 저기 나무토막 세워 세상을 움직이려 하는가. 왜 청학이 천기누설을 한 건지 짐작 못한 바는 아니나 흉한 일이다 싶어 한마디 말렸던 것임을 자네들도 알겠지?"

허씨가 고개를 숙였다.

"죄송합니다."

고불 노인이 고개를 저었다.

"이미 한 일이니 하는 수 없으나 앞으로는 너무 멀리 보고 천기의 운행에 간섭하려 들지 말게. 화로 돌아올 걸세."

그는 잠시 입맛을 다시다가 빙그레 웃었다.

"노인네가 되니 잔소리가 심해졌군. 미안허이. 바람이 차가우니 그만 돌아들 가세나."

두심오는 병사봉을 내려오자 불함 선인을 태우고 왔던 호랑이에 올라타야 했다. 호랑이를 타지 않으면 태평동에 갈 수 없을 거라고 불함 선인이 말했기 때문이었다. 왜 그렇다는 건지, 그럼 호랑이를 타지 않은 불함 선인과 풍백, 우사, 운사는 어떻게 간다는 것인지 의문스러웠지만 그건 곧 밝혀졌다.

갑자기 눈보라가 퍼붓기 시작했다. 앞이 안 보일 정도로 거센 눈보라였다. 그러다가 갑자기 눈보라가 그치더니 다음엔 안개가 피어올랐다. 역시 앞이 보이지 않을 정도로 짙은 안개였다. 바로 옆에서 걷는 불함 선인의 모습조차 제대로 보이지 않았다. 호랑이 등에 타고 있지 않았으면 따라갈 수조차 없었을 것 같았다. 그러다가 갑자기 눈앞이 밝아졌을 때는 이미 동굴 안이었다. 불함 선인은 등불을 들고 앞에서 걷고 있었다.

두심오는 문득 자신의 옷이 조금도 젖지 않았다는 사실을 깨달았다. 눈보라도, 안개도 환각이었던 것이다. 불함 선인은 환각으로 자신의 눈을 가려서 태평동의 위치를 모르도록 한 것이 틀림없었다. 그는 다시 한 번 불함 선인과 해동 구선문 사람들의 환술에 감탄할 수밖에 없었다.

동굴은 끝이 보이지 않도록 길었다. 적어도 반 시진은 걸은 것 같은데 여전히 구불거리는 동굴이었다. 동굴 벽에는 석영이 많이 박혀 있어서 불빛을 받아 반짝였기 때문에 어둡지는 않았다. 동굴 속을 전진함에 따라 어둠 속으로 사라지고 새로 드러나는 빛들을 보며 그는 문득 이 동굴조차도 환술에 의해 만들어진 것이 아닐까 하는 생각을 했다.

동굴이 갑자기 넓어졌다. 그러나 바깥은 아니었다. 거대한 지하 광장이 있는데, 물이 가득 차 있어서 차라리 지하 호수라고 불러야 할 듯했다. 그 호수 위로 나무 다리가 놓여져 있어서 그들은 그 위로 걸어서 호수를 지났다. 다시 굴이 좁아지고, 그들은 근 반 시진을 더 걸었다. 그렇게 해서야 겨우 바깥이 나왔는데, 사방이 절벽으로 둘러싸인 널찍한 공간이었다.

맑은 샘에서 흘러나온 물이 개울을 이루어 흘렀고, 하얀 자갈이 깔린 길이 나무 울창한 숲 사이로 뻗어 있었다. 그 길 끝에 대여섯 채의 집이 모여 있었는데 거기가 불함누리의 본산인 듯했다.

귓가로 풀피리 소리가 들려왔다. 마치 천상에서 들려오는 듯한 소리였다. 두심오는 두리번거리며 소리가 나는 곳을 찾다가 그게 정말로 머리 위에서 들려온다는 것을 깨달았다. 아득하게 치솟은 미루나무 꼭대기에 누군가가 앉아서 풀피리를 불고 있었던 것이다.

　불함 선인이 외쳤다.
　"손님이 오셨으니 그만 내려와 인사하게!"
　풀피리 소리가 그쳤다. 미루나무 꼭대기에 앉아 있던 사람이 움직였다 싶더니 다음 순간 그 아득한 꼭대기에서 두심오의 앞까지 새의 깃털처럼 천천히 떨어져 내려와 섰다.
　머리에는 복건(幅巾)을 쓰고 그 위에 작은 초립(草笠)을 올려 썼다. 하얀 옷 위에 옥색 두루마기를 입고 그 위에 다시 남색 전복(戰服)을 받쳐 입은 이십 전후의 청년이었다. 반듯한 얼굴에 오뚝한 코는 여자들이 좋아할 가는 선의 미남이라고 할 수도 있었지만 눈과 입꼬리가 야무진 것이 고집 또한 만만치 않을 듯해 보였다.
　청년은 불함 선인을 향해 가볍게 고개를 숙여 보이고 두심오를 바라보았다. 불함 선인이 소개했다.
　"이쪽은 초립동(草笠童)이라고 하는 사람이오."
　그리곤 조선어로 두심오를 소개했다. 초립동이라 불린 청년이 두심오를 향해 말없이 고개를 끄덕였다. 두심오는 정중하게 인사하려다가 자존심이 상해 그 역시 고개를 끄덕이는 것으로 인사를 대신해 버렸다. 저 높은 곳에서 단번에, 그것도 가볍게 뛰어내리는 것으로 보아 경신술이 만만치 않은 듯하니 솜씨는 제법일 것이다. 그러나 그 자신보다 위라고는 생각하지 않았다. 두심오는 언젠가 이 청년의 솜씨를 시험해 보리라고 생각했다.
　불함 선인이 집으로 안내했다. 영일당(寧一堂)이라는 편액이 붙어 있는 작은 집이었지만 마당에는 아름다운 꽃이 피어 있고 은은한 향기가 집 안에 감돌아 선기(仙氣)가 넘치는 곳이었다. 그 집 마당 평상에 앉아 차를 대접받으며 두심오는 문득 이곳 날씨가 바깥과는 달리 마치 봄 날씨와도 같다는 것을 깨달았다. 분명히 겨울이라 꽃이 필 리가 없는데, 여기엔 꽃이 피어 있고 나뭇잎도 파릇파릇 하지 않은가.

'어쩌면 이것도 환각?'

두심오는 이쯤 와서는 어디서 어디까지가 현실이고 어디가 환각인지 구분하려는 것을 포기할 수밖에 없었다.

불함 선인이 말했다.

"사실 우리 불함누리 사람에는 여진족도 있고 조선인도 있어 굳이 어느 나라 사람이라고 생각하지 않고 있소. 조선 국경 안이 아닌 바깥쪽에 터전을 잡은 것은 이곳이 동천복지라서 그렇기도 하지만 바로 그런 점 때문이기도 하오. 아득한 옛날 단군성조(檀君聖祖)께서 세상을 다스렸을 때는 이 부근이 중심이었으니까. 그때의 이름도 조선이었긴 하지만 지금의 조선과는 상관이 없다오. 나는 그 계통을 잇고 있소."

두심오는 이게 무슨 소린지 몰라 듣고만 있었는데 불함 선인이 비로소 알아들을 만한 이야기를 했다.

"아득한 옛날에는 이곳을 중심으로 요동벌과 저 멀리 북해 지역까지 모두 우리 땅이었다는 말이오. 옛날에 그랬으니 이제 다시 찾고 싶다는 뜻은 아니니 안심하시오. 나라는 사라졌어도 백성은 남아 있는 법이고, 그 백성은 누가 지켜도 지켜야겠지."

"백성들 스스로가 스스로를 지켜야겠지요."

초립동이 불쑥 한마디를 던졌다. 그게 중국어라서 두심오도 알아들었고, 한편 초립동이 중국어를 할 줄 안다는 사실을 알게 되어 다행이라 생각했다. 말이 안 통하는 작자와 북해까지 여행하려면 갑갑한 일이 될 테니까.

불함 선인은 초립동을 향해 쓸쓸하게 웃어 보이고는 말을 계속했다.

"우리 불함누리 사람들은 이 지역에 대해 애착이 많소. 그게 당신들과 해동 구선문을 연결해 준 이유요. 저 유명종의 마귀들을 이 땅에서 내쫓기 위해서라면 나는 뭐든 할 각오가 돼 있소."

그는 그들에게서 조금 떨어진 곳에 앉아 있는 풍백, 우사, 운사 세 사람을 불러 다시 한 번 소개했다.

"풍백과 우사, 운사라는 이름은 옛 이름에서 딴 것이고 실제로는 각각의 이름이 따로 있소. 소개해 드리리다."

그는 풍백이라 불리는 중을 가리키며 말했다.

"남산 대사의 제자요. 법명은 유정(維政). 호풍환우(呼風喚雨)하고 벽사(辟邪)를 하는 재주가 있으니 유명종의 환술, 방술을 깨는 데 도움이 될 것이오."

중은 이제 마흔이 조금 안 되는 나이로 보였는데, 아홉 개의 고리가 달린 구환장(九環仗)을 들고 있었다.

다음은 우사라 부르는 여인이었다. 그녀는 알록달록 화려한 옷을 입고 깃털이 달린 모자를 쓰고 있는 이십 대의 여인이었다. 반쯤 감은 듯한 눈을 떠 두심오를 바라보자 매서운 기운이 뿜어져 나왔는데, 무공의 기운과는 다른 어떤 것이었다. 불함 선인이 소개했다.

"당신들 말로 무녀(巫女)라고 하겠소만 조선에는 무당(巫堂)이라 부르는 사람들이 있소. 그중 가장 재능이 뛰어나고 가장 강한 신기(神氣)를 발하는 홍련(紅蓮)이라 하오. 유명종이 사이한 것들을 불러내어 공격하면 그녀가 막아줄 거요."

홍련이 가만히 고개를 숙여 인사하고 물러나 앉았다. 다음은 운사였다. 삿갓 아래로 구레나룻이 무성한 얼굴과 범상치 않은 눈빛을 보이는 사내였다.

"우리 불함누리 문하의 검객이오. 당신네 중국의 무술과는 궤가 좀 다른 무술을 익혔으니 쓸모가 있으리다."

두심오는 말없이 고개만 끄덕였다. 실제로 이들이 무슨 도움이 될 것인가 의심하는 마음이 적지 않았지만 동맹의 증표 삼아 종사에게 보여주는 것도 괜찮을 것이다. 얼른 이곳을 떠나고 싶을 뿐이었다. 그래서 그는 하룻밤 묵고 떠나라고 권하는 불함 선인의 제안을 거절하고 서둘러 일어났다.

불함 선인도 더 말리지 않고 찾아왔던 길을 그대로 되짚어서 돌아가 안개와 눈보라를 뚫고 한 봉우리 위에 그들을 데려다 주었다. 벌써 날이 저물어가고 있었다. 두심오는 돌아갈 길이 먼 것을 생각하고 조급한 마음이 되었다. 여기서 북해, 아니, 종사는 지금쯤 싸움터를 향해 움직이고 있을 테니 달단 가까이 가 있을 것이다. 거기까지는 근 반 달을 열심히 달려가야 할 길이었다.

초립동이 두심오에게 무언가를 내밀었다. 두심오는 그걸 받아 살펴보았다. 강철로 달리는 말을 조각한 패물 같은 것 두 개인데, 앞뒤에 끈이 꿰어져 있었다.

두심오가 물었다.

"이게 뭐요?"

초립동이 묻는 말에는 대꾸하지 않고 엉뚱한 말을 했다.

"갈 길이 먼 것 같은데, 나 혼자라면 다른 방법으로 가겠지만 당신까지 데리고 가야 하니 갑마법(甲馬法)을 써야겠소. 그걸 양쪽 발목에 묶으시오."

그는 다른 사람들에게도 그걸 나눠 주고 그 자신도 발목에 묶었다. 두심오가 영문을 모른 채 따라 하고 나자 초립동이 손가락을 들고 무언가 주문을 외웠다. 그리곤 말했다.

"갑시다!"

초립동이 번개처럼 산 아래로 달려 내려갔다. 풍백과 우사, 운사가 마찬가지로 바람처럼 달려갔다. 두심오의 상상을 초월한 경공이었다. 두심오가 놀라 발을 옮기자 그 또한 놀랍도록 빠르게 산 아래로 달려 내려가기 시작했다. 그가 달린다기보다 마치 땅이 그의 발 아래에서 접혔다가 펴지며 뒤로 달려나가는 것 같았다.

'이건 축지성촌(縮地成寸)?'

두심오는 정말로 놀라 버렸다. 이름만 들었을 뿐 한 번도 본 일이 없고, 실제로 가능하다고 생각한 적도 없던 전설의 경공, 축지성촌이 단지 이상한 물건과 주문으로 가능하게 된 것이다.

'설마 이것도 환각?'

그는 고개를 흔들었다. 환각으로 눈을 속일 수는 있지만 거리는 좁혀주지 못하는 법이니 말이다. 그런 쓸데없는 일을 할 이유가 없었다. 두심오는 해동 구선문과 초립동에 대해 다시 생각하게 되었다. 이들이 단지 방술, 환술로 눈속임을 할 뿐이라는 생각은 버려야 할 것 같았다. 인원이 적어도 이들은 무서운 능력을 가진 자들이다. 이건 유명종보다 더 경계해야 할 대상인지도 모른다는 생각이 두심오의 뇌리에 깊이 새겨졌다.

제37장
북해 귀환기

> 노사(老師)라는 이름은 여자와 어린애에게 거짓말이나 하면서 얻을 수 있는 게 아니다
> 약속하면 지키는 게 당연하지. 그걸 명예 말고 뭘로 보장한단 말인가

북해 귀환기 1

　제칠설녀는 빙궁을 나온 지 얼마 안 돼 갈맹덕을 따라잡았다. 그리고 그날 오후에는 무영까지 찾았다. 철갑마와 함께 있는 무영을 보았던 것이다. 하지만 그녀는 갈맹덕에게도, 무영에게도 모습을 드러내지 않았다. 그녀는 북극의 밤하늘과 빙산이 함께 드리우는 녹색의 밤 그늘 아래에 숨어 갈맹덕과 무영, 철갑마의 행로를 감시하기만 했다.
　그녀는 갈맹덕과 무영이 왜 별개로 행동하는지는 몰랐지만 이 상태대로라면 갈맹덕이 곧 죽을 거라는 건 알아보았다. 갈맹덕은 도움없이는 북극을 빠져나갈 수 없을 것 같았다. 그는 가혹한 이 북극의 자연이 인간에게 짊어지게 하는 부담을 견뎌낼 수 없는 사람이었다. 본신의 무공이 아무리 대단하다 해도 북극에서는 의미가 없다. 북극에서 생존하느냐 못하느냐는 추위에 대해 얼마나 아는가, 얼마나 대비했는가, 어떻게 이겨내는가에 달린 것이다.

갈맹덕은 맨몸으로 추위를 이겨내려 하는 것처럼 보였는데, 그건 어리석은 짓이었다. 며칠은 견딜 수 있겠지만 북극을 벗어날 때까지 견딜 수는 없을 테고 결국 죽을 것이다. 차가운 북극의 동토에서 얼어붙은 시체가 되어 북극곰이 먹어치우기 전에는 흙으로 돌아가지도 못하고 언제까지나 그 불행한 육체를 드러내 보여야 할 것이다.

반면 무영은 훌륭히 견디고 있었다. 그는 빙궁에서 이미 확인한 것처럼 추위에 전혀 영향받지 않는 듯했다. 그러면서도 적당한 거리를 이동하고, 이동한 후에는 반드시 휴식을 취하고 있었다. 무얼 먹는지는 모르지만 체력도 보존하고 있는 듯했다. 그 정도 속도에 방식이라면 한 달이 못 되어 북극을, 저 얼어붙은 바다까지도 완전히 빠져나갈 수 있을 것이다. 철갑마까지 데리고.

빙궁을 떠나 근 이틀이 지나는 동안 그녀는 많은 생각을 했다. 이쯤 되고 보니 비무에서 졌다거나 빙궁의 방이 조금 부서진 것 등은 아무 일도 아니었다. 저 철갑마가 깨어나고 빙궁을 떠난 것이 진짜 문제가 될 것 같았다. 그녀도 철갑마의 정체에 대해서는 거의 아는 것이 없지만 저 철갑마가 빙후 악산산의 극히 내밀한 부분에 관련되어 있다는 것은 추측할 수 있었다. 어쩌면 저 철갑마의 비밀이 드러나면 빙후는 물론 빙궁 전체에 큰 타격이 될지도 모른다. 빙후가 이 소식을 듣는다면 어떤 반응을 보일지 상상만 해도 끔찍했다.

하지만 어떻게 할 것인가. 그녀와 지금 빙궁에 남은 사람들에게는 저 철갑마를 통제하고 잡아둘 수단이 없다. 그녀가 할 수 있는 유일한 방법은 철갑마를 따라가 소재를 파악하는 것이었다. 그리고 나중에 빙후에게 연락을 취해서 빙후가 조치를 취할 때까지 기다리는 수밖에 없었다.

철갑마가 어디까지 가건 따라가겠다는 것이 그녀가 빙궁을 떠날 때의 결심이었다. 그런데 다행히 그리 멀리까지 따라가지 않아도 될 것 같았다. 철갑마가 무영을 따라가는 것 같았기 때문이었다. 만약 이대로 무영을 따라간다면 철갑마의 소재는 자연히 확인되는 것이다. 이화태양종을 찾아가면 될 테니까.

그렇게 생각하고도 그녀는 다시 하루를 더 무영과 철갑마의 뒤를 추적했다. 철갑마가 정말로 무영을 따라가는 것인지, 그래서 이화태양종까지 같이 갈 것인지를 확인하기 위해서였다. 이유는 모르겠지만 철갑마는 무영을 따르는 것이 확실해 보였다. 떨어지기도 싫어하는 것 같았다. 철갑마는 무영이 움직이는 곳으로 따라가고, 시키는 말에도 고분고분 따르고 있었다.

갈맹덕의 움직임이 또 하나의 관심거리였다. 그는 시종 무영과 철갑마의 뒤를 쫓아가면서 암습할 기회를 노리는 듯했다. 실제로 시도하기도 했는데, 무영이 어떻게 하기 전에 철갑마가 먼저 반응해서 나서는 바람에 한두 수 투닥거리더니 허둥지둥 도망가고 말았다. 그 이후로는 가까이 가지도 못하고 놓치지 않도록 감시하며 따라가는 게 고작이었다.

그러면서 갈맹덕은 점점 지쳐 가고 있었다. 원래는 암습을 대비하며 가야 하는 무영 쪽이 먼저 지치는 게 정상일 것이다. 그러나 이번 경우에는 추격하는 사람도 무영을 시선에서 놓치면 북극을 빠져나갈 방법이 없기 때문에 계속 신경을 곤두세우고 있어야 한다는 부담이 있고, 무엇보다도 식량이 없다는 약점이 있었다. 제아무리 고수라도 먹지 않고는 살 수가 없다. 게다가 추위라는 또 하나의 강력한 적이 있었다.

한서불침(寒暑不侵)이라는 말이 있지만 그게 아무에게나 가능한 것이 아니다. 혹한의 기후 속에서 얼음 위에 뒹굴며 자야 하고 걸어야 한다는 것은 엄청난 체력이 소모되는 일이다. 보통 사람에게는 충분한 준비를 하고도 살 가능성보다는 죽을 가능성이 훨씬 높은 일인 것이다. 아무리 무림인이라고 해도 먹지도, 쉬지도 못하고 한 달가량 걸리는 이 여정을 버텨낸다는 것은 불가능한 일이었다.

갈맹덕의 최후는 뻔히 보였다. 시간이 갈수록 점점 더 지치고, 그 속도 또한 점점 빨라질 것이다. 머리가 점점 멍해져서 아무 생각도 할 수 없게 되고, 배가 고픈지 추운지도 모르게 되면 그때 그는 끝이다. 어느 순간인지도 모르게 정신을 잃고 쓰러져 죽어버리는 것이다. 그전에 목숨을 걸고 덤벼들어서 식량을 탈취하지 않으면 탈진해서 얼어 죽는 수밖에 없었다.

곰이나 해표라도 우연히 발견한다면 또 모르겠지만, 일찍 발견하지 못하면 잡기는커녕 오히려 그놈들의 밥이 되기 십상이었다. 그런 면에서 무영에게는 걱정할 일이 별로 없었다. 저 찬물에 뛰어들어서도 살아서 돌아오지 않았던가. 열흘쯤 더 가면 부빙이 많은 곳이 나올 테고, 그땐 해표를 잡을 수도 있을 것이다. 그리고 다시 열흘쯤 더 가면 섬이 나온다. 그때부터는 섬에서 섬으로 이동하면서 원주민에게 도움을 받을 수 있다. 그리고 북해, 그 다음엔 이화태양종이었다.

설녀는 하루 동안의 이동이 끝나고 무영이 다시 쉬려고 자리를 잡았을 때 모습을 드러내었다. 철갑마는 무영의 옆에 붙어 있었다. 이것을 확인한 이상 더 따라갈 의미가 없었다. 빙궁에서는 제삼설녀 이하 설녀들이 불안과 초조로 잠을 못 이루고 있을 것이다. 얼른 돌아가서 대책을 상의해 보고, 아마도 유일한 대책이 될 연락 사자를 정해야 할 것이다. 그때도 사자가 될 사람은 그녀 자신밖에 없을 터인데, 얼음이 녹기 전에 움직이려면 역시 서둘러야 했다.

그녀는 무영에게 천천히 다가갔다. 철갑마가 경계하는 빛으로 일어났다. 무영이 손을 들어 철갑마를 말렸다. 철갑마가 말 잘 듣는 개처럼 다시 그의 옆에 앉는 것을 설녀는 신기하게 바라보았다.

"말을 잘 듣는군요. 왜 그렇게 된 거죠?"

무영이 대답했다.

"모른다."

설녀가 말했다.

"작별 인사를 하러 왔어요. 다시 만나게 될 거라는 예고도."

무영이 말했다.

"이 철갑마는 내가 끌고 온 게 아니다. 다시 찾으러 와도 좋지만 그땐 나와 상관없는 일이니 알아서 끌고 가야 할 거다."

설녀가 말했다.

"그건 제 소관이 아니에요. 아마도 철갑마를 다시 찾으러 가는 건 저보다 능력있고 지위가 높은 분들이 되겠죠. 제가 다시 만나게 될 거라고 한 건 조만간, 며칠 안에 다시 만나게 될 거라는 거였어요. 저도 다시 길을 떠나야 할 것 같아서."

무영이 고개를 끄덕였다. 그리고 철갑마를, 정확하게는 철갑마의 팔뚝에 꽂힌 빙검을 가리키며 말했다.

"저게 필요하지 않나?"

설녀가 화들짝 놀라서 물었다.

"저게 왜 여기 있죠?"

무영이 대답했다.

"모른다."

설녀는 의심스럽다는 듯 그를 바라보았다. 그러나 무영이 정말로 모른다는 듯 무심한 표정을 하고 있자 차츰 의심을 거두고 고개를 끄덕였다.

"모른다니 제가 회수해도 되겠죠?"

무영이 말했다.

"원하는 대로."

설녀가 철갑마에게 다가갔다. 그러나 철갑마의 붉은 눈빛이 점점 짙어지고 살기가 피어오르자 그녀는 걸음을 멈추었다. 마치 도사린 맹수에게 다가가는 느낌이 들었기 때문이다. 조금 더 다가갔다간 맹수에게 물릴 것 같은 기분이었다.

그녀가 말했다.

"수고스럽겠지만 직접 빼서 주실 수 있을까요?"

무영이 잠시 그녀를 바라보며 생각하다가 고개를 끄덕이고는 철갑마의 팔뚝으로 손을 가져갔다. 그때 설녀는 한 생각을 떠올리고 무영을 말리려 했다. 그녀가 입을 벌리는 그 순간 무영이 빙검을 잡았다.

극한의 한기가 심장으로 파고들었다. 날카로운 서릿발이 빙검으로부터 시작되어 손으로, 팔로, 그리고 심장까지 뻗어서 찌르는 듯한 느낌이었다. 무영이 살아오면서 이렇게 차가운 느낌을 받는 것은 처음이었다. 빙정이 있던 그곳의 한기도 이 정도까지는 아니었고, 제삼설녀가 바로 이 빙검을 사용해서 뿜어냈던 한기도 이 정도는 아니었다.

무영은 한순간에 얼어버려서 그대로 굳어졌다. 그는 태양신공을 끌어올리려 했다. 그러나 진기가 제대로 끌어올려지지 않았고, 겨우 끌어올린 한 모금 진기도 제대로 움직이지 않고 다시 흩어져 버리곤 했다. 빙검의 한기가 심장으로 점점 더 파고들었다. 심장이 점차 느려지고, 고동 소리가 귓가에 북소리처럼 크게 울렸다. 이러다가 그대로 얼어 죽을 것 같았다.

무영은 방법을 생각했다. 어떻게든 한기를 몰아내야 했다. 그런데 빙궁에서처럼 태양신공으로 한기를 몰아내는 건 가능하지 않게 돼버렸다. 그럼 차라리 한기를 받아들이면? 저항하지 말고 차라리 포용해 버리면?

그는 월인신공을 사용해 보기로 했다. 본신의 내공을 되찾은 이후 오랫동안 수련하지 않았던 것이지만 이번 경우엔 맞을지도 모른다. 그거야말로 음기를 받아들여 내공을 기르는 수련법이고, 한기 또한 음기의 일부일 테니 말이다.

단전으로부터 작은 진기가 느껴졌다. 간신히 피어오르는 작은 불꽃과도 같은 진기였고, 조금만 거칠게 다루면 바로 꺼져 버릴 듯한 기운이었다. 그는 그걸 조심스럽게 움직여서 월인신공의 구결대로 이끌었다. 단전, 즉 기해혈(氣海穴)에서 시작된 진기를 거궐(巨闕)을 지나 흉부위 전중(膻中)으로 이끌고, 거기서 심장을 감싸고 돌도록 해서 심장에 파고드는 한기를 만나게 했다. 이 부분이 가장 중요했는데, 한기에 진다거나 혹은 서로 거부해서 다투게 만들면 끝장이기 때문이었다. 다행히 한기는 조금씩 움직여서 그의 진기에 동조해 움직여 주었다.

무영은 그대로 한기를 이끌어서 사지백해로 퍼뜨리고, 전신을 돌아서 다시 심장으로 돌아온 진기를 팔로 이끌었다. 진기는 팔에 있는 수궐음심포경(手厥陰心包經)의 주요 혈도들을 거치며 손끝까지 나아갔다. 팔꿈치 안쪽의 곡택(曲澤), 하완부의 극문(郄門), 손목 중앙의 대릉(大陵), 그리고 손바닥 안쪽의 노궁(勞宮), 마지막으로 수소양삼초경(手少

陽三焦經)에 속하는 손가락 끝의 중충(中衝)과 관충혈(關衝穴)에 이르러 진기는 빙검에서 내뿜는 한기와 직접 마주쳤다.

　엄청난 크기와 위력의 한기가 손가락 끝으로 흘러 들어왔다. 마치 예전에 미노에게서 음기를 받아들일 때처럼 엄청난 기운이었다. 자칫하면 이 기운에 져서 삼켜질 듯한 위기 의식까지 느껴졌다. 무영은 필사적으로 진기를 조절해서 한기에 저항하지도, 그렇다고 항복하지도 않고 부드럽게 이끌어 기해로 끌어들였다. 거기서 다시 소주천과 대주천 운기를 반복하여 한기가 진기와 동화되기를 시도했다.

　설녀는 눈을 동그랗게 뜨고 무영을 지켜보고 있었다. 빙백한공을 익히지 않은 사람이 빙검에 접촉하면 가공할 만한 타격을 받는다는 사실을 미처 알려주지 못했기 때문에 그녀는 무영이 죽을 거라고 생각했었다. 무영이 빙검을 잡는 순간 그녀는 온갖 생각을 했었다. 이대로 무영이 죽어주면 그건 나름대로 좋은 일이었다. 비무에서 진 것이 의미가 없어지니까. 그리고 철갑마 또한 갈 곳을 잃고 빙궁으로 다시 돌아올지도 모른다. 그러면 모든 게 좋게 해결되는 것이다.

　한편으로는 이 특이한 사람이 그렇게 허무하게 죽어버린다는 것이 아쉽기도 했다. 하지만 이쪽은 아주 잠깐 스친 생각일 뿐이었다. 그래서 차라리 미리 경고하지 않은 걸 다행으로 여기고 있었는데, 지금 무영은 죽지도, 그렇다고 타격을 받지도 않은 것 같았다. 오히려 무언가를 시도하는 것 같았다.

　빙검이 강한 빛을 발하고 있었다. 무영의 몸까지 덮는 강한 빛이었다. 나중에는 무영의 몸에서도 빛이 나는 것 같았다. 극한의 한기가 무영의 손과 빙검이 만나는 지점에서 뿜어져서 철갑마까지 꽁꽁 얼려 버렸다.

 무영에게는 이제 더 이상 빙검이 차갑게 느껴지지 않았다. 기분 좋은 서늘함이 느껴질 뿐이었다. 강렬한 진기가 온몸에 충만해서 저절로 허공에 떠오를 것만 같은 기분이었다. 월인신공도 열두 단계에 달해 대성한 듯했다. 그는 이제 운기를 중단하려고 했다. 그때 또 다른 기운이 빙검을 통해서, 아니, 손가락이 닿은 철갑마의 팔뚝을 통해서 전해지는 것을 느꼈다. 익숙한 기운이었다.
 무영은 철갑마가 운기를 하고 있고, 그게 소림사의 금강부동신공이라는 것을 알아차렸다. 빙검의 한기에 지지 않는 막대한 힘이 이번엔 거부감없이 그에게 밀려들었다. 무영은 급히 자신도 금강부동신공을 끌어올려 철갑마가 보낸 힘에 합류시켰다. 그 진기는 그가 미처 깨닫지 못했고, 알지 못했던 곳으로 움직여서 전신을 돌았다. 한순간 뒤통수를 맞은 듯한 충격이 왔다. 그 다음에는 머리가 맑아지고 눈이 밝아지는 듯했다. 알지 못하던 많은 것들이 갑자기 머리 속에 나타나고, 이해하지 못했던 무수한 것들이 한순간에 밝히 보이는 듯한 신비한 체험이었다.
 철갑마의 진기가 거두어졌다. 이제 끝인가 하는 순간 다시 새로운 힘이 밀려들었다. 마음이 포근해지는 부드럽고 따듯한, 그러면서도 대하처럼 도도한 물결이었다. 그는 이게 그가 아직 제대로 깨우치지 못하고 있는 무당파의 심법에 의해 일으켜진 힘임을 알고 순순히 받아들이고 그 흐름을 즐겼다.
 철갑마의 진기는 무영의 진기와 빙검의 한기가 부딪치며 증폭된 그 기운에 저항하기 위해 본능적으로 일으켜진 것이었지만, 결과적으로는 무영의 경맥을 따라 한 바퀴씩 돌며 벌모세수(伐毛洗髓)를 시켜주고는 돌아갔다.
　무영이 움직였다. 그는 철갑마의 팔찌에 끼워진 빙검을 뽑아 들고 설녀에게 내밀었다.
　"여기 있다."
　아무 일도 없었다는 듯 담담한 말투였다.

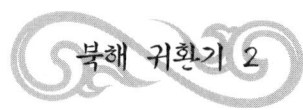

북해 귀환기 2

 갈맹덕은 설녀와 무영이 만나고 헤어지는 것을 빙산 뒤에 숨어서 보고 있었다. 설녀가 왜 여기까지 따라왔는지, 무슨 이야기를 하고 돌아가는 것인지는 알 수 없었다. 조금만 생각해 봤으면 설녀가 철갑마를 찾아왔다는 것을 추측할 수 있었을 것이고, 조금 더 가까이 가서 엿들었으면 제반 사정을 알 수도 있었겠지만 지금 그는 제대로 생각을 못 하고 있었다. 바보처럼 멍청해진 상태이기 때문이었다.
 아무것도 못 먹은 게 벌써 이틀이었다. 물만 겨우 마시고 있었는데, 그나마 많이 마시지도 못했다. 물을 구하기 어려워서였다. 온통 물이라고 생각할 수도 있는 빙산 위에서 물을 구하기 힘들다는 것은 어이없는 일일 수도 있었지만 사실이 그랬다. 얼음을 녹일 방법이 별로 없었기 때문이다. 빙산에 혓바닥을 댔다간 얼음이 녹기는커녕 먼저 혀부터 얼어붙을 것이다. 조각을 내서 체온으로 녹이는 방법도 있었고, 실제로 그렇게도 해봤지만 체온이 떨어져서 할 일이 못 되었다.

　체온을 다시 올리려면 내공을 사용해야 했고, 결국 진기가 소모되는데, 아무것도 먹지 못하는 상황에서 진기는 쉽사리 회복되지 않았다. 무영과 철갑마가 언제 공격해 올지 모르는 상황에서, 그리고 믿을 거라곤 무공밖에 없는 상황에서 진기 소모는 곧 죽음을 부르는 일이었다. 삼매진화(三昧眞火)를 사용해 빨리 녹이는 방법도 있었지만 역시 진기가 소모된다. 이래서 겨우 죽지 않을 정도만큼의 물만 만들어 마실 수밖에 없었다.

　아무렇지도 않게 불을 일으켜서 물을 만들던 무영의 역할이 그동안 얼마나 고마운 것이었던가를 그는 홀로 되어서야 알았다.

　문득 그는 설녀를 따라 빙궁으로 돌아가면 어떨까 생각했다. 창피한 일이긴 하지만 그냥 거기 눌러앉아 있다가 그녀들의 안내를 받아서 북해로 돌아가면? 그러나 늦었다. 설녀는 이미 보이지 않을 정도로 멀리 가 있었다. 하지만 간 방향은 아니까 그냥 따라가면? 그건 불안한 일이었다. 쫓아가다가 길이라도 잃으면 그땐 죽는 수밖에 없다. 사흘 걸릴 길이라는 게 불안하기도 했다. 극광을 길잡이로 해서 찾아가면 못 찾을 일도 없겠지만 혹시 만에 하나라도 못 찾으면? 그전에 지쳐 쓰러지면?

　그는 역시 무영을 기습하든 어쩌든 해서 식량을 탈취해야겠다는 생각을 했다. 그리고는 고개를 내밀었는데 무영이 보이지 않았다. 그는 심장이 철렁 내려앉는 듯한 느낌으로 빙산을 기어 올라갔다. 다행히 저만치 걸어가는 무영과 철갑마를 볼 수 있었다. 그는 안도의 한숨을 내쉬었다. 여기서 무영까지 놓치면 그땐 죽는다. 어떻게든 따라가야 했다.

갈맹덕은 빙산을 넘어서 무영의 뒤를 따라갔다. 생각해 보니 안도할 일만도 아니었다. 하루 종일 걷다가 좀 쉬나 했더니 또 걷는 것이다. 저놈들은 지치지도 않나 생각하니 분노가 끓어올랐다.

방금 무영과 철갑마가 빙검을 사이에 두고 운기를 해서 펄펄 뛰어다닐 만큼 활기를 얻었다는 걸 모르고 있는 그로서는 그들의 초인적인 체력을 이해할 수 없는 게 당연했다. 알았다면 훨씬 더 분노했겠지만.

분노조차 조금 후에는 가라앉아 버렸다. 춥다, 지쳤다, 쉬고 싶다 하는 생각밖에 없었다. 이젠 배도 고프지 않았다. 머리가 멍해지고 쉬고 싶다는 생각만이 주문처럼 감돌았다. 문득 그는 정신을 차렸다. 멍하니 걷다가 빙산에 부딪쳤던 것이다. 그의 머리 속에 경고의 소리가 울렸다.

이렇게 반응이 둔해지고 생각하는 것조차 느려지는 것은 그와 같은 무림고수에게는 있을 수 없는 일이었다. 이건 죽기 직전에나 있는 일이었다. 그는 빙산에 장갑 낀 손을 두들겼다. 얼어붙은 손이 깨어지는 듯한 고통이 밀려왔다. 덕분에 정신이 한결 맑아졌다. 그는 이제 결판을 낼 시간이라고 생각했다. 무영과 철갑마의 손에 죽든지, 아니면 죽이든지 결판을 내야 했다. 그것도 지금 당장. 조금 더 시간이 지나면 그조차도 못하게 될 것이다.

갈맹덕은 시선을 돌려 무영을 찾았다. 그리고 뛰었다. 그는 빙판에 미끄러지고 넘어졌다가 다시 일어나며 무영을 향해 접근했다. 무영과 철갑마가 멈춰 서서 그를 바라보고 있었다. 갈맹덕은 다시 미끄러져서 넘어졌다. 평소 같았으면 엄청나게 수치스러운 일로 여겼을 테지만 생사의 기로에 선 지금 그런 사치스런 감정 따위는 없었다. 대신 그는 이 미끄러운 빙판 위에서 효과적으로 싸우는 방법을 생각해 냈다.

갈맹덕은 무영과의 거리가 가까워지자 스스로 빙판에 엎드렸다. 그리고 굴렀다. 등을 아래로 해서 뒤집어진 다음 손발을 휘둘렀다. 밀종대수인이 그 자세에서 발출되었다. 그는 팽이처럼 회전하며 손발로는 무영을 공격했다. 이렇게 엎드리고, 뒤집어지고, 구르면서 싸우는 곤지룡(坤之龍)이라는 무술에 밀종대수인을 접목해서 사용하고 있는 것이었다.

무영이 생전 처음 보는 이 지렁이 흉내에 당황해서 물러섰다. 철갑마가 앞으로 나섰다. 그는 조금도 당황하지 않고 손을 내밀어 밀종대수인을 가볍게 받아 흘렸다. 태극권이 사용되었다. 그 다음은 발길질이었다. 그는 한 발로 확실하게 중심을 잡고 다른 한 발로 갈맹덕의 허리를 걷어차 날려 버렸다. 거석도 부숴 버릴 수 있다는 소림행자각(少林行者脚)의 일초를 강철 신발을 신은 채 발휘한 것이다.

갈맹덕이 비명을 지르며 삼 장여나 날아가더니 빙산에 부딪쳤다가 떨어져 굴렀다. 무영은 잠시 눈썹을 찌푸리며 그 모습을 바라보았다. 적이지만 저렇게 비참하게 당하는 것을 보니 연민의 정이 잠시 치밀었던 것이다.

그는 천천히 갈맹덕에게 다가갔다. 갈맹덕은 입가로 피를 흘리며 혼절한 상태였다. 무영은 잠시 그를 내려다보며 갈등했다. 이대로 죽게 내버려 두는 게 여러모로 좋긴 했다. 원래 마음에 안 들던 자이기도 했고 나중에 말썽의 소지도 있지 않은가. 하지만 오랜 여행을 같이 해온 동료였던 자를 이렇게 죽게 내버려 둔다는 건 어쩐지 마음에 들지 않았다. 그것도 자기 손으로 해치운 게 아니라 철갑마가 대신 싸워서 이렇게 만들었다는 점도 찜찜한 기분으로 남았다.

게다가 증인 서명도 아직 하지 않았다. 문득 그는 갈맹덕의 품을 뒤

저 석판을 찾았다. 반으로 깨지긴 했지만 어쨌든 아직 가지고는 있었다. 무영은 그걸 자기 품속에 넣고 다시 망설였다. 어떻게 하는 게 좋을까. 그는 결국 갈맹덕을 살리기로 결심했다. 나중에 다시 싸워 죽여버리는 한이 있더라도 일단은 구해줘야 한다고 생각했다.

갈맹덕이 다시 정신을 차린 것은 무영이 진기를 불어 넣어주고 입에 따듯한 물까지 흘려 넣어준 뒤였다. 그는 격렬한 고통을 느꼈다. 옆구리가 부서진 듯한 고통이었다.

무영이 말했다.

"움직이지 마라."

갈맹덕은 자신이 어떻게 당했는지 기억해 내고 갈비뼈가 여러 대 부러져 나갔을 거라고 생각했다. 이래서는 무영과 싸우기는커녕 움직이기도 힘들다. 그는 한숨을 내쉬었다. 이렇게 어처구니없이 허무하게 죽게 될 줄은 몰랐다. 무영이 그를 살려둘 리가 없다고 생각했던 것이다.

갈맹덕은 자세를 바로잡고 앉아서 눈을 감았다.

"이래 봬도 마교의 원로인 몸이시다. 더 모욕하지 말고 죽여라."

무영이 말했다.

"죽이려면 애초에 구해주지 않았다."

갈맹덕이 눈을 번쩍 떴다.

"안 죽인다고?"

무영이 말했다.

"한 가지만 말해 주면 죽이지 않겠다."

갈맹덕이 물었다.

"그게 뭔데?"

"천마도의 위치."

갈맹덕이 헉 하고 입을 벌렸다. 그는 무영을 미친놈 보듯 바라보다가 말했다.

"그걸 왜 궁금해하지?"

무영이 대답했다.

"구해올 사람이 있다."

갈맹덕은 그게 누굴까 잠시 생각하다가 오래전 그가 천마도에 데려다 주었던 소녀를 기억해 내고 입을 벌렸다.

"남궁운해?"

무영은 대답하지 않았다. 그러나 갈맹덕은 그녀가 맞을 거라고 확신하고 말했다.

"너도 참 어처구니없는 생각을 하는 놈이구나. 그 애가 아직도 살아 있을 거라고 생각하는 거냐?"

무영이 대답했다.

"그녀가 죽었다면 죽인 놈을 내가 죽인다. 위치나 말해라."

갈맹덕이 피식 웃었다.

"그걸 내가 말해 줄 것 같으냐? 입이 찢어져도 말 못한다. 차라리 죽여라."

무영의 눈에 살기가 피어올랐다. 그는 파천황을 뽑아 칼끝을 갈맹덕의 입에 밀어 넣었다. 갈맹덕의 입술이 약간 찢어져 피가 흘렀다. 갈맹덕이 두려운 빛을 담아 무영을 보았다. 금방이라도 칼이 그의 입을 찢어버릴 것 같아서 고개도 제대로 못 들었다.

무영이 말했다.

"원한다면 죽여준다. 그전에 말해라."

갈맹덕이 머리를 뒤로 조금씩 뺐다. 무영이 파천황을 갈맹덕의 입에서 치워주었다. 갈맹덕이 말했다.

"하는 수 없군. 말해 주지. 천마도는 저 먼 남해 바다 한쪽에 있다. 해남도에서 반 달 항해하면 닿는 곳이다."

무영은 갈맹덕의 눈을 들여다보았다.

"거짓말."

갈맹덕이 씩 웃었다.

"그럼 어디라고 해줄까? 동해? 북해? 네가 원하는 대로 말해 주마."

무영이 다시 칼을 뻗어 그를 겨누며 말했다.

"진실을 원한다."

갈맹덕이 다시 웃었다.

"내가 뭐라고 한들 믿지 않을 거면서 무슨 진실이냐? 넌 지금 무의미한 질문을 하고 있는 거야."

무영은 잠시 침묵했다. 갈맹덕의 말이 옳았다. 어디라고 듣건 직접 가서 확인을 해야 하는데, 지금 그게 가능하지 않은 이상 진위를 판별할 수 없는 것이다. 그는 칼을 치워 버리고 갈맹덕에게서 물러나 앉았다.

"쉬어라. 좀 쉰 뒤 다시 출발한다."

갈맹덕은 한결 여유를 찾았다. 무영에게 그를 죽일 마음이 없다는 걸 확인했기 때문이었다.

"이왕 살려줄 거라면 먹을 거나 좀 다오. 굶어 죽게 생겼다."

그는 입을 다물었다가 다시 추가해 말했다.

"물도 좀 더 주고. 따듯한 걸로."

북해 귀환기 3

　제칠설녀가 빙궁으로 돌아가서 걱정으로 반쯤 죽은 것 같았던 다른 설녀들에게 빙검을 보여줘서 되살려 놓고, 예상했던 대로 연락 사자로 다시 길을 떠나 무영과 철갑마, 그리고 갈맹덕 일행을 따라잡은 것은 칠 일 후였다. 그녀가 생각했던 것보다 무영 일행이 멀리 가지 못해서 그렇게 된 것인데, 그건 갈맹덕 때문이었다. 늑골이 부러진 갈맹덕이 제대로 걷지 못해서 일행의 여정이 늦추어졌던 것이다.
　다행히 설녀가 합류한 시점쯤에는 갈맹덕의 상처도 웬만큼 아물어서 정상적인 속도를 낼 수 있었다. 이래서 넷이 된 일행은 순조롭게 얼음 바다를 건너 개와 썰매를 맡겨둔 섬에 도착했고, 그 다음엔 한결 더 속도를 낼 수 있었다. 갈맹덕이 귀환하는 길에서는 썰매에 타고 갈 것을 고집하지 않았기 때문에 무영은 전보다 편하게 빨리 이동할 수 있었다.

갈맹덕은 썰매를 잡고 뛰거나 아예 앞에서, 혹은 뒤에서 경신술을 발휘해서 달리곤 했다. 그러면서 그는 조금씩 체력 회복을 시도하고, 밤에는 무공 수련도 하는 듯했다. 무영은 그걸 보면서도 아무 말도 않았지만 어느 날 설녀가 그 부분을 지적했다.

"뭔가 목표가 있는 것 같죠?"

무영은 잠시 침묵하다가 대답했다.

"우리가 목표겠지."

그는 자신과 철갑마를 가리켰다.

설녀는 말없이 고개를 끄덕이고는 한참이 지난 후에야 다시 물었다.

"그런데 왜 내버려 두죠? 이길 자신이 있어서?"

무영은 고개를 흔들었다.

"이길 자신 없다. 하지만 싸우고 싶다."

그는 잠시 말을 끊었다가 이었다.

"정상적인 상태에서 싸워 이기고 싶다."

설녀가 말했다.

"스스로를 시험해 보고 싶다는 말로 들리는군요. 하지만 그건 무모한 생각으로 보여요. 당신이 저희 사저를 이긴 건 당신의 무공이 높아서가 아니라는 건 알아요? 추위에 강한 당신 체질 덕분이죠. 갈 노사는 저희 사저보다도 훨씬 무공이 높을 거예요. 그런 상대를 이길 수 있을 것 같아요? 나중엔 몰라도 지금은 힘들걸요."

무영이 짧게 대꾸했다.

"그래도 싸운다."

설녀는 거기 대해서는 더 말하지 않았다. 대신 다른 문제, 무영이 내심 신경 쓰고 있던 점을 지적해 물었다.

"벽곡단은 어디서 났죠?"

무영의 말문이 막혔다. 설녀가 온 이후로는 벽곡단 먹는 모습을 보이지 않으려 했는데, 철갑마가 다른 건 입에 대지 않고 벽곡단과 물만을 먹기 때문에 하는 수 없이 주곤 했던 것이다. 그걸 들킨 모양이었다.

무영이 주춤거리다가 말했다.

"주웠다."

그는 시선을 돌리며 말을 이었다.

"당신네 빙궁에서."

설녀가 묘한 미소를 지었다. 무영의 얼굴이 붉어졌다. 설녀가 말했다.

"당신도 말장난을 다 하는군요. 훔친 건 아니고 주웠다. 좋아요. 항아리가 깨져 있던 걸 저도 봤으니 믿기로 하죠."

잠시 침묵이 흘렀다. 어색한 침묵이었다.

무영이 자리에서 일어났다. 옆에 붙어 앉아 있던 철갑마가 따라 일어났다. 무영이 갑자기 철갑마를 공격했다. 대력금강수였다. 철갑마가 태극권으로 대력금강수를 받아넘기고 대력금강수로 무영에게 반격을 가했다. 이번에는 무영이 태극권을 사용해 철갑마의 공격을 받아넘기려 했지만 실패했다. 그는 가슴팍에 철갑마의 일장을 그대로 맞고 뒤로 물러났다.

설녀가 벌떡 일어나 쳐다보았다. 무영이 크게 다친 것으로 생각하고 놀란 것이다. 그러나 무영은 조금도 아픈 기색을 보이지 않았다. 철갑마가 그의 가슴을 치기 직전에 내공을 거두고 단지 밀기만 한 이유도 있었고, 무영의 몸에서 저절로 호신강기 같은 것이 일어나 남은 기운을 흘려 버렸기 때문이기도 했다. 얼마 전 빙검 덕분에 내공이 크게 향상되고, 한편 철갑마의 도움으로 금강부동신공과 무당기공에 대한 깨달음이 있은 이후부터 그렇게 된 것인데, 설녀는 그걸 알아보지 못했기 때문에 고개를 갸웃거리며 바라볼 뿐이었다.

철갑마가 손을 내밀었다. 추수 자세였다. 무영이 씁쓸한 표정으로 철갑마의 팔에 팔을 붙였다. 기본부터 다시 하자는 뜻으로 이해되었기 때문이다.

한참 무영이 철갑마와 비무를, 사실은 비무의 형식을 빈 무공 수련을 하는 사이에 갈맹덕이 다가왔다. 그는 철갑마와 무영의 동작들을 유심히 보다가 냉랭한 코웃음을 남기고 자리에 누웠다.

다시 보름이 지났다. 그들은 드디어 끝없이 계속되던 밤의 세계를 벗어났다. 그와 함께 바다를 건너서 레나 강 하구에 진입할 수 있었다. 강의 얼음은 아직 단단했다. 속도를 붙일 수 있을 듯했다.

여기까지 오는 동안 무영은 시간 날 때마다 철갑마와 비무를 했다. 무당파의 무술을 몸으로 배울 수 있는 기회는 무저갱 대장장이를 만난 이후 이번이 처음이었다. 특히 권법과 내가기공 쪽으로는 더욱 그랬다. 소림과 무당의 무술을 사용해서 적절히 수비하고 반격하는 그 수법들을 볼 수 있다는 것만으로도 행운인데, 철갑마는 무영이 잘못 사용하거나 미숙한 수법을 사용하면 반드시 되풀이해서 보여주거나 다시 하도록 시켰다. 말만 안 할 뿐 이렇게 자상한 스승이 없었다.

내가기공도 수련했다. 추수를 하는 중 잠시 교착 상태가 되었을 때, 철갑마는 진기를 흘려보내 무영의 진기를 이끌어줌으로써 추수라는 것이 단순히 동작만으로 이루어지는 것이 아니라 내공까지 같이 움직여주는 것이라는 점을 알려주었다. 그 이후엔 둘이 손을 마주 대고 앉아

서로의 기운을 느끼고 주고받음으로써 머리로만 알던 무당의 기공들을 실제로 익힐 수 있었다.

무당심법은 태극권을 기본으로 했다. 태극권의 동작을 통해 절로 일어나고 쌓이는 내공을 기본으로 하고, 그 원리를 연장한 데에 무극(無極)이니, 건천(乾天)이니, 자허(紫虛)나 대라(大羅), 대연(大然) 등등의 원리를 접목시키고 해석하여 만든 내가기공이 십여 개나 되었다. 철갑마는 그 모든 것을 알고 있는 듯했다. 장난치듯 쉽게 끌어내어 무영에게 불어넣어 주고 길을 이끌었다.

설명없이 체험만으로 내가기공을 전해준다는 것은 불가능에 가깝도록 어려운 것이었지만 무영에게는 가능했다. 그 내가기공들이 구결 상태로는 모두 그의 머리 속에 있었기 때문이다. 게다가 무당파의 내가기공은 무영이 이미 익혔던 많은 내공심법들과 충돌하는 일이 없었다. 내가기공의 정통답게 넓고 도도한 흐름으로 숱한 곁가지들을 포용하는 것이 무당파의 내가기공이었기 때문이다. 덕분에 무영은 아주 쉽게 무당 자허풍뢰공(紫虛風雷功)을, 순양무극공(純陽無極功)과 적양신공(赤陽神功), 육양신공(六陽神功) 등을 체험하고, 익히고, 다시 잊어버렸다. 필요한 무공을 사용할 때 자연히 몸에서 이끌려져 나오는 경지에 급속도로 도달해 버렸기 때문이다.

이렇게 되자 초식 분야에서도 비약적인 발전을 거듭하게 되었다. 독문의 내공심법이 뒷받침해 주지 않는 초식이란 흉내 내는 것에 불과한데, 이제 그것을 넘어서서 그 진수를 발휘할 터전이 마련되었기 때문이다. 한동안 그는 무기를 손에 잡지 않았다. 무당파의 다양한 권장지각의 세계가 그의 눈앞에 펼쳐졌기 때문이다.

여태 별로 수련하지 않아 자신이 없던 경신술만 해도 무수한 종류가 있었다. 제운종(梯雲縱), 제종술(提縱術), 호종보(虎縱步), 유운신법(流雲身法), 현천보(玄天步), 연청십팔비(燕靑十八飛)에 이르기까지 수련할 것은 많고 그 모든 것을 알고 보여줄 수 있는 교두가 바로 옆에 있었다. 그와 철갑마는 빙판 위를 뛰고 날며 보법과 신법을 연마했다. 남들이 보기에는 마치 서로 그림자 밟기를 하며 노는 아이들 같았을 것이다.

갈맹덕은 썰매 위에 걸터앉아서 무영과 철갑마를 지켜보다가 설녀에게 말했다.

"마교통일대전 막바지에 우리를 괴롭히던 강적이 하나 있었지. 소림과 무당이 힘을 모아 키워낸 청년 고수였다. 이름은 알려지지 않고 대신 비천제일룡(飛天第一龍)이니, 여의검왕(如意劍王)이니, 무존(武尊)이니 하는 별호로만 알려졌는데, 그 신위는 정말 대단했지. 너무 늦게 등장해서 전세를 역전시킬 수는 없었지만 당시 그의 손에 죽은 종사급 고수만 십여 명이었다. 특히 마지막 대전에서는 홀로 대종사와 제강산, 독수마불, 빙후 등을 상대로 해서 하루 밤낮을 싸웠었지. 다른 사람들은, 거기 같이 있던 종사급의 고수들도 감히 낄 엄두를 못 내던 엄청난 싸움이었다. 난 그날 처음 그를 보았지만 그 가공할 무위를 지금까지도 잊지 못하고 있다."

그는 철갑마를 다시 바라보았다. 그리고 중얼거렸다.

"왜 처음 보았을 때 알아채지 못했을까. 소림과 무당의 무공을 저렇게 자유롭게 구사할 수 있는 놈은 세상에 둘이 있기 힘들 텐데."

잠자코 듣고 있던 설녀가 말했다.

"그 사람에 대한 전설은 저도 들어본 기억이 있어요. 하지만 말씀하신 바로 그때 죽지 않았나요? 전 그렇게 들었는데요."

갈맹덕이 고개를 끄덕였다.

"그랬지. 독수마불의 손이 가슴으로 파고들었고, 대종사가 놈의 머리를 부숴 버렸다. 제강산이 불길로 놈을 태우려고 할 때 빙후가 얼려 버렸지. 당연히 죽었다고 생각했는데, 그것 때문에 못 알아봤던 거야. 살아 있을 줄은 상상도 못했지."

그는 설녀를 노려보며 말했다.

"이거야말로 정말 엄청난 일이다. 빙후가 대종사의 눈까지 속이고 놈을 살려냈다는 사실이 알려지면 엄청난 파장이 밀려올 거다."

설녀가 침묵하다가 말했다.

"전 갈 노사의 추측에 동의하지 않아요. 죽은 사람이 되살아났다고 생각하기보다는 그냥 소림, 무당 무공에 정통한 사람이 하나 더 있었다고 보는 게 더 가능성 높은 일 아닌가요? 저기 이화태양종의 사람도 그렇잖아요. 저 사람은 그럼 비천제일룡이 부활한 건가요?"

갈맹덕이 인상을 썼다.

"저놈도 수상한 놈이긴 마찬가지야. 언젠가는 내가 정체를 밝혀낼 테다. 그땐 제강산도 곤란해질걸."

설녀가 자리에서 일어났다. 그는 막 수련을 끝내고 다가오는 무영을 향해 걸어가며 말했다.

"갈 노사가 하는 말을 들었나요? 이제 우리가 없어도 길 찾기엔 문제가 없다고 생각하시나 봐요. 강을 따라가면 되니까. 목숨이 위험해질 이야기들을 거리낌없이 하시는군요."

무영이 갈맹덕과 그녀를 번갈아 보았다. 설녀가 말했다.

"갈 노사가 살아서 총단에 보고를 하면 당신은 물론 이화태양종까지 곤란해지지 않아요? 당신이 소림, 무당 무공을 익힌 게 드러나니까 말이죠."

무영이 대답했다.

"상관없다."

당황하는 설녀에게 무영이 말했다.

"생각해 보니 당신네 빙궁 사람들도 보지 않았나. 내겐 저 사람이나 당신이나 똑같이 위험하다. 빙궁에 남아 있는 여자들도."

설녀가 입을 벌렸지만 아무 말도 못하고 다시 닫았다. 무영이 말을 이었다.

"사람들의 입을 막을 생각은 버렸다. 그냥 내 몸으로 책임을 지겠다."

갈맹덕이 음침하게 웃었다.

"죽을 작정이냐? 미리 목을 바치면 이화태양종이야 물론 무사하겠지."

무영이 말했다.

"쉽게 죽진 않는다. 총단에서 날 죽이려면 꽤나 큰 희생을 각오해야 할 거다."

갈맹덕이 코웃음을 치더니 설녀를 향해 물었다.

"넌 어쩔 셈이냐? 너 혼자서라도 날 죽여 입을 막을 테냐? 너희 빙궁이야말로 내 입을 반드시 막을 필요가 있을 텐데?"

설녀가 묵묵히 서 있다가 고개를 저었다.

"저도 포기하겠어요."

갈맹덕이 의외라는 듯 말했다.

"왜 그리 쉽게 포기하지?"

설녀가 말했다.

"저 혼자서는 어차피 갈 노사를 이기지 못하니까요. 그리고 이분의 말을 듣고 저도 깨친 게 있어요. 철갑마가 살아 있는 이상 누군가는 당신처럼 정체를 알아보겠죠. 그땐 또 문제가 될 테고. 그러니 이 문제는 빙후께서 책임질 일이에요. 제가 걱정해서 해결할 일이 아니죠."

갈맹덕은 잠시 감탄했다는 듯 그녀를 보았다.

"빙궁의 여자들은 무공이 심후해질수록 점점 인간적인 감정을 버리게 된다더니 정말 그런가 보군. 참 냉정하게도 선을 긋는구나."

그는 잠시 생각해 보더니 히죽거리며 웃었다.

"하지만 빙후조차도 이런 실수를 한 걸 보면 인간적인 면이 아주 없는 건 아냐. 재미있지 않으냐? 빙후는 대체 왜 비천제일룡을 철갑마로 만들어 보관해 뒀을까? 혹시 강시처럼 만들어서 부려먹으려고? 아니면 비천제일룡을 사모하기라도 했던 걸까? 한 번 본 것뿐이지만 놈은 아주 미남이었거든. 초절정고수들만 상대해서 나 같은 사람은 그전에는 그의 그림자도 못 봤지만, 빙후 정도라면 몇 번 만나서 싸우다가 마음을 빼앗겼을 수도 있지."

설녀가 냉랭하게 말했다.

"그런 재미있는 상상은 혼자서나 하시죠."

무영이 말했다.

"때가 됐다."

의아하게 쳐다보는 갈맹덕에게 무영이 말했다.

"입을 막을 이유는 없다. 하지만 싸울 이유는 있다."

그는 손을 까닥였다.

"덤벼라. 죽여주겠다."

갈맹덕이 피식 웃었다.

"아주 대단한 엄포로군. 철갑마를 믿고 그러나 본데……."

무영이 철갑마에게 말했다.

"저리 가 있어. 내가 어떻게 돼도 상관하지 마라."

철갑마는 알아들었는지 조금 떨어진 곳으로 물러났다. 무영이 다시 갈맹덕을 바라보았다. 이래도 안 싸우겠냐고 묻는 것이다.

갈맹덕은 철갑마와 무영을 번갈아 보다가 손을 들었다.

"항복이다. 어찌 되건 네가 위험해지는데 저놈이 덤벼들지 않는다는 보장이 없지. 그냥 항복하겠다. 내겐 감히 비천제일룡과 맞서 싸울 용기가 없어. 그건 개죽음일 뿐이니까."

무영이 말했다.

"덤비지 않아도 죽는다. 그것도 개죽음이다."

갈맹덕이 고개를 저었다.

"너에 대한 일도, 철갑마에 대한 일도 내 입으론 꺼내지 않겠다. 총단에 보고도 않는다고 약속하지. 그래도 날 죽일 테냐?"

무영이 인상을 썼다. 갈맹덕이 이렇게까지 나올 줄은 몰랐던 것이다. 살려둘 마음은 없었지만 그렇다고 반항하지도 않는 자를 죽일 생각은 없다. 어떻게 해야 할지 망설이고 있는데 설녀가 말했다.

"뭘로 그걸 보장하죠? 당신이 나중에 약속을 안 지키면 그걸로 끝인데."

갈맹덕이 얼굴을 붉히며 화를 냈다.

"사람을 무시해도 그렇게까지 무시하는 게 아냐! 이래 봬도 서천 노사라 불리는 이 몸이시다! 노사(老師)라는 이름은 여자와 어린애에게 거짓말이나 하면서 얻을 수 있는 게 아니란 말이다! 약속하면 지키는 게 당연하지. 그걸 명에 말고 뭘로 보장한단 말이냐!"

설녀와 무영은 서로를 바라보았다. 과연 믿을 수 있을까? 설녀는 그래도 믿을 수 없다는 쪽이었지만 무영의 눈빛을 보고 더 말하는 것을 포기했다. 무영에게서 살기를 찾아볼 수 없었던 것이다.
무영이 고개를 가볍게 끄덕여 보였다. 갈맹덕이 다시 히죽 웃었다.
"내가 직접 말하지 않아도 곧 드러나겠지. 그땐 내 책임이 아니라는 것만 알아라."

그 뒤로 여행은 순조로웠다. 레나 강 상류의 부락까지 올라가서 강을 벗어나자 거기엔 태양궁에서 같이 출발했던 몇 명이 아직도 남아 있었다. 무영을 기다리며 말을 보살피라고 곽대우가 남겨둔 부하들이었다.
그들과 함께 말로 바꿔 타고 갔던 길을 그대로 되짚어 백림까지 돌아오는 데 한 달이 더 걸렸다. 삼월이었지만 여전히 추운 백림에서 그들은 여태까지 걱정했던 모든 것이 의미가 없어졌다는 걸 알게 되었다.
요동과 요서에서 대규모의 전쟁이 일어나 한창 진행 중이었던 것이다. 흑사광풍가는 사자군림가와 이화태양종은 명왕유명종과,

제38장
백림 천화장

▎그래서 망했다
천하를 얻어선 안 되는 사람들이 천하를 얻으려 하다 보니 이런저런 악종들도 포용하고 갈 수밖에 없었고,
나중엔 그들에게도 한 덩이씩 땅을 나눠 줄 수밖에 없었다

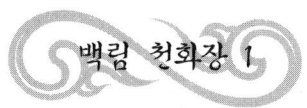

백림 천화장 1

 요동에서 북해로 넘어 들어올 경우 최대의 요충지는 합이빈이다. 사람이 드문 이 북해에서 그래도 가장 많은 사람들이 모여들어 도회를 이룬 곳이 합이빈이기 때문이었다. 당연히 이곳에 이화태양종의 가장 큰 파견대가 배치되어 있었는데, 두 달 전 명왕유명종의 교도 오백여 명이 몰려들어 점거해 버렸다.
 오백 명이라면 유명종의 세력 중 절반에 해당하는 인원이었다. 하나같이 방술과 기이한 환술들을 사용하는 자들인데다 사이한 방법으로 끌어낸 온갖 요괴들을 대동한 그들 앞에서 달단 쪽으로 다수 병력을 보낸 이화태양종이 당해낼 수 없는 게 당연한 일이었다. 그러나 합이빈에서 열흘 거리에 있는 제제합이(齊齊哈尒)에서 상황은 완전히 달라졌다.
 왼쪽으로 흑룡강(黑龍江)을 끼고 오른쪽으로는 험준한 산에 의지하여 세워진 석성(石城)이 제제합이었는데, 이 석성 안에 예상치 못했던 강적들이 도사리고 있다가 뛰쳐나왔던 것이다. 하나같이 거칠고 싸움에는 도가 터서 실력보다도 훨씬 잘 싸우는 자들, 바로 무저갱의 죄수들이었다.

그들은 상대가 유명종 교도건 불러낸 요괴들이건 가리지 않고 쳐 죽이고 베어 죽였다. 그들은 환술로 만들어진 요괴들에게도, 방술로 빚어진 강시류의 괴물들에게도 겁을 먹지 않았다. 때려서 맞으면 때려죽이고 베어지면 베어 죽였다. 비바람과 눈보라를 가리지 않았다. 과거 마교통일대전 동안 이화태양종의 얼굴이자 자존심으로 활약했던 바로 그 전사들의 집단이 제제합이에 있었던 것이다.

예상치 못했던 강한 반격에도 불구하고 명왕유명종이 그나마 일방적으로 당하지 않은 것은 무저갱 전사들에게 방술에 대한 대비책이 마땅히 없었던 것 때문이었는데, 며칠이 지나자 또 하나의 타격이 후방으로부터 가해졌다. 달단 쪽으로 이동한 것으로 알려졌던 제강산 이하 이화태양종의 주력군이 먼 길을 돌아 그들의 배후로부터 공격해 왔던 것이다. 게다가 이쪽에는 방술, 환술을 막는 자도 있었다.

환술을 부려 안개를 깔고 비바람을 불러 천지를 덮어놓아도 순식간에 걷어버리고 이화태양종의 무사들이 공격해 들어왔다. 부적을 날려 용을 부르고, 땅을 갈라 마물을 소환해도 방울 소리가 울리고 쌀알이 던져지면 용은 부적으로, 마물은 지푸라기 인형으로 본모습을 드러내 버렸다. 이래서야 상대가 될 수 없었다.

유명종의 오백 명에 가까운 교도들과 그들을 지휘하던 사신 세 명, 사도 열댓 명까지 포함한 전원이 죽거나 포로가 되어버렸다.

제강산은 거기서 그치지 않았다. 병력을 이끌고 합이빈을 탈환한 뒤

그곳에 요동 정벌대의 본부를 두고 무저갱 병력들과 해동 구선문에서 온 술자(術者)들을 보내어 요동을 치도록 했다. 그래서 무영이 도착한 그 시점에 태양궁에는 거의 중요 인물들이 없었다.

무영과 갈맹덕, 설녀는 태양궁에 남아 있는 유일한 지휘자급 인물인 금궁원주 무인검을 이화전에서 만나 저간의 사정을 듣고 서로 얼굴을 마주 보았다.

갈맹덕이 제일 먼저 입을 열었다.

"그, 그러니까 모두 눈속임이었군. 이화태양종은 명왕유명종의 침입을 예상하고 연극을 한 거고, 흑사광풍가는 사자군림가를 칠 속셈으로 거기 맞춰준 거고."

무인검이 손을 저었다.

"무슨 말씀이십니까. 그런 일 없습니다. 나중에 조사해 보시면 알겠지만 명왕유명종이 우리를 친 게 먼접니다. 다행히 종사께서 후방을 염려하시고 무저갱의 죄수들을 사면한 후 그쪽으로 보내 대비한 덕분에 당하지 않을 수 있었지요. 흑사광풍가도 사자군림가를 먼저 친 게 아닙니다. 사자군림가 놈들이야말로 명왕유명종과 미리 작당을 했는지 같은 시점에 흑사광풍가로 쳐들어갔지요. 그 후 저희 종사와 흑사광풍가의 가주가 급히 연락을 취해 화해하고 돌아서서 적들을 상대한 것입니다."

갈맹덕이 묵묵히 듣고 있다가 그를 노려보며 말했다.

"날 바보로 보지 말게. 그걸 내가 믿을 거라고 생각하고 지껄이는 건가? 달단 접경 지역에서 제제합까지 거리가 얼만데 보고를 들은지 며칠 만에 거기까지 달려가. 흑사광풍가도 마찬가지고. 종사와 가주가 그렇게 쉽게 합의했다는 것도 믿어지지 않는군. 내가 떠나기 전만 해도 죽이니 살리니 한 사이에."

무인검이 담담하게 말했다.

"믿지 않으셔도 상관없습니다. 나중에 다 사실로 드러날 테니까요. 이미 총단에도 수차 보고를 드렸습니다. 나중에 총단에서 조사단이 온다고 해도 저희는 하등의 거리낌이 없습니다. 보고한 그대로니까요."

갈맹덕이 코웃음을 쳤다.

"쌀이 익어 밥이 된 다음이다 그거겠지. 날 빙궁까지 보내서 감시자를 떼놓고 할 일들을 다 하고 계셨구만. 요동을 점령한 뒤엔 유명종이 먼저 잘못했다. 요동은 돌려줄 수 없다. 그렇게 나오겠지."

무인검이 냉정한 눈빛으로 그를 바라보며 말했다.

"빙궁에 갈 일을 만든 것은 총단입니다, 저희가 아니라."

갈맹덕이 다시 한 번 코웃음을 쳤다. 그러나 더 이상 말은 하지 않았다.

이번엔 설녀가 물었다.

"전 급히 총단까지 가야 해요. 요동, 요서를 거쳐서 가야 하는데……."

무인검이 손을 저었다.

"위험하오. 요서는 온통 전쟁터고 요동 역시 그렇소. 우리 영역을 통과하는 건 무리가 없소만 그 외의 길에서는 어찌 될지 장담할 수 없소."

설녀가 입을 벌렸다.

"그러나……."

무인검이 말했다.

"정 원한다면 일단 합이빈까지는 가보시오. 그 다음 길은 어떻게 될지 나도 모르겠소."

그는 무영을 향해 말했다.

"네가 안내해 드려라. 안 그래도 도착하면 즉시 종사께 출두하라는 명령이 있었다."

그는 다시 철갑마를 가리키며 말했다.

"계속 궁금했었는데, 그건 도대체 뭐냐?"

철갑마가 여기까지 따라왔던 것이다. 무영은 철갑마를 보고, 그 다음엔 설녀를 보고 다시 무인검을 향해 말했다.

"모른다."

무인검의 이마에 핏대가 섰다.

"모른다면 다냐? 정체 불명의 물건을 가져와 놓고 모른다로 끝이야?"

무영이 말했다.

"이 사람 앞에선 화내지 마라. 나도 책임 못 진다."

철갑마의 눈에서 살기가 일어나고 있었다. 무영에게 적대적인 분위기를 느끼는 모양이었다. 무인검이 철갑마에게 손가락질을 했다.

"이따위가 뭐라고……!"

다음 순간 그는 철갑마의 손에 잡혀 벽으로 던져졌다. 무당 솔비수(捽碑手)의 일초에 꼼짝 못하고 당한 것이다. 무인검은 한동안 정신을 못 차리고 쓰러져 있었다. 고통도 고통이지만 대체 이게 무슨 일인지를 이해하지 못하고 있는 것이다. 잠시 시간이 지나고 사태를 파악한 뒤 그는 불같이 화를 내며 철갑마에게 덤벼들었다. 그의 소매 속에서 날카로운 검이 튀어나왔다. 무인검이라는 별호와는 달리 예리한 날이 선 칼이었다.

갈맹덕이 혀를 찼다.

"그만두는 게 좋을 텐데……."

철갑마가 무인검의 내뻗은 검으로 손을 뻗었다.

무영이 소리쳤다.

"죽이진 마!"

철갑마는 검날을 스치듯 손을 움직여서 다시 무인검의 팔뚝을 거머쥐었다. 그리고 비틀어 던져 버렸다. 무인검은 방을 가로질러 날아가서 반대 편 벽에 부딪쳤다.

갈맹덕이 중얼거렸다.

"대체 네 말을 왜 듣는 건지 불가사의하단 말야. 마치 말 잘 듣는 종 같지 않으냐."

무인검이 일어나 비틀거리며 다가왔다. 그는 창백한 안색에 살기를 이글거리며 무영에게 말했다.

"어서 설명하지 않으면……!"

그는 철갑마의 붉은 눈빛이 그를 향하자 입을 다물어 버렸다. 설녀가 말했다.

"빙궁에 보관돼 있던 사람이에요. 우연히 깨어났는데 무영 무사가 좋은지 따라다니더군요. 여기까지 쫓아왔지만 잡거나 통제할 방법이 없어요. 보셨겠지만 엄청난 고수라서. 유독 무영 무사의 말만 듣죠."

무인검이 무영에게 물었다.

"왜? 왜 네 말을 따른다는 거지?"

무영이 대답했다.

"모른다."

무인검이 부들부들 떨며 서 있다가 검을 바닥에 집어 던지며 말했다.

"종사 앞에 가선 한 가지도 숨김없이 다 말해야 할 거다! 내가 아는 건 다 말해 줬으니 어서 꺼져!"

갈맹덕이 이화전을 나오며 무영에게 말했다.

"동행할 일이 아직 남은 것 같군. 언제 합이빈으로 출발할 거냐? 나도 같이 가자."

무영이 잠시 생각해 보고 말했다.

"사흘 후."

갈맹덕이 가고 난 후 무영이 설녀를 향해 말했다.

"우리 집에서 쉬어라."

설녀가 잠시 망설이다가 고개를 끄덕였다.

"그러죠. 철갑마도 감시해야 하니까."

무영이 말했다.

"그럼 먼저 들러야 할 곳이 있다. 같이 가자."

무영이 사흘 후를 기약한 것은 지금 가는 곳에서 하려고 하는 일 때문이었다. 그는 공야장청이 일하는 대장간으로 가서 철갑마의 갑옷을 해체해 줄 것을 부탁했던 것이다. 공야장청은 흥미롭다는 듯 철갑마의 갑옷을 살펴보고는 말했다.

"갑옷 쪽은 쉽겠군. 하지만 투구와 호심갑(護心甲)은 만만치 않아 보이네. 더 조사해 봐야 알겠지만 금속 재질도 다른 것 같고, 어째 통으로 만들어 입힌 것 같아 보여. 이거 심상치 않은걸. 이렇게 하려면……!"

문득 그는 무영의 목을 보더니 눈을 크게 떴다.

"목걸이 어쨌나! 어떻게 풀었지?"

무영이 아무 말 없이 철갑마의 팔뚝을 가리켰다. 공야장청이 떨리는 손으로 그걸 만지려 했다. 철갑마가 위협적으로 으르렁거렸다. 공야장청은 얼른 손을 거두고 무영에게 물었다.

"설마 목걸이가 저렇게 변했다는 건 아니겠지?"

무영이 말했다.

"변했다."

공야장청은 현기증이 나는 듯 머리를 잡고 물러서더니 모루 위에 아무렇게나 주저앉았다. 그는 한참 동안 그렇게 앉아서 숨을 몰아쉬더니 겨우 입을 열었다.

"운철(隕鐵)이라는 걸 아는가?"

무영은 고개를 저었다. 공야장청이 대답을 기대하지 않았다는 듯 바로 설명했다.

"유성이 떨어지면 대개는 허공에서 그냥 타버리네. 하지만 간혹 다 타지 않고 땅에 떨어지는 것도 있지. 그걸 조사해 보면 여태까지 본 적이 없던 금속이 섞여 있는 경우가 있어. 그걸 운철이라고 부르는데, 옛사람들은 명검을 만들 때 운철을 섞어 넣기도 했네. 지상에서 구할 수 있는 금속이라면 제아무리 오래가도 몇백 년을 못 가는데, 운철을 섞어 만든 보검 중에는 아무리 오랜 시간이 흘러도 광채를 잃지 않는 것이 있거든."

그는 묵염흔과 파천황을 가리켰다.

"잘은 모르지만 그것들에도 운철이 섞여 있을 걸세. 한 종류의 철로 그런 걸 만드는 경우는 없으니까."

그는 다시 강철 목걸이가 변해 만들어진 철갑마의 강철 팔찌를 보며 말을 이었다.

"저놈을 만지면서 그런 생각을 했네. 이놈은 뭔가 다르다. 뭔가 아주 다르다. 하늘에서 떨어졌는지, 아니면 선계에서 나왔는지는 모르지만 분명히 지상에서는 구할 수 없는 놈이다. 마치…… 마치…… 강철이 아니라 살아 있는 놈 같다. 그런 생각을 말일세."

그는 무영을 쳐다보았다. 번뜩이는 눈이 마치 미친 사람이 광기를 뿜어내는 것 같았다.

"목걸이의 제약을 느껴보았나? 종리 장로에게 채워준 후에 종사가 그를 다루는 것을 보았지. 마치 자석으로 끌어들이듯 조종하더군. 그게 종사의 능력만으로 되는 일이 아니라는 건 나도 알고 있네. 저놈이 반응을 않았다면 불가능한 일이야. 하지만 이 사람은 어떻게 그걸 했을까? 그건 또 이놈이 살아 있다는 것만으로는 이해할 수 없는데. 종사처럼 특별한 능력이 없다면 이놈을 통제할 수 없어······. 이 사람은 대체 누구지?"

무영이 말했다.

"모른다."

그는 잠시 침묵하다가 짧게 본심을 드러냈다.

"그게 알고 싶다."

공야장청이 무영을 바라보았다. 무영은 턱을 움직여 철갑마의 투구를 가리켰다. 공야장청이 고개를 끄덕였다.

"이 사람이 움직이지 못하게 잡도록 하게. 갑옷을 벗기다 맞아 죽고 싶진 않네."

무영이 철갑마에게 다가가 손을 잡았다. 공야장청이 물었다.

"그 정도로 괜찮겠나?"

설녀가 대신 대답했다.

"저걸로 안 되면 그를 막을 방법 같은 건 어차피 없어요."

공야장청은 하는 수 없다는 듯 연장을 들고 철갑마에게 다가갔다. 그리고는 장갑과 신발 같은 것부터 해체하기 시작했다. 강철 못과 철사로 연결해 놓은 것이라 그리 어렵지 않게 해체할 수 있었다. 하지만 그렇게 드러난 손발을 보고 그는 작업을 중단했다.

"가서 소광정을 데려오겠네. 아무래도 그가 필요할 것 같군."

사의 소광정이 영문도 모르고 공야장청에게 끌려왔다. 그는 무영과 인사도 채 나누지 못하고 바로 철갑마의 상태를 살폈다.

"뭐, 이건 오래된 상처군. 보긴 흉하지만 다 아물었으니 괜찮아."

공야장청이 말했다.

"손발은 문제가 아니지. 안쪽이 더 끔찍할 것 같아서 자넬 불렀네."

그는 팔뚝의 갑옷을 해체하고 하반신의 갑옷 역시 쉽게 해체했다. 바지와 속옷을 벗기자 그의 예상대로 끔찍한 상처들이 드러났다. 소광정은 점점 인상을 찌푸리며 가져온 술로 철갑마를 씻겨주었다. 그러다가 물러나서 무영에게 말했다.

"이걸론 안 되겠다. 물 준비해. 목욕을 시키자."

커다란 통이 준비되고 끓는 물이 부어졌다. 대장간이 갑자기 욕탕이 되었다. 공야장청은 마지막으로 남은 호심갑과 투구를 자세히 살펴보고 고개를 저었다.

"역시 이건 못 벗겨. 열지 못하게 짜놓았네. 게다가 다른 갑옷은 그냥 강철이지만 이건 만년한철이군. 강철 목걸이나 마찬가지로 풀 수도 자를 수도 없는 놈이네."

무영이 철갑마에게 말했다.

"저기 들어가."

철갑마가 일어나서 물통에 들어갔다. 무영은 팔을 걷고 조심스럽게 그의 몸을 씻어주었다. 공야장청이 고개를 갸웃거리며 말했다.

"저 투구와 호심갑은 단순히 정체를 숨겨주려고 만든 것 같지만은 않네. 그렇게 보기에는 지나치게 몸에 밀착되어 있어. 아무래도 자네 분야인 것 같으니 잘 살펴보게."

소광정이 그 말에 다시 철갑마를 살펴보았다. 그는 잔뜩 경계하며 철갑마의 호심갑을 만져 보고 두드려 보았다. 투구도 살펴보았다. 그리고는 인상을 쓰며 물러나 앉았다.

"자네 말이 맞아. 이건 가린다거나 입었다고 하는 게 아니라 고정시켜 놓았다고 말해야 하네."

그는 고개를 갸웃거렸다.

"머리가 반쪽 나기라도 한 건가? 왜 이런 걸로 고정시켜 놨지?"

그는 묵묵히 철갑마를 씻겨주고 있는 무영을 향해 말했다.

"한 가지는 확실하다. 이놈 엄청나게 위험한 놈이라는 거야. 폐기하는 게 좋겠어."

무영은 대꾸하지 않았다. 소광정이 계속 말했다.

"이놈은 정상이 아냐. 살아는 있지만 차라리 죽는 게 더 좋을 것 같은 고통을 끊임없이 받고 있을 거야. 정신도 오락가락하겠지. 네 말에는 왜 고분고분 따르고 있는지 모르겠다만 언제든지 광기를 발해서 그 누구도 못 알아보는 상태가 될 수 있단 말이지. 그땐 너라고 해도 이놈을 통제하지 못할 거라는 거야. 방법을 찾아서 폐기하는 게 좋겠다."

무영이 손을 멈추고 말했다.

"당신들 둘에게 부탁한다. 투구를 벗기는 방법을 찾아봐라. 치료하는 방법도."

공야장청과 소광정이 동시에 고개를 저었다.

"아무리 우리가 뛰어나도 그건 좀 무리인 것 같군. 쉽지 않은 일이야."

무영이 말했다.

"쉽지 않으니까 부탁한다. 당신들밖에 없다."

소광정이 히죽 웃었다.

"부탁할 일이 생기니까 갑자기 말도 잘하는군."

무영이 그에게 말했다.

"당신이 할 일이 하나 더 있다."

그는 벽곡단을 꺼내어 그에게 주었다.

"철갑마는 그것밖에 안 먹는다. 그걸 연구해서 많이 만들어라."

소광정이 벽곡단을 잠시 살펴보더니 냉큼 입 안에 넣었다. 그리고는 눈을 감고 맛을 음미하다가 말했다.

"별 맛은 없군. 이런 걸 먹고 어떻게 살지?"

그는 눈을 떠서 무영을 바라보며 말했다.

"만드는 방법이야 문파에 따라 다르겠지만 이런 건 쉽게 만들 수 있어. 하지만 벽곡단이라는 건 음식을 안 먹고도 버티기 위해 먹는 것이지, 음식을 대신하는 게 아냐. 신선이 되기 위한 수련이라도 한다면 모르지만 보통 사람이 이런 것만 먹는다면 얼마 못 가 시들거리다가 죽어버릴 거야."

그는 갑자기 키득거리며 웃기 시작했다.

"그렇게 죽으면 신선이 되는 건지도 모르지."

설녀가 냉랭하게 말했다.

"빙궁의 벽곡단을 타 문파의 것과 비교하지 말아요. 우리 건 특별해요. 당신이 어떤 방법을 쓰건 그걸 완벽하게 재현할 수 있다고는 믿을 수 없어요."

소광정이 코웃음을 치며 무영에게 말했다.

"남은 거 더 있지? 한두 개만 내놔라. 내가 한 달 안에 만들어주지."

무영은 가지고 있는 벽곡단을 모두 꺼내보았다. 십여 개밖에 없었다. 그는 난처한 표정으로 설녀를 바라보았다. 설녀가 냉정하게 시선을 돌렸다. 무영은 벽곡단 두 개를 소광정에게 넘겨주었다. 그리곤 남은 것들을 품에 넣었다. 벽곡단을 더 얻기 위해 설녀에게 아쉬운 소리를 하기는 싫었다. 그는 차라리 철갑마가 먹을 수 있는 다른 것을 찾아보기로 했다.

무영이 철갑마에게 말했다.

"나와라."

철갑마가 물통 밖으로 나오자 그는 정성스럽게 몸을 닦아주고 새 옷을 달라고 해서 입혀주었다. 벗어두었던 갑옷들까지 챙겨 입히려 하자 공야장청이 말렸다.

"그 갑옷은 입어봐야 불편하기만 할걸세. 두고 가게. 더 편한 걸로 내가 다시 만들어주지."

무영이 말했다.

"사흘 안에."

"사흘? 또 나가야 하나?"

무영이 대답했다.

"합이빈."

공야장청이 고개를 끄덕였다.

"자네도 정말 쉴 틈이 없군. 알겠네. 사흘 안에 만들어주지."

무영은 공야장청과 소광정에게 고개를 숙여 보이고 밖으로 걸어나갔다. 소광정이 뒤에서 소리쳐 불렀다.

"집으로 가려는 거냐?"

무영이 고개를 끄덕이자 소광정이 말했다.

"전에 있던 곳으로 가면 헛걸음할 거다. 거긴 아무도 없어."

소광정이 히죽 웃었다.

"이사 갔어."

백림 천화장 2

"놀라지 마라. 안 놀라기 어렵겠지만."

소광정이 직접 집까지 안내하면서 한 말이었다. 무언가 감춰두었다가 놀라는 모습을 보려는 것이겠지만 무영은 별로 그럴 일이 있을 것 같지 않다고 생각했다. 아마도 매소봉이 무슨 일을 벌여놓았으리라. 그게 뭔지는 상상할 수 없었지만 놀라지 않을 자신은 있었다. 오랫동안 마음을 감추는 버릇을 길렀더니 이젠 아예 뭘 봐도 별다른 동요를 느끼지 않게 되었다는 것을 스스로도 느끼고 있었던 것이다.

작은 호기심도 생기지 않는 것은 지금 그의 머리 속이 다른 생각으로 가득 차 있어서이기도 했다. 철갑마의 투구를 벗겨 얼굴을 확인해 볼 수 없게 된 것에 대한 실망감이 컸던 것이다. 그는 내심 철갑마의 투구를 벗기면 낯익은 얼굴이 나올지도 모른다고 기대하고 있었다. 바로 거울로 들여다보던 그 자신의 얼굴이었다.

진작에 동굴 속의 어머니, 아버지가 실제로 그를 낳은 사람들이 아니라는 것은 알고 있었다. 무저갱에서 이미 깨우친 사실이었다. 그때가 되어서야 심연 속으로 감춰진 기억들이 하나둘씩 솟아올라 그들이 소림, 무당의 장문인이었던 것도 알게 되었지만, 여전히 부모에 대한 것은 몰랐다. 그건 아주 깊은 곳에 감추어져 있거나, 아니면 아예 기억으로 남아 있지 않은 것 같았다.

추측은 가능했다. 소림, 무당의 장문인이 그를 동굴 속에 감추었다는 사실과 그가 자기도 모르게 소림, 무당 무공 거의 전부를 배우고 기억하게 되었다는 사실로부터 자연스럽게 유추되는 추측들이었다. 하지만 그것으로부터 부모를 추측해 낼 수는 없었다.

그런데 철갑마를 만나면서, 철갑마가 무영이라는 이름에 반응하고, 소림, 무당 무공에 반응하는 것을 보면서, 무엇보다도 철갑마가 그에게 집착하고 말을 듣는 것을 보면서 그는 한 가지 생각을 않을 수 없었다.

철갑마는 그와 마찬가지로 소림사와 무당파에 의해 키워진 사람인 것 같았다. 그리고 그 자신과 매우 밀접한 어떤 관계가 있을 것 같았다. 그게 얼굴을 보면 일부 확인될 거라고 기대했던 것이다. 그러나 투구는 벗겨지지 않았고 추측은 확인되지 않았다. 그는 여전히 의문을 품고 살아가야 했다.

그런 생각을 하는 동안 그와 설녀, 철갑마는 소광정을 앞세우고 백림 거리를 지나가고 있었다. 매소봉이 이사 갔다는 집은 태양궁 밖에 있었던 것이다.

거리는 전과 다름없이 많은 사람들로 분주했지만, 평소와는 달리 무언가 들뜬 분위기였다. 전쟁이 그늘을 드리우기보다 바람을 불어넣고 있다는 느낌이었다. 추위가 가시지 않은 겨울 날씨인데도 상기된 얼굴로 대화하고 어디론가 바쁘게 움직이는 사람들로 가득한 거리를 그들은 천천히 헤쳐 나갔다.

설녀가 문득 말을 꺼냈다.

"이화태양종의 종사는 참 대단한 분이다 싶군요."

그녀를 바라보는 무영에게 그녀가 말했다.

"북경까지 왕복한 게 여러 번이지만 이런 모습은 다른 곳에선 보기 드물어요. 여긴……."

그녀는 잠시 단어를 고르다가 말했다.

"활기가 넘치는군요."

부러운 듯 그렇게 말하고 다시 평소의 무심함과 냉정함을 얼굴에 떠올려 내심을 가리는 설녀를 무영은 잠시 지켜보았다. 얼어붙은 빙궁에서 몇 명의 여자들과 같이 살아왔으니 부산스러운 거리가 신기했을 수도 있을 것이다. 하지만 신기한 건 거리의 사람들에게도 마찬가지였다. 그들이 지나가면 사람들의 걸음이 멈추고 몇 번이고 바라보는 눈길들이 있었다.

무영의 모습이 워낙 특이해서 자주 보아도 항상 신기해 보이는 것도 있지만 온통 백색의 옷에 창백한 얼굴의 설녀도, 투구와 호심갑으로 무장한 철갑마도 못지않게 특이해서 사람들의 시선을 끄는 모양이었다.

무영은 이미 여러 번 경험한 일이라 무심할 수 있었고, 설녀 또한 무슨 생각을 하는지 알 수 없는 태도를 견지했다. 철갑마야 아예 생각이라는 게 있는지 없는지도 모르는 판이니 괜찮았지만 소광정은 사람들의 이런 눈길이 적잖게 부담스러워 걸음을 빨리했다. 덕분에 그들은 곧 백림 외곽에 자리한 무영의 새 집에 도착할 수 있었다.

무영이 대문 앞에 서서 입을 벌렸다. 놀라서 벌어진 입이었다. 소광정이 히죽거리며 웃었다.

"어때, 놀랐지?"

거대한 저택이었다. 태양궁 안의 전각들처럼 높게 지어 올린 것은 아니지만 세 길짜리 담장으로 넓은 대지를 둘러싸 놓은 그 안에는 여러 채의 집들과 넓은 마당, 창고에 마구간과 외양간까지 있었다. 그리고 오가는 많은 사람들이 있었다.

현판도 있었다. 대문 위에 커다란 현판이 걸려 있는데, 거기에는 천화장(天華莊)이라는 세 글자가 금빛으로 새겨져 있었다. 무영은 그 현판 아래로 지나가며 물었다.

"우리 집 맞나?"

맞는 것 같았다. 오가는 사람들이 그에게 인사하는 것은 그렇다 치고, 저만치 떨어진 곳에 있는 창고 입구에서 바쁘게 무언가를 지시하는 여자는 매소봉이었다. 무영은 매소봉을 향해 걸어갔다. 누군가가 매소봉에게 무영의 도착을 알린 모양이었다. 매소봉이 그를 보더니 달려와 안겼다.

"궁까지 맞으러 못 가서 미안해. 여기도 바빠서."

무영은 매소봉을 떼놓으며 물었다.

"이게 다 뭐냐?"

매소봉이 빙긋 웃었다.

"고려삼보!"

과연 창고에 들어가 쌓이고 있는 물건들은 고려삼보라 불리는 초피, 인삼 등이었다. 무영이 다시 물었다.

"왜 여기 두지?"

매소봉이 대답했다.

"우리 거니까."

그녀가 설명했다.

"듀칸의 일이 생각보다 잘됐어. 요동 여진족들과 대규모로 교역을 하게 됐지. 그래서 아예 이 사업은 우리에게 떼 달라고 양웅과 교섭했어. 마침 홍 총관(總管)이 합류해서 일이 순조롭게 풀렸지."

무영이 눈살을 찌푸렸다.

"홍 총관?"

매소봉이 눈을 반짝였다.

"소개해 줄게. 반가운 사람일 거야."

무영의 소매를 잡아당기던 그녀가 그제야 손님들을 보고는 무영에게 물었다.

"손님들이서? 소개해 줘야지."

무영이 설녀와 철갑마를 소개했다. 매소봉이 인사를 하고는 말했다.

"잘 오셨어요. 누추하지만 방은 많으니 편히 쉬었다 가세요."

설녀가 물었다.

"당신은 누구죠?"

매소봉이 이마를 때리고는 말했다.

"정신 좀 봐. 소개도 않았네."

그녀는 무영의 팔에 팔짱을 끼며 말했다.

"이분의 아내지요. 매소봉이라고 합니다."

설녀가 입을 약간 벌렸다 닫으며 고개를 끄덕였다.

"그러셨군요."

매소봉이 짐을 나르던 일꾼들에게 소리쳤다.

"잠깐 쉬고들 있어요. 곧 올 테니까!"

그리고는 다시 무영의 팔을 끌었다.

"손님들과 같이 가요. 홍 총관의 방에서 차를 대접하기로 하지요."

무영이 매소봉의 손에 끌려간 곳은 집 좌측에 병영처럼 지어진 건물이었다. 군사들이 지내는 곳처럼 긴 집이 연무장을 해도 될 것처럼 넓은 마당을 앞에 두고 지어져 있었는데, 그중 하나였다. 무영은 건물에 들어서자마자 낯익은, 하지만 여기서 만나게 되리라고는 상상도 못했던 사람을 발견하고 놀라서 멈추어 섰다.

그쪽도 그랬다. 장부 같은 것에 열심히 뭔가를 적어 넣고 있던 홍진보가 발소리를 듣고 고개를 들었다가 얼어붙은 듯 멈추었다. 그리곤 다음 순간 자리에서 일어나며 물었다.

"무, 무영 주인님이십니까?"

무영이 어떻게 변했는지 사전 설명은 들었지만 막상 직접 만나니 무영의 모습이 너무 달라져서 확인해 보지 않을 수 없었던 것이다.

무영이 고개를 끄덕였다.

"반갑다, 홍진보."

홍진보가 그의 앞에 무릎을 꿇었다.

"무사히 돌아오신 것을 축하드립니다, 주인님."

무영은 홍진보의 어깨를 잡아 일으켜 세웠다. 그리곤 아무 말 없이 그를 당겨서 끌어안았다. 당장은 어떤 말도 할 수 없었다.

사정은 상봉의 흥분이 어느 정도 가라앉고 심부름 하는 하녀가 차를 준비해 내오고서야 들을 수 있었다.

무영이 말했다.

"무저갱에 있거나 제제합이로 간 줄 알았다."

홍진보가 웃었다.

"저처럼 무공도 모르는 사람이 제제합이엔 왜 가겠습니까. 무저갱에 남겨지지 않은 건 저도 참 다행이라고 생각합니다만."

그가 설명했다.

"사실 여기 온 건 아주 우연이 겹쳐서 만들어진 행운이라고 해야겠습니다. 구자헌이 무저갱에서 아주 귀한 분을 발견했거든요. 제제합이로 가라는 명령은 이미 받았지만 그분을 거기까지 데리고 갈 수도 없고 하니 아예 태양궁으로 모시도록 했는데, 제가 몇 명의 무사들을 데리고 그 일을 맡았지요. 종사께 안내해야 하는데, 마침 와보니 종사도 이미 출정했더군요. 길이 엇갈린 셈입니다. 다시 거기로 가야 하나 망설이는데 손님은 그냥 여기 머물러앉아서 기다리겠다 하시니 제가 할 일이 없어진 셈이지요. 그런데 마침 주모(主母)를 만났습니다."

매소봉이 배시시 웃었다. 주모라는 말이 듣기 좋은 모양이었다.

홍진보가 계속 말했다.

"듀칸이 하는 일이 제법 크게 될 기미가 보인다는 말도 그때 들었지요. 그래서 주모와 제가 상의해서 아예 이 집을 새로 짓고 상단(商團)의 중심으로 꾸며놓았습니다. 이곳저곳에서 빌린 돈이 만만치 않습니다만 여러 곳에서 도와줘서 그럭저럭 모양은 갖추게 됐습니다."

무영이 되물었다.

"상단?"

홍진보가 고개를 끄덕였다.

"장차 북해와 요동, 나아가 천하를 아우를 상단이지요. 주인님의 것입니다."

그는 설녀를 힐끔 보고는 말을 돌렸다.

"참, 반가운 분이 또 있습니다. 종리 노야도 여기 와 있거든요."

무영이 반가운 빛을 드러내며 물었다.

"종리 노야도?"

홍진보가 웃으며 고개를 끄덕였다.

"종리 노야가 구자헌의 명령을 받아가며 싸울 수는 없다고 고집을 피웠지요. 그래서 아예 저와 함께 이쪽으로 온 것입니다."

그는 목소리를 낮추어 말했다.

"오는 동안 내내 종사를 만나서 목을 비틀어주겠다고 엄포를 놓으셔서 조마조마했는데, 길이 엇갈려서 얼마나 다행인지 모릅니다. 잘못했으면 죽었거나 다시 무저갱에 처박히는 신세가 될 뻔했을 테니까요. 만나서 그런 마음 포기하도록 말씀 좀 잘해주십시오. 어렵게 나왔는데 다시 들어가서야 될 말입니까."

무영이 일어났다.

"어디 있나? 손지백은 같이 안 왔나?"

홍진보가 따라 일어서며 대답했다.

"손 형은 제제합이로 갔습니다. 종리 노야는 후원 객방에서 손님과 함께 있지요. 같이 가시지요. 이 두 분 손님도 후원 객방에서 묵어야 할 테니 역시 같이 가시고요."

일행이 다시 줄줄이 후원 객방을 향해 이동했다. 가는 동안 매소봉이 말했다.

"월영도 후원에 있어. 투자를 했으니 방 하나 내달라는 요구를 거절할 수 없었지."

홍진보가 말했다.

"손님에 대해서는 저도 잘 모릅니다만 마교의 원로이신가 보더군요. 종리 노야도 그분에게는 꼼짝도 못합니다. 어른 대하듯 공경하더군요."
 그가 다시 속삭이듯 말했다.
 "잘 인사해 놓으면 나쁘진 않을 것입니다."
 매소봉이 말했다.
 "그냥 평범한 노인 같던걸. 나하곤 아주 친해. 손녀 대하듯 해주셔."
 홍진보가 말했다.
 "손 형이 얼마나 발전했는지 알면 기쁘실 겁니다. 예전 실력을 거의 되찾았다더군요. 주인님에 대한 소식은 무저갱을 떠나기 직전에야 들었는데, 엄청난 진보를 보이셨다고 해서 다들 기뻐했습니다. 그런데 정말 많이 변하셨군요. 사전에 설명을 못 들었으면 정말 못 알아봤겠습니다. 참, 담오가 종리 노야의 제자가 된 건 아십니까?"
 매소봉이 말했다.
 "아버지도 여기 투자하셨어. 색노루를 거의 거덜내다시피 해서 돈을 긁어왔지. 당신한테 한 짓을 생각하면 그것도 모자라지만. 참, 여기 소 노인과 공야 노인도 투자하셨어. 우린 이 사업 망하면 평생 빚 갚느라 고생해야 할 거야."
 그렇게 두 사람이 번갈아가며, 때로는 동시에 모아뒀던 말을 풀어놓아서 무영의 정신을 빼놓았다. 무영은 그저 고개를 끄덕이며 들을 뿐이었다.
 후원은 아직 녹지 않은 눈에 덮여 있었지만 바위와 소나무로 운치있게 꾸며져 있었다. 얼어붙은 연못 위로 구름다리가 있고, 작은 울타리에 둘러싸인 집들이 여러 채 있었다. 그중 한 채로 무영 일행이 다가가자 안에서 바둑을 두고 있던 두 노인이 고개를 들어 그들을 바라보았다. 종리매와 상처투성이의 노인이었다.

홍진보가 외쳤다.
"주인님이 돌아오셨습니다!"
종리매가 일어나더니 홍진보가 무영을 처음 만났을 때처럼 물었다.
"무영이냐? 무영 맞나?"
무영이 고개 숙여 인사했다.
"오랜만이다."
종리매는 의심스러운 듯 바라보며 물었다.
"너 정말 무영이 맞느냐? 목걸이는 어디 갔냐?"
매소봉이 그 말에 다시 돌아보고 놀라 물었다.
"어, 정말 그러네! 목걸이 어디 갔어?"
무영이 머리를 긁었다.
"이야기가 길다."
 오랜만에 만났지만 종리매는 반가운 기색보다는 의심과 경계의 빛을 더 드러내며 다가왔다. 그의 팔다리에는 여전히 족쇄가 채워져 있고, 다리 쪽 사슬에는 청석이, 팔 쪽 사슬에는 청석 대신 머리통만한 철구(鐵球)가 달려 있었는데, 종리매가 움직이자 덜컹거리는 소리가 위협적으로 울렸다.
"길어도 제대로 말해 봐라. 안 그러면 널 무영이라고 믿을 수가 없어."
 그때 철갑마가 움직였다. 그는 얼음판을 미끄러지듯 종리매에게 다가가 그의 목을 노렸다. 종리매가 급히 뒤로 물러나며 팔을 휘둘렀다. 그의 팔에 여전히 묶여 있는 강철 사슬이 움직이고 그 끝에 매달린 머리통만한 철구(鐵球)가 공중을 갈랐다.
"멈춰!"

무영이 소리쳤지만 철갑마는 듣지 않았다. 그는 파공음을 일으키며 날아오는 철구 아래 손을 집어넣어 들어 올렸다. 철구가 허공으로 방향을 틀어 날아갔다. 철갑마의 나머지 한 손이 허공을 격하고 종리매를, 정확하게는 종리매의 목에 둘러진 강철 목걸이를 잡아당겼다. 무영이 당했던 것처럼 종리매도 목이 끌려 딸려왔다.

"어, 어······!"

철갑마의 손이 목걸이에 닿았다. 목걸이는 살아 있는 뱀처럼 구불거리며 종리매의 목을 풀어주고 철갑마의 손에 잡혔다. 철갑마의 팔찌로 감겨 있던 놈 또한 갑자기 깨어난 것처럼 꿈틀거리며 손으로 움직였다. 두 개의 강철 봉이 하나로 합쳐졌다. 마치 물처럼, 혹은 불에 녹은 납처럼 자연스럽게 하나로 합쳐지는 모습을 좌중의 모든 사람들이 보았다. 강철 봉이 검처럼 모양을 갖추었다가 다시 허물어져서 철갑마의 팔뚝에 되감기는 것을 똑똑히 보았다.

종리매가 외쳤다.

"이놈 도대체 누구냐!"

백림 천화장 3

 일이 복잡하게 되었지만 적어도 강철 목걸이가 풀린 이유에 대해서는 간단한 설명이 가능해졌다. 철갑마가 감고 있던 팔찌가 바로 그것이며, 종리매의 목걸이가 풀린 것과 같은 방식으로 그렇게 됐다는 것을 지적하면 그만이었으니까.
 무영이 특유의 엉망진창 화법으로, 그것도 짧게 설명한 후에 설녀가 보충 설명을 했다. 종리매는 매우 떨떠름한 표정으로 목을 만지며 듣고 있었다. 목걸이가 풀렸지만 전혀 기쁘지 않은 모양이었다. 무영은 그 기분을 이해할 수 있었다. 스스로 그 족쇄를 풀지 못한 게 자신도 좀 분한 기분이었는데 종리매는 오죽할 것인가. 오랫동안 그 족쇄가 주는 굴욕감에서 벗어나기 위해 몸부림쳤는데 우연히, 그것도 어처구니없도록 간단하게 풀려나 버린 것이다.
 철갑마는 언제 그랬냐는 듯 조용히 서 있고, 설녀의 설명도 끝이 났다. 종리매는 여전히 불쾌한 표정으로 철갑마와 설녀, 무영을 번갈아 보다가 끝내 한숨을 내쉬고는 무영을 안았다.

"어쨌든 잘 돌아왔다. 많이 컸구나. 실력이 많이 늘었다면서?"

무영이 말했다.

"건강해서 다행이다."

짧은 말이지만 진심이 담겨 있었다. 종리매는 비로소 마음이 풀려 히죽 웃었다. 그때 집 안에서 보고 있던 노인이 말했다.

"한 번 더 싸워보게."

종리매에게 하는 말이었다. 그는 돌아보는 종리매에게 다짐하듯 똑똑히 말했다.

"전력을 다해서!"

무영이 무어라 말하려 했다. 홍진보가 그의 팔을 잡았다. 말하지 말라는 신호였다. 종리매가 천천히 움직였다. 그가 무영에게 말했다.

"떨어져 있거라."

무영이 잠시 망설이다가 철갑마로부터 거리를 두었다. 철갑마는 무영을 따라가지 않고 종리매를 지켜보고 있었다. 강한 살기에 반응하는 것이다.

종리매가 발을 들어 걷어차는 시늉을 했다. 청석이 무서운 속도로 철갑마를 향해 날아갔다. 철갑마가 움직였다. 그는 한 발을 들어 청석을 걷어찼다. 집이 흔들리도록 요란한 굉음이 일어났다. 청석이 박살나 파편이 되어 날아갔다. 다시 한 개의 청석이 철갑마를 향해 날아들었다. 철갑마는 그것도 걷어차서 부숴 버렸다. 그리고 이번에는 철갑마가 먼저 종리매를 향해 달려들었다. 손바닥을 벌려 종리매의 얼굴을 후려치려 하는 것처럼 보였다.

무영은 철갑마가 사용하는 무공을 알아보았다. 그의 낯빛이 변했다. 뺨을 때리려는 평범한 동작 같지만 청석으로 만든 비석도 박살 낼 수 있다는 소림 쇄비장(少林碎碑掌)의 일초였다. 저기 맞으면 종리매의 얼굴은 곤죽이 되어버릴 것이다.

종리매의 팔다리에서 족쇄가 풀려 나갔다. 순간적으로 축골공을 써서 벗어버린 것이다. 그리고는 하늘로 날아오르듯 떠올라서 철갑마의 뒤쪽에 내려섰다. 그의 손에서 푸른빛이 뿜어져 나오고 있었다. 그는 그 손으로 철갑마의 등을 찍으려 했다.

철갑마가 팽이처럼 돌아섰다. 그의 왼손이 종리매의 오른손과 맞부딪쳤다. 다시 굉음이 울리고 종리매는 입에서 피를 뿜어내며 몇 걸음을 연달아 물러섰다.

무영이 소리쳤다.

"그만!"

방 안에서 노인이 뛰어나왔다. 아니, 날아올랐다. 그는 가부좌를 튼 그 자세 그대로 공중으로 날아올라서 두 손을 합장했다. 순간적으로 그의 몸이 여러 개로 나뉘었다. 분신술(分身術)이라고밖에 말할 수 없는 모습이었다. 그렇게 나뉘어진 여러 개의 몸이 허공에서 철갑마를 중심으로 하는 원을 그리며 돌았다. 철갑마는 제자리에서 꼼짝도 않았다.

노인이 합장한 손을 풀었다. 갑자기 그가 천수여래(千手如來)라도 된 것처럼 수십 개의 손 그림자를 만들며 철갑마에게 장력을 날렸다. 십여 개의 분신들이 동시에 수십 개의 손으로 철갑마를 공격했다. 철갑마가 몸을 웅크렸다. 장력들이 고스란히 그에게 격중되었다.

이번에야말로 천지를 뒤흔드는 굉음이 퍼져 나갔다. 흙먼지가 솟구쳐 올라 하늘을 가리고 집이 흔들리며 기왓장을 떨구었다.

사람들이 눈을 가리며 물러났다. 무영은 손을 뻗어 흙먼지를 헤치며 철갑마를 향해 다가가려고 했다. 홍진보가 팔을 잡았지만 소용없었다. 그때 흙먼지 속에서 검을 든 한 사람의 그림자가 허공으로 날아올랐다. 철갑마였다. 그의 팔에 감겨 있던 철봉이 불완전한 형태이긴 하지만 한 자루의 검처럼 변해 손에 잡혀 있었다.

노인은 여전히 여러 개의 분신으로 허공을 날아다니고 있었다. 그의 손이 다시 한 번 수십 개로 변해 철갑마를 향해 날아갔다. 철갑마의 검이 부르르 떨렸다. 그의 검에서 거대한 빛이 뿜어져 나왔다. 그건 마치 빛으로 이루어진 거대한 검과도 같았다. 그 빛의 검이 허공을 가르고 노인이 만든 손 그림자들을 한꺼번에 휩쓸어 버렸다.

환영들은 사라졌다. 노인의 분신들은 다시 하나로 합쳐졌다. 그는 곤두박질치듯 땅으로 떨어지더니 돌 바닥에 떨어진 콩처럼 튀어 올라 옆으로 이동했다. 노인이 떨어진 자리를 빛의 검이 파고들었다. 땅이 갈라졌다. 노인이 이동한 방향을 향해서였다.

종리매가 두 손을 모았다가 철갑마를 향해 떨쳤다. 그의 손에서 백색의 광구(光球)가 발사되었다. 노인을 베어가던 철갑마의 검이 되돌려져서 종리매의 광구를 막았다. 노인이 심호흡을 하며 두 손을 무겁게 밀어내었다. 보이지는 않지만 느낄 수는 있는 무거운 기운이 허공을 가르고 철갑마를 향해 날아갔다. 광구를 흩어놓은 철갑마의 검이 돌아와 그 기운까지 베었다. 소리도 없고 모양도 없었다. 그러나 한순간 기운은 사라지고 철갑마의 검에서 뿜어지던 빛도 사라졌다. 철갑마는 허공에서 몇 바퀴나 돌며 날아가고, 노인은 피를 뿜으며 땅바닥에 주저앉았다.

철갑마가 허공에서 멈추었다. 그는 입을 벌려 짐승같이 포효했다.

그리고 검을 뻗으며 노인에게 날아들었다. 종리매가 노인의 앞을 막아섰다. 그는 입술을 깨물며 손을 뻗어 검을 막으려 했다. 못 막으면 차라리 자기가 죽겠다는 자세였다.

무영이 그 앞에 뛰어들었다. 그 역시 양팔을 벌려 철갑마의 검을 잡으려는 자세였다. 노인을 지키기 위해서가 아니라 종리매를 지키기 위해서였다. 종리매가 급히 외쳤다.

"넌 비켜!"

무영이 고개를 저었다. 철갑마가 멈춰 설 거라는 확신은 없었다. 지금 철갑마는 광분 상태, 소광정이 경고했던 바로 그 순간인지도 모른다. 그러나 그가 보는 앞에서 종리매를 죽게 놔둘 수는 없었다. 그는 순간적으로 묵염혼과 파천황을 뽑아 가슴 앞에 교차시켰다. 철갑마의 검이 거기 부딪치려는 순간 멈추었다.

철갑마는 무영의 앞에 내려서서 붉은 안광을 번뜩이며 바라보았다. 무영이 무기를 땅에 박고 철갑마에게 손을 내밀었다.

"진정해."

철갑마의 검이 팔뚝에 다시 감겼다. 그 역시 손을 내밀어 무영의 손을 맞잡았다. 뜨거운 손이었다. 타오르는 듯한 열기가 느껴졌다. 그러나 조금씩 그 손은 식어가고 있었다. 무영은 철갑마의 손이 따스한 온기를 느낄 수 있을 정도로 식을 때까지 가만히 그 손을 맞잡고 있었다.

노인이 기침을 했다. 붉은 피가 섞여서 나왔다.

"조금 심하게 시험을 했군. 늙은 것이 겁도 없지. 옛날에도 못 당하던 것을 지금 와서 어찌 당하겠다고……."

그는 종리매의 부축을 받으며 일어났다. 종리매가 물었다.

"정체를 아시겠습니까?"

노인이 말했다.

"자네도 알 텐데? 자네도 그날 봤잖은가."

종리매가 고개를 끄덕였다. 그의 얼굴에 두려운 빛이 떠올랐다.

"검강을 만들 때 그를 떠올리긴 했습니다만 설마 했지요. 분명히 그 날 죽은 줄 알았는데……!"

노인이 말했다.

"내 연대천수뇌격장(蓮臺千手雷擊掌)을 일검에 베어버리는 자는 그 밖에 없었지. 지금이라고 더 있진 않을 것 같네."

무영이 돌아보며 물었다.

"누굴 말하는 거냐?"

노인이 빙긋 미소를 지었다. 그리고 짧게 대답해 주었다.

"비천제일룡 위소백(魏少帛)."

무영이 눈을 빛냈다.

"위소백?"

"들어가자. 들어가서 천천히 말해 주지."

노인은 종리매의 손을 밀어내고 천천히 집 안으로 걸어 들어갔다. 종리매가 철갑마를 힐끔 보고는 그 뒤를 따라 들어갔다. 철갑마까지 포함된 일행이 모두 집 안으로 들어가 작은 중청(中廳)에 자리를 잡고 앉았다.

노인이 식은 차를 한 모금 마시고 입을 열었다.

"소림과 무당이 준비한 비밀 병기였지. 통일대전 막바지에 겨우 완성되어 전쟁에 투입되었어. 단 한 사람뿐이었지만 그 무공은 막강하기 짝이 없어서 마교의 일각이 그 한 명에게 무너져 버릴 지경이었지. 마교에서는 당연히 절정고수들을 투입해서 그를 처치하려고 했네. 가는 족족 죽거나 당해 버리곤 했지만. 그 과정에서 그의 이름이 위소백이고, 소림과 무당이 비장하고 있던 모든 것을 투입해서 키워낸 전사라는 것을 알게 되었지.”

그는 고개를 저었다.

“대종사는 결단을 내렸다. 한 사람에게 집착해서 대사를 그르칠 이유가 없다는 거였지. 이미 대세는 결정되었고 종지부만 찍으면 그만인 상황이었으니까. 귀곡천문가의 가주가 짜고 추진해 오던 계획대로 정종의 마지막 세력들을 이릉(伊陵)의 협곡으로 몰아넣는 계획도 완성 단계였고……”

노인은 한숨을 내쉬며 아련한 추억을 떠올리는 듯한 눈빛으로 말을 이었다.

“그래, 이릉의 협곡에서였지. 대회전이 거기서 벌어졌어. 구대문파의 남은 무사들이 죽거나 포로로 잡혔지. 수많은 세가가 거기서 멸문당했고 정종의 명맥이 끊어졌네. 최후까지 저항하던 건 비천제일룡뿐이었어. 대종사와 나, 제강산과 악산산 네 사람이 달려들어서도 하루 밤낮을 싸워서야 간신히 죽일 수 있었지.”

무영이 물었다.

“죽었다고?”

노인이 고개를 끄덕였다.

“분명 죽었지. 머리를 부수고 심장을 꿰뚫어 숨이 완전히 끊어진 걸 확인했지.”

무영이 철갑마를 가리켰다.

“그럼 이 사람은?”

노인이 이번엔 고개를 저었다.

"나도 모르겠구나. 그땐 분명히 죽었지. 그런데 여기 다시 나타난 걸 뭘로 설명해야 할까."

그는 설녀를 향해 시선을 돌리며 말했다.

"빙후가 설명해야 할 거야."

무영이 물었다.

"당신은 누구냐?"

노인이 가볍게 웃었다.

"최염이라는 쓸모없는 노인네란다. 왕년엔 그래도 제법 날렸지. 독수마불이라는 별호도 얻고."

무영의 눈빛이 흔들렸다. 이 이름이라면 그도 들었다. 독수마불 최염. 마교 서열 이위의 고수이며 마교 총단의 단주가 아니던가.

종리매가 씁쓸하게 말했다.

"최 노야가 쓸모없는 노인네라면 전 뭡니까. 저야말로 밥만 축내는 폐물에 불과하죠. 최 노야는 아직 할 일이 많으신 분입니다. 이 망가진 세상을 제대로 돌려놔야 할 것 아닙니까."

최염이 손을 흔들었다.

"늦었네, 늦었어."

그는 한숨을 내쉬었다.

"예전에 대종사와 자네들 종사, 그리고 마음이 맞는 몇몇 형제들과 함께 천하를 바로잡을 계획을 세우던 때는 이러지 않았었지. 그때도 늙은이인 건 마찬가지였지만 마음만은 젊었었네."

그는 다시 긴 한숨을 내쉬고 중얼거렸다.

"그래, 철이 없었던 거야. 몇 사람의 힘만으로 천하를 움직이고 바로 세우려고 했으니 말일세. 애초에 바른 세상이라는 게 뭔지도 모르는 주제에."

종리매가 말했다.

"그래도 결국 천하를 얻으셨잖습니까."

"그래서 망했지."

최염이 허탈하게 웃었다.

"천하를 얻어선 안 되는 사람들이 천하를 얻으려 하다 보니 이런저런 악종들도 포용하고 갈 수밖에 없었고, 나중엔 그들에게도 한 덩이씩 땅을 나눠 줄 수밖에 없었지. 유명종 같은 진짜 마귀들에게도, 고루환 혼종이니 음양천검가 같은 광인들에게도 백성을 내어줄 수밖에 없었어. 그거야말로 정말 죄악이었지."

종리매가 이를 갈았다.

"그런 자들과 함께 마교라고 불리고 있으니 정말 한스럽습니다. 천하를 잡은 그 시점에서 그런 자들부터 정리하고 시작했었어야 했습니다."

최염이 고개를 저었다.

"힘이 없었네. 오랜 전쟁 끝에 우리도 많이 죽고 지쳤었지. 그들을 달래둘 수밖에 없었어. 그 시점에 그렇게 패를 나누어 다시 싸웠으면 우리가 졌을 걸세."

종리매가 한스럽다는 듯 중얼거렸다.

"우리를 이렇게 외진 곳에 보내지만 않았으면……."

최염이 말을 잘랐다.

"그거야말로 대종사의 특별한 배려일세."

"배려라고요?"

최염이 혀를 찼다.

"자넨 그렇게 늦도록 철이 안 들었군. 머리도 여전히 나쁘고."
홍진보가 끼어들었다.
"소인이 짐작한 바를 말해도 되겠습니까?"
최염이 고개를 끄덕였다.
"그래 보게나."
홍진보가 말했다.
"아마도 대종사께서는 몇몇 종파에게 기대를 걸고 있었을 겁니다. 가령 저희 이화태양종이나 북해빙백종 같은 곳에 말입니다. 그래서 가장 외진 곳으로 보내 보호했던 거지요. 중원의 요충지에 뒀으면 사사건건 타 종파들과 다투느라 제대로 힘을 못 키웠을 테니까요. 여기서 힘을 키워 다시 중원으로 진출할 것을 기대한 게 아닌가 싶습니다."
종리매가 인상을 썼다.
"명왕유명종 같은 놈들을 감시자로 붙여놨는데?"
홍진보가 말했다.
"그건 또 하나의 계획이 있어서가 아니었나 싶습니다. 즉, 힘을 키운 뒤에는 제일 먼저 그놈들부터 치라는 뜻이 아니었나……. 그러니 지금 종사께서는 대종사가 바라는 대로 하고 있는 셈이 아닌가……."
최염이 웃었다.
"여기 제법 머리를 쓸 줄 아는 자가 있었군. 대종사의 계획이 바로 그러했네. 하지만 내게만 말하고 아무에게도, 심지어 자네들 종사에게도 말하지 않았지. 자네들 종사라면 당연히 그 뜻을 알아보고 그대로 할 터였으니까 말할 필요도 없었지."
종리매가 입을 벌렸다 다물었다 하며 한참 동안 아무 소리도 못하다가 간신히 말했다.

"나만 바본가."

침묵을 지키고 있던 설녀가 말했다.

"그런 귀중한 비밀을 왜 제게도 들려주시는지 궁금합니다."

최염이 말했다.

"이젠 비밀이 아니기 때문이지. 영원한 비밀이란 어차피 없는 거야. 일정 기간 동안, 일정 수 이상의 사람에게 안 퍼지면 되는 거지. 이젠 시효가 다 됐고 전쟁은 벌어졌으니 그런들 어떠하고 아닌들 또 어떠하리. 게다가 자네들 북해빙백종도 예외는 아니야. 대종사는 제강산만큼이나 악산산을 신뢰했다네. 그래서 더 강해지라고 해남도로 보낸 것이지."

설녀가 고개를 갸웃거렸다.

"더 강해지라고 보냈다는 말씀이 이해가 안 가는군요."

최염이 설명했다.

"자네들 빙궁 사람들은 빙정에 너무 의지하고 있었네. 그게 안 통하는 자들에겐 무력해져 버리는 결정적인 약점을 알면서도 그걸 벗어나지 못하고 있었지. 그러니 억지로라도 떼어놓은 걸세."

그는 설녀를 지그시 바라보며 말했다.

"네게도 충고하는 바이지만 빙궁에 계속 있다 보면 더 강해지지 못할 거야. 해남도로 가거라. 가서 악산산에게 철갑마가 탈출했다고 보고해. 그럼 모든 일이 잘될 거야."

홍진보가 중얼거렸다.

"빙후가 보고를 들으면 안 올 수가 없겠죠. 철갑마 이야기는 못하더라도 빙궁의 보물이 사라졌다거나 빙궁에 막대한 손상이 생겼다거나 하는 걸 핑계로 해서라도 어떻게든 올 겁니다. 그럼 중원에 있는 세력들이 막으려 들겠죠."

그는 빙긋 웃었다.

"위에서는 저희가, 아래에서는 빙궁이 소란을 일으키게 되는 셈이군요."

최염이 말했다.

"서쪽에서도, 남서쪽에서도, 중원에서도 소란이 일어날걸세. 천하만민이 도탄에 빠진 지 이미 오래되었어. 정리하려는 움직임이 일어날 때도 되었지."

홍진보가 고개를 갸웃거렸다.

"그런 중차대한 시기에 왜 총단을 떠나 계신 것입니까? 종사와 약속이라도?"

그는 얼른 고개를 숙였다.

"감히 품지 말아야 할 의문을 품었다면 용서해 주시길."

최염이 손을 저었다.

"별건 아닐세. 그저 내가 총단에 없어야 일이 더 자연스럽게 벌어질 거라고 생각했지. 어차피 곪은 상처, 내가 막고 있어봐야 시간만 끌지 치유될 게 아니라서."

그는 다시 웃었다.

"조금 지쳐서 쉬고 싶기도 했고."

종리매가 투덜거렸다.

"무저갱에서 금이나 파면서 말입니까? 취미도 이상하시지."

"그건 속죌세. 어쩔 수 없이 그렇게 되긴 했지만 결과적으로는 많은 죄를 졌어. 그렇게라도 속죄를 해야지 어쩌겠나."

최염의 상처투성이 얼굴에, 늙은 눈가에 쓸쓸한 그림자가 깔렸다.

제 39 장
요동 정벌대

하늘엔 먹구름이 밀려오고, 땅에는 돌개바람이 휘몰아쳤다
요동 특유의 얕은 구릉과 들판을 덮고 여진족 전사들이 밀려오고 있었다

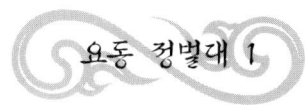

요동 정벌대 1

매소봉이 고함을 질렀다.

"저게 왜 여기까지 따라 들어오는 거야!"

본채로 들어올 때만 해도 설마 했었다. 내실에까지 철갑마가 따라 들어왔을 때는 인상을 쓰긴 했지만 무영이 어쩔 수 없다고 말해서 참았다. 그러나 철갑마가 침실에까지 들어오는 데에는 참을 수가 없다.

"얼른 나가라고 말해!"

무영이 말했다.

"나가라고는 하겠지만 나갈지는 모른다."

"일단 말해 봐!"

무영이 철갑마에게 나가라고 말했다. 철갑마가 방을 나갔다. 그러나 매소봉이 문을 닫으려고 하자 돌아서서 문을 잡고는 놓아주지 않았다.

그러면서 무영을 보는데, 그건 마치 주인 곁을 떠나기 싫어하는 개의 모습 같기도 하고, 아이를 시선에서 떼놓지 않으려는 부모의 모습 같기도 했다.

매소봉이 울상을 지었다.

"어떡해?"

무영이 말했다.

"그냥 들어오라고 하자."

매소봉이 발끈 화를 냈다.

"난 괴물하고는 같이 못 자! 차라리 당신이 나가서 자!"

무영이 짧게 대답했다.

"그러지."

그리고는 망설이지 않고 방을 나갔다. 매소봉이 멍하니 바라보다가 얼른 따라나가 무영의 팔을 잡았다.

"혹시 화났어?"

무영이 우뚝 서서 말을 않자 매소봉이 울상을 짓고는 말했다.

"화났으면 미안해. 잘못했어."

무영이 잠시 그대로 섰다가 진지하게 말했다.

"화나지 않았다. 하지만 철갑마는 특별한 존재다. 괴물이라고 부르거나 함부로 대하지 마라."

"특별한 존재?"

매소봉이 되묻자 무영은 잠시 망설이다가 말했다.

"나와 아주 가까운 사람일 가능성이 있다. 가령……"

무영은 잠시 더 망설이다가 끝내 말했다.

"아버지일지도 모른다."

매소봉이 놀라서 눈을 동그랗게 뜨고 철갑마와 무영을 번갈아 바라보았다. 그녀는 목소리를 낮추어 물었다.

"그렇게 생각하는 근거라도?"

"별건 없다."

무영이 짧게 설명했다. 그러나 그 의미는 무거웠다. 지금까지 그 누구에게도 말하지 않던 동굴 속의 아버지와 어머니, 즉 소림, 무당 장문인의 존재를 밝히고, 철갑마를 아버지라고 추측하는 이유를 매소봉에게, 그의 여인에게 털어놓은 것이다. 매소봉도 그 의미를 느끼고 심각한 표정이 되었다. 그녀는 애정을 듬뿍 담아 무영을 안았다. 그 다음엔 철갑마의 일그러진 손을 잡고 쓰다듬었다.

"함부로 말해서 미안해요."

철갑마는 석상처럼 우뚝 서 있기만 했다. 그러나 매소봉은 경계의 눈빛이 한결 덜해진 것 같다고 느꼈다.

매소봉이 무영의 귀에 대고 속삭였다.

"다시 한 번 시도해 보자. 내가 먼저 방에 들어갈 테니까 이분에겐 여기 있으라고 하고 들어와. 그리고 얼른 문을 닫는 거야."

무영이 인상을 썼다.

"그만두자."

매소봉이 울상을 지었다.

"당신 못 만난 지 얼마나 지났는지 알아? 난 미칠 지경이라구."

무영이 하는 수 없이 고개를 끄덕였다. 그리고 매소봉이 시킨 대로 했다. 매소봉이 먼저 방에 들어가고, 무영이 철갑마에게 그대로 있으라고 한 다음 방에 들어가 재빨리 문을 닫았다. 무사히 방문이 닫히고 철갑마는 밖에 남았다. 매소봉과 무영은 단둘이 있을 수 있었다.

매소봉이 무영의 목에 매달렸다. 그녀의 입술이 무영의 입술을 찾았다. 손은 벌써 무영의 옷섶을 헤치고 있었다. 무영은 반면 별 반응을 보이지 않았는데, 그녀의 서두름이 부담스러워서이기도 했지만 그보다는 바깥에 있는 철갑마를 의식하지 않을 수 없어서였다. 철갑마가 정신은 없다고 해도 이목의 감각은 누구보다도 뛰어날 터였다. 방 안에서 어떤 일이 벌어지고 있는지 이해는 못해도 눈으로 보듯이 느끼고 있을 것이다. 다른 사람도 아니고 아버지일지도 모른다고 생각하니 어색하기 짝이 없었다.

하지만 매소봉의 애무는 끈질기고 정성스러웠다. 그녀의 붉은 입술과 작은 혀는 무영의 얼굴과 목, 가슴을 구석구석 빼놓지 않고 입 맞추고 핥았다. 거기에선 욕정의 음습한 기운보다는 처음으로 성에 눈뜨고, 사랑을 느끼는 소녀의 충만한 애정과 정열이 있었다. 무영 또한 그 애정에 차츰 반응하게 되었다. 특히 매소봉이 그의 바지춤 속으로 손을 넣자 그도 금욕한 지 오래되었기 때문에 하복부로부터 욕정이 일어나 거친 숨결을 내뿜기 시작했다.

그는 적극적으로 매소봉의 입술을 탐하고 그녀의 옷을 풀어헤치기 시작했다. 매끈한 등을 쓸어가다가 치마 속으로 손을 밀어 넣어 유연한 곡선을 이룬 엉덩이를 만졌다. 따뜻하고 부드러운 엉덩이의 감촉이 그의 손가락을 녹이는 듯했다. 매소봉이 신음하며 하반신을 그에게 대고 비볐다. 무영의 팽창한 남근이 그녀를 밀어붙였다.

쾅—!

문짝이 부서져 나가고 누군가가 안으로 뛰어들어 왔다. 무영은 급히 매소봉을 자신의 뒤로 숨기며 침입자를 향해 섰다. 침입자는 철갑마였다.

철갑마는 무영이 무사한 것을 보자 방 안을 두리번거렸다. 어떤 것이 자신을 자극했는지 그는 이해하지 못하고 있었다.

무영은 쓴웃음을 흘렸다. 그는 옷깃을 여미고 그 다음엔 매소봉의 옷깃도 대충 챙겨주었다. 처음엔 욕망으로, 지금은 놀라움과 수치로 붉게 달아오른 매소봉의 얼굴을 가볍게 두들겨 주고 무영이 말했다.

"오늘은 참자."

매소봉은 입이 반 자나 나오게 내밀고는 고개를 끄덕였다. 무영은 그녀의 손을 잡고 밖으로 나와 탁자에 앉았다.

"술이나 한잔하자."

그는 잠시 생각하다가 물었다.

"월영과는 어떻게 지내나?"

매소봉이 대답했다. 화가 채 가시지 않은 말투였다.

"매일같이 와서 귀찮게 하더니 오늘은 안 왔어. 나가서 주안상 준비 시키고 월영 언니도 불러올게. 기다려."

무영이 눈에 이채를 띠고 물었다.

"언니라고 부르나?"

매소봉이 어깨를 으쓱였다.

"잘 지내기로 했어. 한참 위니까 언니 맞지 뭐."

매소봉이 나갔다가 한참 지나서 홍진보, 종리매와 함께 돌아왔다. 그녀가 말했다.

"월영 언니는 갈 노사가 돌아왔다는 이야기를 듣고 거기로 갔다나 봐. 노인네가 먼 길 다녀왔는데 반겨주는 사람 하나 없으면 서글플 거라고 위로해 주러 갔다니 그 언니도 참…… 알고 보면 여린 구석이 있다고나 할까."

무영이 홍진보와 종리매를 영접해 앉히고 나자 하녀들이 주안상을 준비해서 탁자에 차렸다. 술이 몇 순배 돌고 나서 홍진보가 말했다.

"오랜만에 주인님과 대작하는군요."

무영이 말했다.

"자려고 하는데 부른 건 아닌가?"

홍진보가 손을 저었다.

"아뇨. 아까 종리 노야의 집에선 꺼내기 어려웠던 이야기도 있고 해서 은근히 불러주시길 기다렸습니다. 최 노야나 설녀가 들으면 안 될 이야기도 있으니까요."

종리매가 술을 비우고 말했다.

"최 노야도 늙었어. 상대가 아무리 비천제일룡이라고 해도 그렇게 쉽게 당하다니. 올해 춘추가 몇이나 됐더라……."

그는 손가락을 꼽으며 곰곰이 생각해 보다가 말했다.

"이런, 벌써 이 갑자(甲子) 가까이 되셨군. 언제 죽어도 이상하지 않을 나이니 약해지신 것도 당연한 것인가. 하긴 제아무리 무공을 익혔다 해도 늙으면 약해지지. 어쩔 수 없는 일이군."

홍진보가 물었다.

"연로하면 정말 무공이 약해집니까? 저는 안 그렇다고 들었는데요."

종리매가 고개를 저었다.

"인생의 절정기는 서른 전후야. 그때가 체력적으로는 가장 왕성한 기운을 갖지. 그 후론 약해지기 마련인데 내가 기공이나 마공을 익히면 다른 방면으로 기운이 쌓일 수는 있지. 그걸 바로 내공이라고 부르잖는가. 하지만 이 내공도 일흔이 넘으면 진보가 더뎌지지. 더뎌진다기보다 사실 꾸준히 수련을 계속하지 않으면 퇴보하는 게 정상이야.

그러니 고수라고 해도 나이 일흔이 절정기고 그 이후엔 내리막길인 셈일세. 아마 지금 쉰 중반인 제강산이 최 노야보다 오히려 위일걸?"

그는 쓸쓸하게 중얼거렸다.

"과거 대종사와 최 노야의 신위는 대단했지. 인세에 현신한 신과도 같았어. 마도의 인물들답게 손속이 악랄하긴 했지만 협의를 지켰지. 일 처리는 공정하고 천하를 내다보는 혜안이 있었어. 마도인들의 영원한 대형이었고, 그래서 그 아래 사람들이 많이 모여들었지. 제강산도 그중 하나고, 빙후 악산산, 사자군림가의 철사자(鐵獅子) 요굉도(姚宏道), 귀곡천문가의 새봉추(賽鳳雛) 방각(龐珏), 오독절혼가의 독후(毒侯) 진수현(眞水賢), 철혈흑룡가의 전 가주, 벽력뇌화가의 전 가주, 태평용왕종(太評龍王宗)의 전 종사, 이렇게 열 명을 합쳐 마도십웅(魔道十雄)이라고 불렀는데, 모두 결의형제를 맺었어. 그들이 마도천하를 연 주역들이지."

홍진보가 물었다.

"철혈흑룡가, 벽력뇌화가, 태평용왕종은 왜 전 가주라고 하는 겁니까? 지금 종사나 가주는?"

종리매가 대답했다.

"그 셋은 죽었지. 지금 종사나 가주는 그 후계자야. 모두 통일대전 동안에 전사했지. 그중에는 저놈에게 당한 사람도 있어."

종리매가 철갑마를 가리켰다.

"저놈이 비천제일룡이 맞다면 말이지만. 철혈흑룡가의 전 가주가 그에게 죽었지. 나중에라도 철혈흑룡가 사람들을 만나면 조심해야 할 거야. 뭐, 다른 종파에도 비천제일룡에게 죽은 놈은 많지만."

홍진보는 고개를 끄덕였다.

"대종사와 최 노야를 제외하면 다들 한 종파씩 나눠가졌군요. 그럼 나머지 열 개 종파가, 아니, 대종사가 원래 백련교, 지금의 용화광명종 출신이셨는데 용화마존 한충겸에게 내주고 물러나셨으니 아홉 개 종파가 통일대전 동안에 끌어들인 악종들이라는 거군요."

"구 대 구의 세력 판도였는데 지금은 많이 달라졌겠지. 역시 그때 쳤어야 했어."

종리매는 계속 미련을 못 버리는 모양이었다. 홍진보가 웃으며 말했다.

"상황을 잘 몰라서 뭐라고 할 수는 없습니다만 그땐 그럴 만한 이유가 있었겠지요. 그보다 세력 판도가 달라졌다는 건 무슨 뜻입니까?"

종리매가 대답했다.

"권력을 쥐기 전과 후는 달라지기 마련이라는 뜻이야. 특히 마도십웅이 죽은 후 그 뒤를 이은 곳은 어떻게 달라졌을지 모르지. 그러니 예전의 동지가 지금도 동지로 남아 있다고 볼 순 없다는 거야."

홍진보가 동의하는 빛으로 고개를 끄덕였다. 그리곤 물었다.

"대종사는 대체 어디서 뭘 하고 계신 걸까요? 상황이 이렇게 되도록 말입니다. 제 섣부른 추측으로는 무언가 일을 꾸미고 계실 듯한데……."

그는 무영과 매소봉을 힐끔 보고 말을 이었다.

"최 노야마저 천마도의 위치와 거기서 어떤 일이 벌어지고 있는지를 안 알려주시니……."

무영이 물어봤지만 최염이 알려주지 않았던 것이다. 그건 아직까지 비밀로 지킬 일이라고 했었다. 그렇게 말하고는 입을 다물어 버렸으니 더 물어볼 수도 없었다.

홍진보가 말했다.

"천마도의 위치와 그곳에서 벌어지는 일, 혹은 대종사가 준비하는 일이 향후 천하의 대세에 엄청난 영향을 미치게 되겠지요. 뭐, 하여간 그건 천천히 생각해도 될 일입니다. 지금의 주인님에겐 더 가까운 곳에서 벌어지는 일이 훨씬 중요합니다."

그는 무영을 향해 손가락 두 개를 펴 보였다.

"이번에 제제합이를 거쳐 합이빈으로 가시면 두 사람을 꼭 만나보셔야 합니다. 첫째는 손지백, 둘째는 듀칸입니다."

무영이 물었다.

"듀칸이 거기 있나?"

홍진보가 대답했다.

"지금 거기 없다고 해도 주인님이 계시면 듀칸 쪽에서 찾아갈 겁니다. 그럼 그와 함께 한 사람을 만나야 합니다."

"누구?"

"혁도아랍(赫圖阿拉) 여진족의 수장으로 있는 아이신길로 집안의 기오창까라는 사람입니다. 그를 만나서……."

홍진보의 설명이 길게 이어졌다. 무영은 묵묵히 듣고 있다가 다시 물었다.

"손지백은 당연히 만난다. 특별히 강조한 이유는?"

홍진보가 거기 대해서도 설명했다.

"손 형을 만나서 무저갱의 힘을 손에 넣을 방책을 찾아보라는 뜻입니다. 아쉽게도 그들을 손 안에 넣을 계략을 진행하다가 중도에 끝나버려서 현재로서는 주인님의 힘이 될 세력은 손 형의 가족밖에 없습니다. 사도 담오는 종리 노야의 제자지만 어떻게 나올지 저로서도 모르겠습니다. 한번 힘으로 꺾어버리면 승복할지도 모르지요."

그는 잠시 침묵하다가 말했다.

"사실 지금 주인님의 신분은 아주 애매합니다. 직책상으로 보면 호교오영은 종사의 명령만을 들을 뿐 누구를 지휘하지도, 지휘를 받지도 않는 위치지요. 자유스러워 좋은 것 같지만 이것만큼 알맹이 없는 일이 없습니다. 세력권 안에서 힘이란 곧 그가 부리는 사람들의 힘과 같이 가는 것입니다. 손 형을 만나는 것보다 더욱 중요한 일은 이번에 어떻게든 사람을 부리는 직책을 얻어야 한다는 것입니다. 듀칸의 조언이 그걸 가능하게 해줄 거라 믿고 있습니다만, 만약 그게 계획대로 성공해서 사람을 뽑아야 한다면 반드시 손 형과 담 형을 포함한 무저갱 사람들을 고르십시오. 그쪽이 진짜 전력이 될 테니까요."

술잔이 돌고 홍진보의 조언이 계속 이어졌다. 대략 할 말이 끊어진 즈음에 매소봉이 무영의 팔을 잡고 말했다.

"그거 홍 총관에게 이야기해도 되지 않을까?"

무영이 무슨 뜻인지 몰라 바라보자 매소봉이 철갑마를 가리켰다. 무영은 잠시 생각해 보다가 결심하고 홍진보와 종리매에게 철갑마가 아버지일지도 모른다는 가능성에 대해, 그렇게 생각한 이유에 대해 이야기했다.

홍진보가 경탄하는 빛으로 듣다가 곰곰이 생각에 잠겼다.

"가능성은 충분히 있는 일입니다만 아닐 수도 있죠. 너무 속단하지는 않는 게 좋을 듯합니다. 사실 누구보다 확실하게 주인님의 신분을 아는 사람은 이미 한 명 있습니다. 바로 종사죠. 그래서 얼굴을 훼손시키고 능력을 키워주고 한 것 아니겠습니까. 하지만 종사는 스스로 원하지 않으면 절대 말해 줄 분이 아니니 기다려 보는 수밖에 없겠습니다."

무영은 고개를 끄덕였다. 그러다가 다시 한 가지 의문이 떠올라서 홍진보에게 물어보았다.

"구흉의 마지막 한 명은 누구 같나?"

이미 드러난 팔흉이 누군지, 나머지 한 명을 찾기 위해 어떤 과정을 거쳤는지에 대해 듣고 나서 홍진보가 짤막하게 대답했다.

"두심오 대당가 같습니다."

"설마!"

홍진보의 대답이 너무나 간단하고 쉽게 나와서 오히려 믿을 수가 없었다. 홍진보가 설명했다.

"이미 밝혀진 여덟 명이 모두 종사의 명령을 받아 주인님을 도와주고 키워준 것이니 나머지 하나도 그런 사람이겠죠. 여태 주인님의 능력을 키워주기 위해 노력한 사람들을 하나씩 생각해 보고, 이미 밝혀진 사람을 빼면 간단하게 답이 나오지 않습니까. 제가 보기엔 두심오 대당가, 아니, 죽영밖에 없군요."

무영이 인상을 썼다.

"그가 뭘 도와줬다고."

"드러나면 의미가 없는 사람이라고 소 노인이 그랬다면서요? 구대흉신, 즉 주인님에게 할당된 교두의 신분을 숨겨야 가르침을 줄 수 있는 사람이라면 보통은 악역이지요. 주인님을 괴롭혀서 잠재력을 끌어내려 했던 게 아닌가 합니다."

홍진보가 잠시 말을 멈추었다가 히죽 웃었다.

"흑하의 대수림에서 꽤 고생을 하셨다면서요. 두심오도 그랬을 겁니다. 죽이진 않고 적당히 괴롭히기만 한다는 것도 쉬운 노릇은 아니죠."

무영이 중얼거렸다.

"구흉이든 아니든 좋다. 반드시 반쯤은 죽여주겠다."

홍진보가 말했다.

"기회가 생기면 아예 죽여 버리셔도 좋습니다. 아무래도 그가 큰 장애물이 될 것 같거든요."

그는 종리매를 바라보며 말했다.

"이번에 종리 노야께서도 주인님과 함께 가시는 게 어떻습니까?"

종리매가 인상을 썼다. 홍진보는 그에게 말할 기회를 주지 않았다.

"주인님도 도와야 하고, 최 노야를 안내해서 종사께 데려다 주는 역할도 하셔야 합니다."

그는 씨익 웃으며 본심을 드러냈다.

"언제까지나 종사와 등 돌리고 살 순 없지 않겠습니까, 최 노야 덕분에 오해도 풀렸는데."

요동 정벌대 2

 이화태양종의 주력군은 제제합이에 소수의 방어 병력을 남겨두고 합이빈으로 옮겨와 있었다. 제강산이 거기에 호궁사자대의 병력을 이끌고 주둔하여 본영을 차리고, 여타의 병력들은 다섯으로 나누어 호교원주 패도권천 심학이 지휘하는 일군은 목단강(牧丹江) 유역을 따라 연길(延吉)로 향하게 하고, 연무원주 병기보 장거가 지휘하는 이군은 송화강(松花江) 동쪽 지류를 따라 길림(吉林)으로, 무저갱주 구자헌이 이끄는 삼군은 송화강의 서쪽 지류 밖으로 돌아서 장춘(長春)을 치게 했다. 그리고 나머지 잔존 병력은 포교원주 소방도의 지휘 아래 예비 병력으로 남기고, 다시 흑풍단을 따로 떼서 별동대로 운용했다.
 주요 고수들도 각각 할 일을 맡아 흩어졌는데, 회심원주는 호교원주를 돕도록 일군으로 보내졌고 호법원주는 휘하 호법들을 이끌고 연무원주를 돕도록 이군으로 보내졌다. 삼군인 구자헌의 무저갱 병력들은 외부에서 누가 합류하면 도움이 되기는커녕 분란의 요소가 될 정도로 폐쇄적이었으므로 단독으로 행동하도록 버려두었다.

이렇게 병력을 나누어 운용하는 것에는 몇 가지 이유가 있었다. 요동의 요충지라 할 연길, 길림, 장춘이 각각 하루 거리를 두고 동서로 나란히 펼쳐져 있어서 동시에 함락시키지 않으면 하나를 치는 동안 나머지 두 곳에서 배후로 공격을 가할지도 모른다는 것이 첫째 이유, 명왕유명종이 제제합이를 침략했을 때와는 달리 요동에서는 넓은 방어선을 구성하며 흩어져 있기 때문에 이쪽도 그렇게 흩어질 필요가 있었다는 것이 둘째 이유, 마지막으로 그렇게 병력을 분산시켜도 기본적으로 수가 적은 유명종을 충분히 이길 수 있으리라고 생각했던 것이 세 번째 이유였다.

그러나 다른 이유들은 몰라도 세 번째 이유만은 완전히 잘못된 것으로 밝혀졌다.

원래 명왕유명종이 강한 것은 그들이 방술사 집단이기 때문이었다. 그리고 방술사란 한 명만 있어도 충분히 위력을 발하기 때문에 강한 것이지 집단으로 뭉쳐 있다고 특별히 더 강해지는 것은 아니었다. 일단 현실적인 전력이 되는 무사 집단이 있고, 거기에 방술사가 몇 명 붙어 한 명은 호풍환우하고, 한 명은 불러낸 요마들을 조종하고, 한 명은 자기 편 무사들의 힘을 증폭시키는 주술을 걸고 하는 식으로 싸웠던 것이 과거 통일대전 때의 모습이었다. 그래서 명왕유명종이 가치를 인정받았던 것이다.

합이빈과 제제합이를 침략할 때 그들은 가장 신속하게 움직일 수 있는 병력만 동원했었다. 그래야 기습의 의미가 있었으니까. 오백여 명의 신도들을 선봉으로 삼고 사도와 사신들이 불러낸 요마들로 무사 집단을 대신했다. 그리고는 예전처럼 호풍환우와 방술, 환술, 주술들로 적을 타격하고 환각을 일으켜 공략했는데, 해동 구선문에서 온 조력자들이 그걸 무산시켜 버렸다. 그러자 침략군은 싸움엔 그리 능하지 못한 오합지졸에 불과하게 되었던 것이다. 그걸 전멸시키는 건 간단했다.

그러나 요동에 접어들어서 명왕유명종이 방어 태세를 취하자 상황은 달라졌다. 그들에겐 무사 집단이 있었다. 신도들이 아니라 여진족의 전사들이었다. 그들은 요동의 여진족들을 수하로 끌어들여 무사 집단을 구성하고, 약물로 혹은 주술로 강화시켜서 그들의 주축 병력으로 사용했다. 그리고 그들 자신은 그런 각 대의 병력들에게 몇 명씩 붙어서 예전처럼 보조 역할을 수행했다. 그러자 명왕유명종의 힘은 믿을 수 없도록 강해졌다.

이화태양종의 삼 개 군은 각각의 전진로에서 명왕유명종의 그러한 병력들을 만나 고전 중이었다. 연길과 길림, 장춘까지는 합이빈에서 사흘 거리밖에 안 되는데 태양종의 삼 개 군은 근 한 달이 지나도록 거기까지 가지도 못하고 있었다. 도처에서 습격해 오고, 혹은 정면에서 막아서는 유명종의 군세들과 치열한 접전을 벌이며 오히려 수세에 처한 상황이었다. 명왕유명종은 흩어져야 오히려 강한 집단이었던 것이다.

두심오는 초립동과 함께 삼 개 군 중에서 제일군인 심학의 휘하 무사들이 싸우는 모습을 지켜보고 있었다. 해동 구선문에서 파견된 나머지 세 사람은 제이군인 장거의 무사들과 함께 움직이고 있었다. 전력이 셋으로 나뉘어지자 함께 다닐 수 없었던 것이다. 풍백과 우사, 운사는 셋이 함께 있어야 적에게 효과적으로 대처할 수 있었고, 초립동은 혼자서도 훌륭히 적의 방술과 환술을 막을 수 있어서 두 패로 나뉘어졌다. 제삼군인 무저갱 무사들에게는 그런 역할을 하는 사람이 없었는데, 사람도 모자랐지만 자체적으로 해결하겠다고 구자헌이 자신하기도 했기 때문이었다.

하늘엔 먹구름이 밀려오고 땅에는 돌개바람이 휘몰아쳤다. 요동 특유의 얕은 구릉과 들판을 덮고 여진족 전사들이 밀려오고 있었다. 하나같이 붉게 충혈된 눈빛, 입가에는 침이 흘러내렸다. 그들의 입에서는 사람의 말 대신 짐승의 신음과 같은 것이 흘러나왔다. 그들 사이에는 군데군데 검은색으로 물들어 보이는 부분도 있었는데, 그야말로 반쯤 썩은 시신들이 어기적거리며 걸어오는 바람에 그렇게 보이는 곳이었다. 명왕유명종의 사술로 만들어진 강시들이었다. 그 가운데 검은 옷을 입은 사람이 가마 위에 올라앉아 호각을 불며 지휘를 했다. 그들이 유명종의 사도들이었다.

저편 멀리 우뚝 솟은 나무 탑이 있었다. 커다란 바퀴가 달린 대 위에 선 나무 탑이었다. 흰옷을 입은 유명종의 신도들이 대를 밀고, 혹은 깃발을 들고 호위한 가운데 붉은 제의를 입은 사람이 탑 꼭대기에서 하늘을 향해 팔을 벌려 무언가를 기원하고 있었다. 그가 유명종에 열 명밖에 없다는 사신 중 하나라는 것을 두심오는 먼발치로도 알아볼 수 있었다.

저 사신이 호풍환우를 하고 저주를 퍼붓는다. 사도들이 강시들 틈에서 여진족 전사들을 조종하고 지휘한다. 그것이 유명종의 전투 지휘법이었다.

두심오가 선 구릉 바로 앞에는 태양종의 무사들이 있었다. 모두 해야 겨우 오백 명, 그들 하나하나가 여진족 전사 열 명쯤은 간단히 해결할 수 있는 정련된 무사들이었지만 지금 적은 이삼 천을 넘어가는 것 같았다. 게다가 환술이 있고 강시가 있다. 무사들은 긴장된 신색으로 명령을 기다리고 있었다.

호교원주와 회심원주가 두심오를 돌아보았다. 두심오는 초립동을 향해 시선을 돌렸다. 초립동이 고개를 끄덕이고 두 손가락을 입 앞에 모아 무어라고 중얼거렸다. 두심오가 귀 기울여 들어보려 했지만 전혀 알아들을 수 없는 소리였다. 갑자기 초립동이 앞으로 한 발, 옆으로 두 발, 뒤로 세 발을 움직이더니 손가락으로 하늘과 땅을 가리키며 외쳤다.

"송(宋)! 방(方)!"

그가 옆으로 다시 한 발, 앞으로 네 걸음을 걸어나오며 손가락을 다시 모았다.

"합(合)!"

일진광풍이 일어났다. 돌개바람이 방향을 바꾸어 유명종 쪽으로 불어가고 먹구름이 요동 치며 물러나고 햇살이 비춰졌다.

두심오가 손을 들어 신호했다. 호교원주 심학이 땀을 흘리며 고개를 끄덕이고는 옆에 신호했다. 고수(鼓手)가 북을 울리고 기수(旗手)가 붉은 깃발을 흔들었다. 무사들이 함성을 지르며 달려나갔다.

회심원주가 독문 병기이자 처벌 도구이기도 한 몽둥이를 들고 말에 올라타 달려나가며 외쳤다.

"목표는 하나다! 한 놈만 잡으면 돼!"

이런 싸움에서 저 많은 여진족 전사들을 다 잡아 죽이려 하는 것은 시간 낭비에 불과했다. 아무리 수가 많아도 결국 그들은 다 꼭두각시, 허수아비에 불과한 것이다. 그들의 목표는 적 틈에 있는 사도들, 그리고 사신이었다. 태양종 무사들은 한 덩어리가 되어 진격해 가서 쐐기꼴로 적의 대형을 무너뜨리고 나무 탑을 향해 진격했다.

두심오가 초립동을 보며 물었다.

"같이 가보겠소?"

초립동이 고개를 끄덕였다.

두심오가 먼저 뛰었다. 그는 무사들 위로 징검다리를 밟듯이 건너뛰고 여진족 전사들의 머리를 밟으며 다시 뛰어서 어느새 적진 가운데 떨어졌다. 그의 협봉검이 피바람을 일으켰다. 주변에 공간을 만들고 초립동이 어디까지 왔나 둘러보는 사이에 초립동은 그의 머리 위를 지나 날아가고 있었다. 바람을 타고 날아가는 듯 가볍고 자유스러운 움직임이었다.

두심오는 그 모습을 질시 어린 시선으로 바라보다가 자신도 몸을 날려 초립동을 따라갔다. 강시들의 대열이 그들의 앞에 닥쳐들었다. 초립동이 어깨에 멘 칼집에서 칼을 빼 들었다. 그리 길지 않은 중간 길이의 칼이었다.

"송!"

초립동의 입에서 짧은 기합이 터져 나왔다. 그렇게 외치면서 칼을 들지 않은 손으로 가리키기만 했는데도 강시들이 부스러지고, 혹은 갈라져서 무너졌다.

"방!"

다시 한 번 기합과 함께 칼이 휘둘러졌다. 칼은 단지 허공을 베기만 했는데, 무형의 기운이라도 뿜어진 듯 칼의 연장선에 서 있던 강시들이 무너지고 길이 뚫렸다. 두심오가 그 길을 따라 달려나갔다.

환술이나 방술에야 그가 당할 수가 없다. 그러나 적이 실체를 가진 사람이라면 제아무리 사신이라도 그에게 당해내지 못하리라.
두심오의 전면에 나무 탑이 보였다. 그는 달리면서 손에 내공을 모았다. 초립동의 신위를 보고 치솟은 호승심이 이 순간 그를 사로잡았다. 귓가에 해동 구선문 선인 중 청학 도인의 말소리가 들려오는 듯했다.

"당신네 종사에게 대운(大運)은 없소. 그는 불행한 최후를 맞을 것이오. 그의 최후 이후에 진정한 영웅이 일어나며, 당신네 종사가 시작한 일을 끝맺게 될 것이오."

그게 자신이 아니라는 법이 어디 있으랴. 그리고 천하를 노리지 못할 이유가 어디 있으랴.
두심오는 달리던 기세 그대로 손을 뻗어 그 손에 만들어져 있던 태양구를 던져 보냈다. 푸른 광망이 허공을 달려 나무 탑 상부에 격중했다. 나무 탑과 사신이 함께 박살나 날아갔다. 남은 조각들도 불길에 휩싸여 타올랐다.
그는 어떠냐 하는 표정으로 초립동을 돌아보았다. 초립동이 손가락을 들어 좌우로 움직였다. 두심오는 의아한 표정으로 다시 나무 탑을 바라보았다.
'분명히 죽였는데?'
사신은 죽지 않았다. 그는 반만 남은 몸으로 허깨비처럼 허공에 떠올라서 너울거리고 있었다. 점차 그의 몸이 커지더니 곧 전장을 덮을 정도로 큰 그림자가 되어 허공을 떠다녔다. 그의 입에서 귀청을 찢을 듯 괴이한 웃음소리가 퍼져 나와 전장을 뒤흔들었다.

초립동이 풀피리를 입에 물었다. 피리 소리는 사신의 웃음소리에 비해 터무니없이 작고 가늘었지만 신기하게도 곧 사신의 웃음소리를 제압해 버렸다. 사신이 웃음을 그치고 다시 작아져서 초립동의 전면 허공에 떴다.

"너… 는… 누… 구… 냐……?"

음산하고 괴이한 목소리가 허공에 퍼졌다. 초립동은 대답하지 않고 한 걸음 걸어나가며 검지와 중지를 모아 그를 가리켰다.

"참(斬)!"

손가락이 허공에서 아래로 직선을 그렸다. 사신의 몸이 허공에서 세로로 갈라져 두 동강이가 되었다. 듣기에도 끔찍한 비명이 퍼져 나갔다. 초립동의 손이 장풍이라도 쓰듯이 그를 향해 내밀어졌다.

"산(散)!"

곧 사신은 허공에서 재가 되어 흩어졌다.

두심오는 멍하니 그 모습을 바라보았다. 초립동이 그에게 다가오며 말했다.

"넋을 잃고 있을 때가 아닌 듯하오."

적의 지휘자인 사신을 죽였지만 전세는 그리 유리하게 돌아가고 있지 않았다. 아직도 강시들을 부리는 사도들이 있고 태양종 무사들을 공격하는 여진 전사들이 있었다. 놀라운 것은 여진 전사들 중에 사람의 말을 하고 제대로 정신을 차리고 있는 자들도 있다는 것이었다.

초립동이 말했다.

"우리가 당신들에게 협력하는데, 유명종에 협력하는 여진족이 없으란 법도 없지."

두심오의 표정이 일그러졌다. 사태는 심각했다. 태양종은 뭐라고 해도 결국은 소수 무사들의 집단이다. 그러나 여진족들이 유명종에 협력하게 되면 이건 대규모 병력이 동원된 전쟁이 되는 것이다.

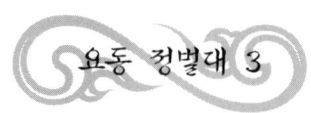

요동 정벌대 3

무영과 종리매, 최염과 설녀, 철갑마에 갈맹덕, 월영까지 낀 일행은 제제합이를 거쳐 합이빈으로 향했다.

처음 최염을 상면한 갈맹덕의 놀라움은 이루 말할 수가 없을 정도였다. 마교 총단을 든든한 배경으로 삼는 그의 앞에 총단 단주가 직접 나타난 것이다. 서열을 무엇보다 더한 자랑으로 삼는 그에게 서열 이위가 모습을 드러낸 것이다. 그 힘과 배경을 모두 잃어버린 듯 초라한 모습으로.

백림을 떠난 첫날 밤, 야영 자리 모닥불가에서 갈맹덕이 물었다.

"대체 왜 총단을 떠나셨습니까? 사람들이 그 후로 얼마나 찾아다녔던 줄……!"

최염이 손을 흔들어 그의 입을 막았다. 최염은 질린다는 빛을 감추지 않고 있었다.

"찾긴 뭘 찾나, 그놈들이."

그가 말했다.

"그게 사 년 전이었지. 귀곡천문가의 새봉추 방각이 노환으로 죽었다는 소식이 전해진 것이."

옆에서 듣고 있던 종리매가 놀라 물었다.

"방각이 죽었습니까?"

"그래, 노환으로 죽었다더군. 그 다음에 후계자로 추대되었다는 자가 미풍현사 공유지. 현 가주일세."

"공유? 미풍현사 공유? 처음 듣는 놈 아닙니까."

최염이 말했다.

"올해 마흔쯤 됐을 걸세. 가주 자리에 오른 게 서른여섯쯤이었으니. 자네가 모르는 게 당연하지. 통일전쟁 동안에는 형편없는 무명소졸이었거든."

종리매가 물었다.

"그런 놈이 어떻게 가주가 될 수 있었습니까? 귀곡천문가가 아무리 무공을 강조하지 않는 곳이라고 해도, 아니, 그렇기 때문에 더욱 높은 지위에 오르기 위해 오랜 세월이 걸리지 않습니까."

최염이 고개를 흔들더니 갈맹덕을 가리켰다.

"이 친구에게 물어보게. 난 입이 아파 더 말하기도 싫네."

갈맹덕에게 시선이 집중되었다. 그는 난처한 듯 수염을 꼬고 있다가 어물거렸다.

"뭐, 그, 그때 조금 이상한 소문이 돌았지요."

"어떤 소문인데?"

종리매가 다그쳐 물었다. 갈맹덕이 더듬거렸다.

"어; 그, 그게……!"

 종리매가 눈에 불을 켰다.

 "얼른 말 못하나!"

 종리매는 마교혈맹록 서열 삼십사위, 갈맹덕은 팔십삼위였다. 이런 서열상의 격차가 있다 해도 봉공의 위치가 있어 함부로 대하는 것을 용납하지 않을 갈맹덕이었지만 종리매에게는 한 수 접어줄 수밖에 없었다. 처음 봉공으로 왔을 때부터 종리매는 총단의 체면이나 압력 같은 것은 무시하고, 아니, 오히려 그래서 더욱 그에게 마구 대했었고, 한 번은 정말로 그를 때려죽이려고 한 적도 있었다. 즉, 갈맹덕은 종리매에게 이미 한 번 패한 적이 있었던 것이다. 그래서 제강산이 종리매를 잡아 무저갱으로 보낸 것이 얼마나 반가웠는지 모른다. 그런데 이제 전보다 더욱 팔팔해져서 돌아온 것이다.

 갈맹덕은 최염이 좀 도와주지 않나 하고 눈치를 살피다가 전혀 알 바 없다는 기색이자 하는 수없이 입을 열었다.

 "암살당했다는 거지요. 공유와 몇몇이 힘을 합쳐 방각을 암살하고 가주의 자리에 올랐다는, 그런 소문이 있었습니다."

 신진마도고수들의 발호가 큰 문제로 대두되었던 것이 그때였다. 마도혈맹록으로 상징되는 기존의 질서를 정체된 구세대의 억압으로 받아들이고, 그걸 뒤엎고 올라오려고 하는 세력의 움직임이 감지되었던 것도 그때부터였다. 그 이후 마도천하의 기류는 심상치 않게 돌아가고 있었던 것이다.

 최염이 말했다.

 "일 년쯤 조사를 하려고 노력했었지. 하지만 일은 내 손을 벗어나서 움직이고 있다는 느낌을 지울 수가 없었네. 귀곡천문가에도 직접 가봤지만 모르는 얼굴투성이였어. 아무리 찔러봐도 걸리는 게 없었지. 하긴 그놈들이야 음모와 귀계의 전문가니까. 실망만 안고 돌아왔는데, 나도 모르는 사이에 총단도 그놈들, 즉 공유와 힘을 합친 몇 개 종파의 손에 들어간 걸 발견했지. 그래서 떠났네."

그는 희미하게 웃었다.

"차라리 잘됐다고 생각했지. 어떤 식으로든 변화가 일어날 거다. 이게 그 전조임이 틀림없다. 시작은 이놈들이 했지만 마무리는 이놈들 마음대로 안 될 거다. 그렇게 믿고 떠났던 걸세."

종리매는 허탈하게 중얼거렸다.

"방각이 죽었군요. 평소 머리를 너무 굴린다 싶어 마음에 들진 않던 자였지만, 그래도 정도를 아는 자였는데······."

그는 갑자기 눈을 부릅뜨고 갈맹덕에게 으르렁거렸다.

"그런 걸 알고도 넌 뭘 한 거냐! 소위 봉공이란 작자가!"

갈맹덕이 인상을 썼다.

"난들 어쩌겠소. 난 총단에서도 멀리 떨어진 이곳에 있었단 말이오. 말이 좋아 봉공이지 제강산은 늘 내 눈을 가리고 딴 일만 꾸미고, 총단에 간들 내게 제대로 말해 주는 놈 하나 없고, 어느 쪽이건 날 속이려고만 들어요. 그 속에서 정신 차리고 있기가 얼마나 힘든 줄 아쇼! 차라리 자리 집어던지고 고향으로 돌아가고도 싶었지만 이제 거기도 날 아는 사람 몇 남지도 않았을 테고."

그가 월영을 힐끔 보았다. 월영이 시선을 돌려 외면했다. 갈맹덕이 중얼거렸다.

"그래도 난 이화태양종에 불리한 이야기는 거의 않았어요. 그저 약간 으름장을 놓았을 뿐이지 막상 총단에 가면 별문제 없다는 이야기만 했소. 나도 눈은 있으니까."

최염이 물었다.

"그래서 이제 어떻게 할 건가?"

갈맹덕이 무슨 뜻이냐는 듯 그를 바라보다가 한숨을 내쉬었다.

"단주께서 절 내치지 않으면 그냥 단주님 시중이나 들며 따라다녀 보렵니다. 제가 이제 어디로 가겠습니까."

최염이 손을 저었다. 갈맹덕의 얼굴이 실망으로 일그러졌다. 그러나 최염의 다음 말에 그 얼굴은 다시 펴졌다.

"그냥 형이라고 부르게. 단주는 무슨 단주인가. 이젠 의미없다네. 자네나 나나 태양종의 식객으로 살아가는 수밖에. 식객끼리 한번 의지하고 살아보세나."

갈맹덕이 얼른 일어나 최염에게 넙죽 절했다.

"대형!"

한쪽에 앉아 있던 월영이 중얼거렸다.

"늙은이나 어린애나 남자들은 툭하면 형 아우 짓거리지."

설녀가 그녀를 쳐다보았다. 그녀는 한쪽 눈을 감아 보였다. 그러나 설녀는 냉정하게 시선을 돌려 버렸다.

백림에서 합이빈까지는 열흘쯤 걸렸다. 쌓였던 눈이 녹고 시냇물이 부는 북해의 봄이었다. 마른풀 아래로 푸른 풀이 자라나고, 회색으로 굳은 나무에도 새 눈이 트는 것을 볼 수 있었다. 그러나 합이빈에는 봄 향기보다는 전란의 무거운 기운이 감돌고 있었다.

호궁사자대의 삼엄한 경비를 지나 요동 정벌대의 본영에 들어가자 일행은 곧 제강산을 만나러 갔다. 마침 제강산을 위시해 총관 사도헌,

제사군 지휘관 소방도에 백림차행의 곽대우, 호교오영 중의 혈영까지 모여 막 연길 방면의 제일군에서 돌아온 사자의 보고를 듣고 있었기 때문에 일행은 밖에서 잠시 기다려야 했다. 잠시 후 안에서 곽대우가 나와 새 방문객들의 면면을 살펴보았다.

곽대우가 잠시 놀란 빛을 하더니 최염을 향해 꾸벅 인사했다.

"어서 드십시오. 종사께서 반가워하실 것입니다."

그는 얼른 안쪽을 향해 소리 질러 외쳤다.

"총단주 독수마불 최염 어르신께서 내방하시었습니다!"

안에서 잠시 소란이 일었다. 최염이 손을 저으며 말했다.

"소란스럽게 뭘……."

그때 안에서 제강산이 나왔다. 그는 최염을 향해 깊이 읍했다.

"잘 오셨소. 어서 드시오."

허리를 다시 펴고는 불길 같은 눈으로 일행을 보더니 말했다.

"같이 들어오시오."

그리고는 최염을 안내해 안으로 들어갔다. 뒤에서 종리매가 투덜거렸다.

"누군 보이지도 않나 보군."

무영이 그의 손을 가볍게 쥐어주고는 안으로 걸음을 옮겼다. 곽대우가 다가와 어깨를 두들겼다.

"무사히 돌아왔군요. 여행은 재미있었습니까?"

무영이 간단하게 대답했다.

"그럭저럭."

"나중에 갔다 온 이야기를 자세히 해주십시오. 빙궁은 어떻던가요? 환상적이었겠죠? 그런데 갑옷 입은 이분은 뉘신가요?"

무영이 잠시 머뭇거렸다.
"이야기가 길다."
곽대우는 빙긋 웃었다. 그러나 그의 눈은 웃지 않고 있었다.
"길어도 좋으니 여기서 이야기해 주십시오. 정체를 모르는 사람을 들여보낼 수는 없다는 걸 이해하시겠지요?"
무영은 문 앞에서 멈춰 섰다. 그는 잠시 생각하다가 말했다.
"종사에게 직접 보고해야 한다. 물어보고 와라. 그때까지 여기 있겠다."
곽대우는 무영을 한참 바라보다가 고개를 끄덕였다.
"좋습니다. 그럼 같이 들어가죠."

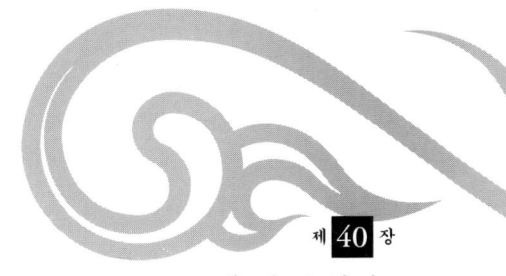

제40장
출진 무영단

하늘은 붉게 물들어 폭풍우처럼 격류를 이루며 소용돌이치고 있었고, 대지에는 검붉은 바람이 휘몰아쳤다. 무영이 외쳤다
"죽으러 가자!"

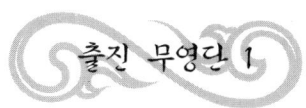

출진 무영단 1

　제강산과 최염은 이미 인사를 나누고 자리에 앉아 있었다. 갈맹덕 또한 봉공의 지위로 상석에 앉았다. 종리매는 한쪽에 서서 천장만 바라보고 서 있었다. 무영과 철갑마가 들어가자 마침 설녀가 제강산과 인사를 나누고 있었다. 제강산이 철갑마를 힐끔 보았다. 설녀가 철갑마에 대해 이야기했다.
　"원래 저희 빙궁에 잠자고 있던 사람인데 우연한 기회에 깨어난 이후 이분 무영 무사만 따라다니고 있습니다. 빙후께 보고하고 조치를 취할 때까지 여기서 맡아주시길 바랍니다."
　제강산은 대답하지 않고 철갑마를 뚫어지게 바라보고 있었다. 무영이 무릎을 꿇고 인사했다.
　"다녀왔다."
　제강산이 가볍게 고개를 끄덕였다.

"빙궁에서의 일과 저것에 대해 말해 봐라."

무영이 짧게 보고했다.

"비무는 이겼다. 이건 철갑마라고 부른다. 영세빙정 앞에 놓인 얼음관 속에 잠들어 있었다. 깨어나더니 나만 따라다닌다. 여기까지. 목걸이를……."

그는 더 이상 강철 목걸이가 채워져 있지 않은 자신의 목을 보여주었다. 그리고 종리매의 목을 가리켰다. 그 다음엔 철갑마의 팔뚝에 감겨 있는 강철 팔찌를. 그 뒤엔 말할 필요가 없었다.

제강산은 한참 동안 아무 말도 하지 않았다. 대청 안에 깊은 침묵이 흘렀다. 무거운 침묵이 아니라 폭풍 직전의 대기 같은, 누구라도 건드리면 금방 깨어져 떨어질 것처럼 예민하고 긴장된 침묵이었다.

침묵을 깨고 제강산이 입을 벌렸다.

"수고했다. 한쪽에 물러나 있어라."

무영이 천천히 일어나 한쪽으로 물러나 섰다. 마침 옆에는 두심오와 기묘한 복장의 청년이 서 있었다. 심학이 지휘하는 제일군에서 온 사자가 바로 그들이었던 것이다. 두심오가 그를 힐끔 보았다. 무영은 그 시선을 마주했다. 짧은 순간 불꽃이 튀고, 두 사람이 동시에 서로를 외면했다.

제강산이 설녀에게 말했다.

"어떻게 된 일인지 나는 모르겠다. 너희 종사가 어떻게 조치를 취할 것인지도 내가 알 바 아니다. 제 발로 걸어왔으니 일단은 우리가 데리고 있겠지만, 그 후에 어떻게 되건 그건 우리 책임이 아님을 빙후에게 알리도록 하라. 총단까지 가는 길은 알아봐 주겠다. 그동안은 여기 있되, 편히 쉬도록."

그는 최염과 갈맹덕을 향해 말했다.
"먼 길 오시느라 수고하셨소. 잠시 쉬시지요."
축객령에 다름없었다. 그는 소방도를 향해 말했다.
"거처를 마련해 드리도록."
소방도가 일어나 최염과 갈맹덕, 설녀를 안내해서 나갔다가 곧 돌아왔다. 무사에게 시키고는 돌아온 것이다.
제강산이 종리매를 바라보며 말했다.
"건강하신 듯해서 기쁘오."
종리매가 코웃음을 쳤다.
"이제야 내가 보이나? 네 사숙조인 내가 말이다."
제강산이 말했다.
"사숙조로 대접해 드리길 원한다면 그렇게 하겠소. 하지만 아직도 날 사질손으로 인정하시는지 먼저 묻고 싶소."
종리매가 무어라 말하려 하다가 입을 다물고 코웃음만 쳤다. 무영이 말했다.
"종리 노야!"
종리매가 무영을 바라보며 숨을 크게 몰아쉬었다. 그리고는 한숨을 내쉬었다.
"좋아."
그는 제강산을 향해 말했다.
"오해는 없다. 원한도 없다. 그 말을 하려고 왔다. 이제 어떻게 할 텐가?"
제강산이 말했다.
"내가 묻고 싶은 말이오. 사숙조는 어떻게 하고 싶소? 원한다면 파문을 취소하겠소. 제사장의 합의가 있어야 하겠지만 아마 가능할 것이오."

종리매가 코웃음을 쳤다.

"파문당했다고 내가 신을 믿는 데 지장이 있는 건 아니다. 그런 형식 따윈 필요없다. 나는 더 이상 이화태양종의 사람이 아니어도 상관없어. 내가 원하는 건 저 아이를 도우며 있을 수 있는 자격이다."

그러면서 무영을 가리켰다. 제강산이 잠시 생각하다가 고개를 끄덕였다.

"그가 개인적으로 고용한 무사로 생각하면 되겠지요. 사숙조가 그런 자리를 감수하다니 놀랍소. 그는 이화태양종의 신도이며 동시에 내 부하요. 그를 돕는 건 결국 날 돕는 것일 텐데?"

종리매가 인상을 썼다. 그는 마치 쓸개를 씹은 것 같은 표정을 하더니 짧게 말을 내뱉었다.

"그래도 상관없겠지."

그는 더 이상 말하기 싫다는 듯 무영의 옆에 가서 섰다. 왼쪽에 철갑마, 오른쪽에 종리매가 서니 무영까지 합쳐 세 명의 특이한 용모를 가진 사람이 조화를 이루어 기괴하게까지 보였다. 출발하기 전 철갑마는 공야장청이 맡아놓은 갑옷을 다시 찾아서 모두 갖추어 입은 상태였다. 못과 철사로 엮었던 전과는 달리 신축성있는 소재로 연결해 놓아 그냥 옷을 입듯 끼기만 하면 되는 갑옷들이었다.

종리매 역시 부서진 청석을 모두 철구로 교체하고, 움직일 때는 사슬을 온몸에 둘렀다. 그러니 철갑마에 대응하여 이름 붙이자면 철삭마(鐵索魔) 정도가 될 수 있을 것이다. 그렇게 철갑마와 철삭마를 좌우에 둔 무영은 단지 그 눈 하나만으로도 지지 않는 기괴한 모습이었다.

제강산이 그를 불렀다.
"나와서 중앙에 서라!"
무영이 시키는 대로 제강산의 정면에 섰다. 철갑마가 같이 움직였다. 종리매가 잠깐 망설이다가 철갑마처럼 무영의 뒤에 섰다.
제강산이 옆에 있는 서탁을 뒤지더니 책 한 권을 꺼내어 펼쳤다. 아무것도 적혀 있지 않고 종이만 묶어서 책으로 만든 것인데, 거기에 제강산이 서명하고 도장을 찍었다. 그리고 무영에게 내밀었다. 무영이 나가서 책을 받았다.
제강산이 곽대우에게 말했다.
"지필묵을."
곽대우가 통에 담긴 먹물과 붓을 준비해 무영에게 주었다.
제강산이 무영에게 말했다.
"제목부터 써라!"
무영은 그게 무슨 뜻인지 몰라 바라보기만 했다.
"지금부터 네가 구성해서 지휘할 조직의 이름을 정하라는 거다."
무영은 무슨 뜻인지 그래도 못 알아들었다. 곽대우가 속삭였다.
"무슨무슨 대(隊)라고 적으면 됩니다. 그냥 이름으로 지으세요. 무영대(無影隊)라고."
무영은 그제야 제강산의 뜻을 알아듣고 붓을 들었다. 그리고는 삐뚤삐뚤한 글씨체로 무영(無影)이라는 두 글자를 세로로 적었다. 그리고는 잠시 망설였다.
"대는 어떻게 쓰나?"
곽대우가 고소하며 붓을 넘겨받으려 하자 제강산이 불렀다.
"이리 가져와라."

무영이 붓과 책을 넘겨주었다. 제강산이 무영이라는 글자 아래 한 글자를 추가해 써서 돌려주었다. 무영이 받아서 더듬거리며 읽었다.
"다, 단(團). 이건 대가 아닌데?"
제강산이 말했다.
"이름은 무영단으로 하라. 흑풍단과 자격상 동급이고, 다른 원이나 궁과도 동급이다. 너는 이제 호교오영에서 빠져나가 독자적으로 무영단을 지휘하라. 더 이상 호교오영은 의미가 없으니까."
그가 다시 지시했다.
"책 첫 장에는 내 인가가 있다. 그 다음 장 첫머리에 네 이름을 적어라. 그 다음부턴 네가 수하로 삼고 싶은 사람의 이름을 적으면 된다. 단, 그 사람의 자필로 적어야 한다. 넌 누구든지 네 수하로 받아들일 수 있다, 그 본인만 동의한다면."
제강산이 좌우를 돌아보며 말했다.
"모든 원주와 궁주는 새로 무영단을 조직하는 데 협조하도록."
좌우의 사람들이 일제히 대답하며 고개를 숙였다. 두심오의 숙인 얼굴에 분노가 이글거리고 있는 것을 빼면 별 불만은 없었다. 단지 의외라는 듯한 기색 정도였다. 갑작스런 중용이라는 느낌이 있었던 것이다.
무영은 책 앞장에 자신의 이름을 썼다. 역시 삐뚤거리는 글씨로. 그리고는 붓을 돌려주려 하는데 종리매가 중간에서 가로챘다. 그리고는 책을 들고 말했다.
"두 번째로는 내가 적겠다. 괜찮겠지?"
무영이 고개를 끄덕였다. 종리매는 자기 이름을 적은 뒤에도 무영에게 책을 돌려주지 않았다. 그는 철갑마에게 붓을 쥐어주고 자신이 그 앞에 책을 펼쳐서 들었다.

"너도 적어라! 아무거나."

철갑마는 멍청히 붓을 들고 서 있기만 했다. 종리매가 잠시 기다리다가 책을 붓에 붙였다가 뗐다. 그리고는 제강산을 향해 말했다.

"이 사람은 문맹이니 이 정도로 하겠다. 내가 대신 써줘도 되겠지?"

제강산이 잠시 쳐다보다가 말했다.

"그게 어떤 위험을 갖는 일인지 알고 하는 일이길 바라오."

종리매가 코웃음을 쳤다.

"책임은 진다."

무영이 말했다.

"내가 진다."

종리매가 책에 철갑마라고 적고 무영에게 돌려주었다.

곽대우가 웃으며 말했다.

"일단 세 명입니까? 하나같이 일당백(一當百)이니 삼백 명에도 지지 않는 세 명이군요. 여기 철갑 두르신 분도 만만치 않아 보이니 말이죠."

그때 월영이 말했다.

"사백 명으로 해줘. 호교오영이 의미없어졌으니 나도 저기나 들어갈래."

그녀가 무영을 향해 물었다.

"괜찮겠지?"

무영이 고개를 끄덕였다. 그러나 그전에 혈영이 손을 내밀어 그녀를 막았다. 그녀는 의아한 듯 그를 바라보았다. 혈영이 그녀를 노려보더니 무영에게 시선을 돌리고 말했다.

"월영보단 내가 서열이 위다. 내가 먼저 쓰겠다."

월영이 화를 냈다.

"선착순도 모르냐!"

그러나 그녀가 뭐라고 하건 혈영은 먼저 가서 책을 받아 들고 제강산을 바라보았다. 허락을 구하는 것이다. 제강산이 고개를 끄덕이자 그는 책에 자기 이름을 썼다. 월영이 투덜거리며 그 다음에 서명했다. 이렇게 해서 무영단은 다섯 명이 되었다.

곽대우가 책을 받아 제강산에게 보여주고는 다시 무영에게 돌려주었다. 그러면서 말했다.

"저도 합류하고 싶지만 따로 할 일이 있어서요."

그는 하하 웃고는 말했다.

"마차바퀴 깎는 일도 보통 중요한 일이 아니죠. 어쨌든 잘되길 바랍니다."

무영이 책을 받아 품에 넣었다.

제강산이 말했다.

"무영단주에게 명령을 내리겠다."

무영이 무릎을 꿇었다. 제강산이 명령했다.

"전황에 대해서는 곽대우에게 따로 들어라. 그 후에 단원들을 이끌고 장춘 방면으로 향하라. 거기에는 구자헌 휘하 제삼군이 싸우고 있다. 그들을 도와 장춘을 공략하라."

그는 한쪽에 서 있는 기묘한 복장의 사내, 초립동을 향해 말했다.

"이번에는 이들과 함께 장춘으로 가주시오."

초립동이 고개를 끄덕였다. 두심오가 바라보자 제강산이 말했다.

"네겐 따로 할 일이 있다."

무영은 일어나서 밖으로 나왔다. 종리매와 철갑마, 혈영과 월영이 그의 뒤를 따랐다. 바깥에는 석양이 지고 있었다. 보라색 저녁노을이 천지를 덮었다. 곽대우가 나와서 그의 옆에 섰다.

"보라색은 부귀영화의 빛이라더군요. 단주님의 전도가 그와 같길 바랍니다."

곽대우는 무영의 어깨를 두들겨 주고는 하하 웃었다.

"무영단이 흑풍단과 함께 태양종의 쌍벽이 되리라 믿습니다."

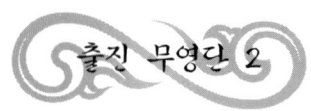

출진 무영단 2

저녁이 되었다. 회의는 끝나고 대청에는 간단한 술상을 앞에 두고 제강산 홀로 앉아 있었다. 촛불도 그의 옆에 두 개만 밝혀져 흐릿하게 가물거리고 있었다. 호젓하다기보다는 을씨년스러운 분위기였다.

정면의 문이 열리고 회심원주 당곤 하리가 들어왔다. 그의 뒤를 따라 최염이 들어오고, 그 뒤로 들어오려는 갈맹덕을 회심원주가 막아서 데리고 나갔다. 제강산이 일어나 최염에게 자리를 권했다.

"앉으시오, 형님."

최염은 어두침침한 대청 안으로 걸어 들어오며 희미하게 웃었다.

"분위기가 왜 이런가. 마치 홍문지연(鴻門之宴) 같지 않은가."

제강산이 웃지도 않고 대꾸했다.

"홍문지연이었다면 좀 더 화려하지 않았겠소."

최염은 의자에 앉으며 말했다.

"자네 같으면 이런 분위기를 택했을 듯해서 말일세."

제강산도 앉았다. 최염은 불빛에 어른거리는 제강산의 얼굴을 바라보며 말을 이었다.

"자넨 예전부터 속에 있는 생각을 숨기지 못했지. 표정은 어떻게 가린다 해도 다른 데서 뻔히 드러나기 때문에 알아보는 사람에겐 훤히 들여다보이거든. 가령 이렇게 칙칙한 분위기는 자네 기분을 말해 주지. 의혹, 불신, 살의…… 뭐 그런 거 말일세."

제강산은 말없이 술병을 들어 최염에게 내밀었다. 최염이 술잔을 들었다. 제강산이 술을 따르며 말했다.

"이야기는 이미 들었소. 무저갱에 삼 년간 숨어서 갱도를 기며 참회하셨다고?"

그는 술병을 내려놓으며 말했다.

"내가 아는 형님은 참회 같은 걸 하실 분이 아니오. 잘못한 걸 후회하느니 그걸 아는 사람을 모두 죽여 버리고 잊는 쪽을 택하는 분이었지."

최염이 희미하게 웃었다.

"늙으면 변하는 것도 있는 법이지."

제강산이 말했다.

"철갑마…… 그러니까 비천제일룡으로 의심 가는 그에게도 패했다면서요? 내가 아는 독수마불은 그렇게 쉽게 당할 사람도 아니오. 예전에도 그렇게 쉽게 당하진 않았소."

최염이 대꾸했다.

"늙으면 약해진다네."

문득 최염이 술병을 들었다. 제강산이 잔을 내밀었다. 최염이 말했다.

"방금 비천제일룡으로 의심 간다고 말했나? 의심이 아니라 확신이라고 해야 하지 않겠나. 적어도 자네라면 말일세. 비천제일룡과 몇 번이나 싸우고 나중엔 정과 마를 넘는 교분을 나누었던 자네 아닌가. 단번에 보고 알았을 텐데?"

제강산이 술잔을 비우고 말했다.

"세월이 지나면 보았던 얼굴도 잊는데 느낌만으로 어찌 알겠소."

최염이 다시 한 잔 따르며 말했다.

"여의지존검(如意至尊劍)을 보고도?"

그는 술병을 내려놓고 말을 이었다.

"비천제일룡은 과거 그 검을 사용해서 달리 여의검왕이라고도 불렸지. 아까 보았던 그 팔찌 말일세."

제강산이 술잔을 들어 그 속에 담긴 술을 들여다보며 말했다.

"그가 비천제일룡이라 해도 상관없소. 그와 난 이미 친구가 아니오."

그는 술잔에 무언가 들어 있기라도 한 것처럼 뚫어지게 들여다보더니 한입에 털어 넣었다. 그리고 말했다.

"그가 내 아내를 빼앗아 간 건 형님도 아시잖소."

최염이 처음으로 술잔을 비운 후 젓가락을 들어 안주 하나를 쿡쿡 찔러보다가 마음에 들지 않는지 다시 내려놓았다. 그가 혼잣말처럼 중얼거렸다.

"때로 우정이란 사랑조차 넘어선다지 않는가. 옛사람이 말했지. 처자는 의복과 같아 갈아입으면 그만이지만 형제는 수족과 같아 잘라지면 다시 붙일 수 없다고. 그와 자네는 형제보다 가까운 사이 아니었나. 만난 기간은 짧았지만 백락(伯樂)이 천리마를 본 듯, 백아(伯牙)가 종자기(鐘子期)를 만난 듯 지내지 않았던가. 진정한 지기(知己)로 서로 지냈다지 아마."

"세상에 지기란 없소. 누구나 혼자 살아가는 것뿐. 혼자 세상을 헤쳐 나가야 하는 것이오. 친구도, 형제도, 처자식도 믿을 수 없지. 나는 그걸 마도천하가 온 뒤에야 알았소."

"그래서 혼자 마도천하를 뒤엎어놓을 생각을 한 건가?"

최염은 다시 희미하게 웃었다.

"자네 말대로야. 난 참회할 줄 모르는 사람이지. 하지만 자네는 나와 달리 매우 가리는 것도 많고 후회하는 것도 많은 사람이야. 마도천하가 된 후 북해에 서서 중원을 바라보았더니 끔찍하던가? 우리가 만든 세상이 이렇게 형편없을 줄은 상상도 못했겠지? 그래서 이제 속죄하려는 것 아닌가? 자네가 한 손이 되어 만든 세상을 다시 갈아엎음으로써 말일세."

최염의 말을 들으며 제강산의 눈빛은 점점 싸늘하게 식어갔다. 그는 최염이 말을 끝낼 때까지 기다렸다가 무겁게 입을 열었다.

"늙으셨소, 형님. 예리함이 예전만 못하구려."

그는 스스로 술병을 들어 자신의 술잔에 술을 따르고 최염에게 내밀어 한 잔을 따랐다. 그리고는 말했다.

"예전의 형제들은 모두 소식이 없으니 아마 자기 살 궁리들에 바쁜 모양이오. 나도 내 살 궁리를 할 수밖에 없었소. 왼쪽, 오른쪽, 아래쪽에 모두 날 못마땅하게 생각하는 자들만 있으니 왼쪽과 아래쪽은 서로 싸우도록 만들고, 오른쪽은 직접 치는 수밖에. 내 집 앞마당은 내가 치울 수밖에 없잖겠소."

최염이 말했다.

"왼쪽, 오른쪽, 아래쪽이라……. 왼쪽의 광풍가와 오른쪽의 유명종은 확실히 적이지. 하지만 아래쪽의 사자군림가는? 가주인 철사자 요광도는 자네와 또 하나의 지기 아니었던가. 그런 지기의 종파를 치도록 광풍가를 충동해?"

그는 작은 소리로 웃었다.

"난 믿지 않네. 그건 예전의 자네들을 모르는 사람에게나 통할 사기극이지. 내가 한번 자네 계획을 추측해 볼 테니 맞나 보게."

그는 젓가락으로 술을 찍어서 탁자에 간략한 지도를 그렸다.

"일단 광풍가는 사자군림가와 정신없이 싸우겠지. 광풍가 놈들은 원래 싸움을 즐기는 자들이고, 이익 앞에서는 눈이 멀어버리는 자들이니까 아무 생각 없이 요서를 탐해 달려들 걸세. 사자군림가는 당하는 척하면서 최대한 시간을 끌겠지. 전력을 유지하면서 말이야. 그사이에 자네는 유명종을 없애고 요동을 정리하는 거야. 유명종 놈들은 상대하기 쉽지 않은 자들이긴 하지만 그 숫자는 적지. 어지간히 줄여놓으면 대규모의 병력을 투입할 필요가 없어. 남은 자들은 소수만 투입해서 상대하게 하고 그 다음엔……."

그는 젓가락으로 다시 한 번 술을 찍어 요동에서부터 요서로 선을 그었다.

"협공한다고 하면서 이동, 사자군림가 대신 광풍가를 치는 거지. 그때가 되면 사자군림가도 감춰두었던 전력을 드러내어 일제히 반격."

최염이 제강산을 보며 물었다.

"어떤가?"

제강산이 말했다.

"아까운 술을 낭비하는구려. 미안하지만 다 틀렸소. 철사자 요굉도도 어제의 요굉도가 아니오. 내가 어제의 제강산이 아니듯."

그는 술잔을 들어 건배를 제의했다. 최염이 자기 술잔을 들어 거기 부딪치고는 단번에 들이켰다. 두 사람은 술을 비우고도 잔을 내려놓지 않고 오랫동안 서로를 노려보았다. 제강산이 처음으로 미소를 지었다. 그 미소는 점점 커져서 호쾌한 웃음이 되었다. 그는 잔을 뒤로 집어 던지고 최염을 향해 팔을 내밀었다. 최염 역시 잔을 던져 깨버리고 제강산을 안았다.

제강산이 말했다.

"날 믿어줄 줄 알았소."

최염도 말했다.

"자넬 안 믿으면 세상에 누굴 믿겠나."

두 사람은 다시 떨어져서 조금 전과는 전혀 다르게 솔직한 감정이 실린 대화를 나누기 시작했다. 제강산이 먼저였다.

"형이 마지막 술을 마시지 않았다면 정말 죽여 버렸을 거요."

최염이 웃었다.

"내가 비록 늙었지만 제강산이 술에 독을 타는 사람이 아니라는 건 알지. 비록 온갖 방법을 써서 교묘하게 독을 타는 연기를 했지만 말일세."

제강산이 못 당하겠다는 듯 고개를 젓더니 진지하게 물었다.

"대체 여긴 왜 온 거요? 대종사에게 무슨 일이 생겼소?"

최염이 씁쓸하게 말했다.

"자넨 이렇게 됐는데도 아들 소식은 한마디도 묻지 않는군. 천마도에 끌려간 자네 아들 말일세."

제강산이 코웃음을 쳤다.

"이 제강산의 아들이라면 상황이 어떻건 마땅히 스스로 헤쳐 나와야 하오. 그놈이 제대로 못하면 죽는 게 차라리 낫지요."

최염이 머리를 긁었다.

"글쎄, 자네 아들답다고나 할까. 너무 잘해내서 탈일세."

그가 목소리를 낮추어 말했다.

"자네 아들이 대종사를 시해했다네."

제강산의 표정이 굳었다. 그는 한참 동안 말을 못하고 있다가 간신히 입을 벌렸다.

"확실하오?"

최염이 고개를 끄덕였다.

"대종사가 원래 천마도를 만들고 천하의 영재들을 모았던 것은 우리 생각과 그리 다르지 않았지. 대종사는 거기서 현재의 마도천하를 지배하는 마인들을 대치할 마웅들을 기르려 했던 거야. 천하를 지배할 자격이 있는 진정한 마웅들을 말일세. 그런데 뭔가 잘못된 모양일세. 그 아이들은 점점 더 마인이 되어버렸어. 나중에는 통제하지 못할 정도가 돼버렸지. 그중 최악이 자네 아들일세."

그는 한숨을 쉬었다.

"대종사는 내게 모종의 방법으로 정기적인 연락을 취해왔다네. 총단에서도 나만 아는 정보였지. 천마도로 들어간 후 처음엔 잘 되고 있다는 연락이 왔었네. 뒤로 가면서 차츰 우려와 걱정 섞인 이야기들이 있더니 연락이 끊기기 바로 전에는 당신의 죽음을 예고하는 듯한 내용이 있었지. 거기 그렇게 써놓았었네."

—재능이 뛰어난 자가 악에 물들면 어떻게 되는가를 보여주는 대표적인 예가 제천강이다. 이젠 나조차 그가 두렵다. 만약 내가 죽는다면 이 아이에게 죽는 것일 터이다. 연락이 끊어지면 알아서 후사를 도모하라.

제강산의 얼굴이 어두워졌다. 그가 물었다.

"그래서 총단을 떠나셨습니까? 귀곡천문가의 일을 핑계로 대셨다면서요?"

최염이 대답했다.

"그 일도 있었지. 그러나 그건 천마도와는 별개로 벌어진 일이야. 천하는 한두 가지 이유만으로 움직이진 않는 법이지."

그는 한숨을 내쉬고 말을 이었다.

"나는 참회 따위는 하지 않는 사람이지만 한번 벌인 일은 반드시 마무리하는 사람이지. 동기는 달라도 지금 내가 원하는 것은 자네와 같네. 애초에 우리가 원했던 것, 대종사가 원했던 것을 반드시 이루려는 것일세."

제강산이 약간 표정을 풀고 말했다.

"삼 년간 무저갱에 계셨다는 말씀은 사실과 다르겠지요?"

최염이 빙그레 웃었다.

"내게 그럴 시간이 어디 있었겠나. 천하를 돌며 포석을 깔기에도 빠듯한 시간인데. 사람의 기억이란 아주 쉽게 조작된다네. 몇 마디만으로도 무저갱의 반년이 삼 년이 되더군. 자네의 의중을 파악하는 데 걸린 시간이지."

"그래서 파악하셨습니까?"

"그랬으니 여기 있지."

"앞으론 어떻게 하실 참입니까?"

최염이 대답했다.

"당분간 자넬 돕겠네. 다른 곳의 일은 내가 관여할 필요가 없어. 여기서 자네와 함께 중원으로 내려가는 것이 편하겠지."

그는 잠시 침묵하다가 말을 이었다.

"흥미가 끌리는 녀석도 있고."

그는 제강산의 눈을 뚫어지게 바라보며 말했다.

"무영이라는 녀석 말일세."

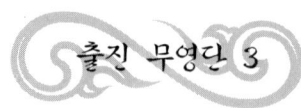

출진 무영단 3

 무영 일행은 아침이 밝아오는 것과 동시에 장춘을 향해 떠났다. 무영과 철갑마, 종리매, 혈영과 월영에 초립동, 설녀까지 낀 일곱 명의 일행이었다. 설녀가 동행한 것은 조금이라도 요서에 가까운 곳으로 가서 기회를 보아 사자군림가의 영역을 통과해 보겠다는 본인의 요청에 의한 것이었다.
 그들은 곽대우가 마련해 준 말에 올라타고 각자 한 마리의 말을 더 데려가고 있었는데 거기에는 식량을 비롯한 짐을 실었다. 곽대우의 배려에 의해 철갑마는 특별히 튼튼하고 힘센 놈을 탔고, 종리매는 도저히 사슬과 철구까지 휴대하고 탈 수 없었기 때문에 그것들을 풀어서 짐말에 싣고 가는 수밖에 없었다. 대신 그놈은 그것 말고는 다른 짐을 싣지 않았다. 철구와 사슬만으로도 충분히 무거웠기 때문이었다.
 그들은 무저갱 병력들이 이동한 길을 따라 행로를 잡았다. 그 병력들이 앞에서 길을 정리해 놓았을 것이기 때문이었다. 길은 송요평원(松遼平原)을 가르며 흐르고 있는 송화강 서쪽 지류를 따라 뻗어 있었다. 송요평원은 낮은 구릉과 들판으로 이루어진 광막한 공간이었다. 원래는 여진족과 연원을 따지기 힘든 소수 부족들이 강변을 따라 부락을 이루고 농사를 짓는 요동의 곡창 지대였는데, 지금은 그런 부락의 자취만 있을 뿐 어디에서도 농사짓는 곳이 보이지 않았다.

합이빈에서 장춘까지는 천천히 가도 사흘이면 닿는 곳이었다. 그런 곳을 꼬박 하루 동안 갔는데도 사람의 모습을 찾을 수 없었다. 새도, 짐승도 보이지 않는 그야말로 생명이 멸절한 듯한 공간이었다. 저녁이 되어 야영할 준비를 할 때 사람들이 평소보다 조금씩 가까이 모여 앉았던 것도 그러한 공허가 주는 공포 때문인지도 모른다.

월영이 모닥불에 걸어놓은 솥에서 끓는 죽을 주걱으로 휘저으며 투덜거렸다.

"이게 뭐야. 태양종 서열 십이위나 되는 내가 죽이나 끓이고 있어야 해?"

반대 편에서 꼬치에 꿴 고기를 굽고 있던 혈영이 중얼거렸다.

"먹기 싫으면 하지 말던가."

월영이 벌컥 화를 냈다.

"누가 먹기 싫댔어? 심부름시킬 수하 몇 명 뽑아왔으면 좋았을 거라는 거지, 내 말은!"

안 그래도 곽대우가 몇 명 데려가라고 했는데 무영이 거절했던 것이다. 최하급의 무사라고 해도 신뢰할 수 있는 자만 무영단에 포함시키고 싶다는 것이 그의 말이었는데, 그건 그가 무저갱에 있을 때부터 지키고 있던 원칙이기도 했다. 덕분에 수하 한 사람 없이 길을 떠났고,

서열상 제일 아래인 그녀가 물 긷는 것부터 밥 짓는 것까지 다 하게 돼 버린 것이다. 설녀와 철갑마, 초립동은 서열을 따지기 어렵고, 나머지는 다 그녀보다 위였기 때문이었다.

그녀의 바로 위 서열인 혈영도 땔감을 모아 불을 피우고 고기를 굽는 건 마찬가지 신세였지만 그는 그저 묵묵히 자기 일을 할 뿐이었다. 그러다가 월영이 계속 투덜거리자 한마디 핀잔을 던진 것이었다.

그러나 사실 무영도 나름대로는 식사 준비 때문에 골머리를 앓고 있었다. 철갑마에게 줄 벽곡단이 떨어진 것이다. 소광정이 만들어준다고는 했지만 백림을 떠날 때까지는 못 만들었기 때문에 그냥 올 수밖에 없었고, 지금 가서 받아올 수도 없으니 큰일이었다. 설녀에게 얻으면 해결될 문제이긴 했지만 이미 사용한 벽곡단도 훔쳐 온 것이나 다름없는데 더 달라고 할 염치가 없었다. 그래서 그는 여러모로 머리를 굴려 철갑마에게 이것저것 먹여보려고 했다.

술을 권해보았다. 입에도 대지 않았다. 죽을 떠서 줘봤지만 역시 입을 열지 않았다. 고기도, 야채도, 밥도 먹지 않았다. 무영은 애가 타 죽을 지경이었다. 이러다간 아무리 고수에 괴물이라고 해도 죽고 말 것이다.

그는 힘없이 설녀를 바라보았다. 그는 입을 벌렸다 닫았다 갈등하고 또 갈등했다. 설녀는 무슨 생각을 하는지 알 수 없는 평소의 그 싸늘한 표정 그대로였다. 그런 싸늘함이 무영을 망설이게 하는 또 하나의 이유였다. 그녀에게 부탁했다가 거절당하면 굴욕감이 보통보다 더 클 것 같았기 때문이었다. 하지만 이젠 방법이 없었다.

무영은 솔직담백하게 사정을 말하고 벽곡단을 부탁하려고 입을 열었다. 그때 설녀가 호리병 하나를 내밀었다.

"받아요."

무영이 호리병을 보며 물었다.

"뭐냐?"

설녀가 대답했다.

"당신이 원하는 거죠."

그러면서 그녀는 미소 비슷한 것을 잠시 흘렸다.

"언제 부탁하나 했어요. 더 기다리기 힘들군요. 그냥 받아요."

무영은 병을 받아서 뚜껑을 열고 손바닥에 기울였다. 벽곡단이 나왔다. 그는 그걸 철갑마에게 내밀었다. 철갑마가 어미 새에게서 모이를 받아먹는 것처럼 벽곡단을 받아먹었다. 무영은 호리병 뚜껑을 닫고 설녀에게 돌려주었다. 그러나 설녀는 받지 않았다.

"그냥 가져요. 백 개쯤 들어 있을 테니 석 달은 먹을 수 있을 거예요."

무영은 호리병을 들고 있다가 품에 넣었다. 그리고는 천천히, 무겁게 말했다.

"고맙다."

설녀가 말했다.

"고마워할 필요는 없어요. 은혜로 생각할 필요도 없고. 빙후께서 조치를 취할 때까지는 철갑마가 살아 있어야 하니까 준 거예요."

무영이 물었다.

"당신은?"

"남겨둔 게 더 있고……."

설녀가 월영과 혈영이 준비하는 음식을 가리키며 말했다.

"이제부턴 나도 화식(火食)을 하기로 했어요. 최 노야의 말씀이 마음에 와 닿았거든요."

그녀가 잠시 침묵하다가 중얼거렸다.

"아마 칠 년쯤 됐나 봐요, 벽곡단만 먹고 산 것이."

무영이 그녀를 향해 말했다.

"그동안 계속?"

설녀가 고개를 끄덕였다.

"그래야 빙백한공을 더 빨리 성취할 수 있다고 생각했으니까요."

"왜? 무엇 때문에 무공을 빨리 성취해야 하나?"

설녀가 고개를 갸웃거렸다.

"글쎄요. 당신은 왜 무공을 익히죠? 무공을 익히는 이상 더 빨리, 더 강해지고 싶은 것 아닌가요?"

무영이 대답했다.

"난 할 일이 있다."

설녀는 그를 잠시 바라보다가 고개를 돌렸다.

"할 일이 있다니 좋겠군요. 난 언제 어디서 태어나 왜 빙궁에 왔는지도 몰라요. 빙궁 사람 대부분이 그렇죠. 그저 어렸을 때 빙후께 거두어져서 무공을 배우고, 시키는 대로 하며 살아왔죠. 무얼 하고 싶다거나 해야 한다거나 하는 건 몰라요. 앞으로도 그렇겠죠."

그녀는 침묵했다. 무영도 더 질문하지 않았다. 설녀의 삶은 그로서는 이해할 수 없는 것이었지만, 그걸 더 이상 침범하고 싶진 않았다. 모든 사람의 모든 삶을 그가 이해할 필요는 없고, 이해할 수도 없다고 그는 요즘 들어 조금씩 깨우쳐 가고 있었다.

설녀가 중얼거렸다.

"그저 빙궁을 벗어나고 싶었어요. 빙백한공을 빨리 익히면 빙궁을 더 빨리 벗어날 수 있다고 생각했죠. 그걸 떠나기 위해 거기 더 가까이 가야 했다니, 지금 생각하니 좀 우습군요."

월영이 그들을 부르고 있었다.

"얼른 와서 먹지 않으면 솥바닥만 긁게 될 거야!"

무영이 일어나 설녀에게 손을 내밀었다. 설녀가 그 손을 바라보았다. 무영이 말했다.

"기념할 만한 칠 년만의 식사다. 내가 안내하겠다."

설녀가 희미하게 미소 지으며 그의 손을 잡고 일어섰다. 두 사람은 같이 모닥불가로 가서 죽과 고기를 먹었다.

다음날 그들은 사람의 흔적을 발견했다. 그보다 냄새가 먼저였다. 월영이 온갖 인상을 쓰며 코를 잡았다. 그리고는 코맹맹이 소리를 냈다.

"도대체 이게 무슨 냄새지? 오장육부를 뒤집어놓네."

종리매가 머리를 들어 바람이 불어오는 방향을 찾았다. 그리곤 말했다.

"시체 썩는 냄새다."

그는 말에 박차를 가해 앞으로 달려나갔다. 무영이 그 뒤를 따르고, 철갑마가 그 다음, 나머지 일행도 그 뒤를 따랐다. 월영은 냄새 나는 쪽으로는 가고 싶지 않았지만 어쩔 수 없이 따라가야 했다.

냄새는 더욱 지독해지고, 곧 그 냄새를 풍기는 것들의 정체가 밝혀졌다. 얕은 구릉과 구릉 사이에 온통 시체가 뒹굴며 썩어가고 있었던 것이다. 월영은 곧 말에서 뛰어내려 구역질을 시작했다. 수없는 싸움을 거쳐 온 그녀도 이렇게 지독하고 참혹한 현장, 지독한 냄새는 처음이었다.

종리매조차 인상을 쓰며 말했다.

"구자헌 이놈이 시체도 처리 안 하고 갔나? 싸움이 끝나면 묻던가 태우던가 하는 게 기본 아니냔 말이다."

무영은 묵묵히 말 위에 앉아 시체밭을 둘러보았다. 무언가 이상한 느낌이 들었다. 명확히 알아볼 수는 없지만 무엇인가가 신경을 자극하고 있었다. 문득 그는 깨달았다. 시체들이 자연스럽지 않았다. 그건 격전을 거친 후에 자연스럽게 만들어진 그런 시체밭이 아니라 일정한 문양, 혹은 글씨를 쓴 것처럼 만들어진 시체밭이었다.

초립동이 앞으로 나오며 말했다.

"당신들 편은 이 시체를 건드릴 수 없었을 거요. 이건 주술을 사용하기 위해 만들어진 진(陣)이니까."

종리매가 되물었다.

"진? 이게 진법이라고?"

초립동이 시체밭 한곳을 가리키며 말했다.

"당신들이 흔히 병진(兵陣), 혹은 기문진(奇門陣)이라고 부르는 것과는 다른 거요. 저기 시체 무더기로 탑을 쌓아놓았지요? 거기가 진의 중심이오. 거기서부터 간방(艮方)으로 선을 그어 귀문(鬼門)을 만들고……."

그는 잠시 침묵하다가 다시 말했다.

"말해 준다고 알아들을 리 없지. 관둡시다. 하여간 이건 주술진(呪術陣)이라고 하는 거요. 무언가 주술을 쓴 거겠지. 아마도 요마(妖魔)를 불러낸 것 같소."

무영이 물었다.

"그 요마는 어딨나?"

초립동이 대답했다.

"당신들 편이 죽였겠지. 이만한 크기의 주술진으로 불러낸 요마면 상대하기 만만치 않았을 텐데 제법 잘 처리하고 갔군. 하여간 보기 흉하고, 나중까지 안 좋은 기운이 남을 테니 없애고 갑시다."

그는 가볍게 말에서 뛰어내리더니 발끝으로 땅바닥에 그림 같은 걸 그리고 다시 지웠다. 그리고는 손가락을 모아 시체밭을 향해 내밀며 짧게 한마디 외쳤다.

"분(焚)!"

시체밭에서 갑자기 불길이 일어났다. 기름을 부은 것처럼 화염이 치솟고 검은 연기가 하늘을 덮었다. 그리고는 일각도 되지 않는 짧은 순간 동안 시체밭은 다 타버리고 불씨 하나 남지 않았다.

월영이 경탄하며 말했다.

"당신도 정말 대단한 방술을 사용하네요. 놀라워요."

초립동이 말에 올라타며 무뚝뚝하게 말했다.

"방술이 아니라 도술(道術)이라고 부르는 거요."

월영이 말을 움직여 가까이 가며 물었다.

"방술과 도술이 어떻게 다르죠?"

초립동이 말을 움직여 월영으로부터 떨어지며 대답했다.

"방술은 사특한 기운을 빌려 부리는 술법이오. 도술은 수행을 통해 몸에 쌓은 도력(道力)을 사용해서 펼치는 술법이오. 그 둘은 하늘과 땅만큼 다르오."

월영이 생글생글 웃으며 더 다가갔다.

"아하, 그렇군요. 그 놀라운 도술 좀 더 보여줄 수 없겠어요?"

초립동은 더 이상 물러나지 않았다. 그는 월영을 지그시 바라보며 말했다.

"낭자의 입을 봉해볼까? 얼굴을 몽땅 지워 눈도, 코도, 입도 없는 사람이 되게 만들 수도 있소."

월영의 얼굴이 창백해졌다. 그녀는 얼른 말을 돌려 초립동으로부터 물러났다. 그리고는 여행하는 내내 되도록 떨어져 있으려고 노력했다.

저녁이 되었다. 땅거미가 깔리기 시작할 때까지 그들은 몇 개의 부락을 지나왔다. 모두 폐허가 된 부락이었다. 그중 어떤 것은 주술진을 만든 시체가 이곳에서 나왔구나 싶게 텅 비어버린 곳도 있고, 어떤 곳은 치열한 격전의 흔적으로 남은 곳도 있었다. 그중 한곳에서 종리매는 냄새를 맡아보고는 말했다.

"구자헌의 독이다. 놈이 독도 사용했군."

그는 하늘을 보며 다시 말했다.

"독은 사용 후에는 날아가기 마련이지. 아직 냄새가 남아 있다는 건 사용한 지 얼마 안 된다는 증거다. 어딘가 가까운 곳에 있겠군."

그의 예측은 맞았다. 일행이 속도를 붙여 일각을 더 달려간 곳에서 무저갱의 무사들과 유명종, 여진족의 연합군이 격전을 벌이고 있었다.

유명종이 불러낸 거대한 요마들이 얕은 구릉 위로 치솟은 채 움직이고 있었다. 그 아래로는 강시와 광인들, 그리고 유명종의 사자와 사신, 여진족의 전사들이 땅을 메우고 있었다. 땅거미 지던 하늘이 여기에서는 붉게 물들어서 폭풍우 치는 하늘처럼 격류를 이루며 소용돌이치고 있었고, 대지에는 검붉은 바람이 휘몰아쳤다.

무저갱의 무사들은 그런 곳에서 한 덩어리가 되어 적을 헤집고 있었다. 몇십 명이 요마에게 달려들어 도끼로 찍고 창으로 찔렀다. 그들은 상대가 강시건 사람이건 가리지 않고 걸리는 대로 베고 부쉈다. 유명종이 불러들인 어떤 요마들보다도 더 요마 같고, 어떤 광인들보다도 더 미친 것 같은 전사들, 그들이 무저갱의 무사들이었다.

무영은 미소 지었다. 이 전장에는 그가 이 년간 구르고 뒹군 무저갱의 분위기가 살아 있었다. 저 사투의 현장 어딘가에서 낯익은 사람들의 냄새가 풍겨오는 것 같았다. 그는 말에서 내려 묵염흔과 파천황을 챙겨 들었다. 그리고는 혈영을 향해, 종리매를 향해 말했다.

"죽으러 가자!"

무영이 앞장서서 달렸다. 철갑마가 괴이한 포효를 지르며 그 뒤를 따르고, 종리매도 어느새 다시 찬 족쇄와 사슬을 끌고 달렸다. 혈영이 세 날 도끼를 쥐고는 철갑마에 지지 않는 고함을 지르며 전장에 뛰어들었다.

월영이 고개를 저었다.

"다들 미쳤어."

그러는 그녀조차도 채찍을 팔에 감은 채 말에서 뛰어내려 전장으로 달려갔다. 남은 것은 설녀와 초립동뿐이었다. 초립동이 중얼거렸다.

"내가 보기엔 낭자도 미쳤소."

그는 말에서 내려 하늘을 보고 땅을 보았다. 그의 입에서 주문이 시작되었다.

『천마군림』 5권으로 이어집니다

■ 마도천하경략도(魔道天下經略圖)

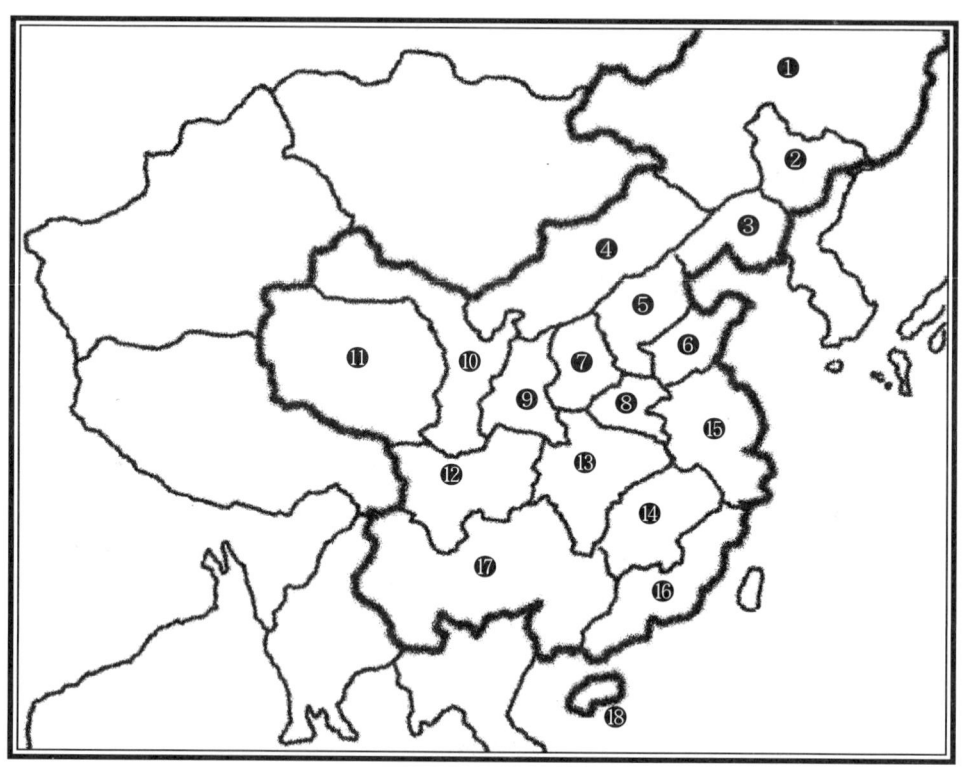

- ❶ 북해 이화태양종(離火太陽宗)
- ❷ 요동 명왕유명종(冥王幽冥宗)
- ❸ 요서 사자군림가(獅子君臨家)
- ❹ 달단 흑사광풍가(黑砂狂風家)
- ❺ 하북 용화광명종(龍華光明宗)
- ❻ 산동 귀곡천문가(鬼谷天文家)
- ❼ 산서 음양천검가(陰陽千劍家)
- ❽ 하남 귀문탈백종(鬼門奪魄宗)
- ❾ 섬서 고루환혼종(骷髏還魂宗)
- ❿ 감숙 보패범천종(寶貝梵天宗)
- ⓫ 청해 벽력뇌화가(霹靂雷火家)
- ⓬ 사천 소수천녀종(素手倩女宗)
- ⓭ 호북 미륵환희종(彌勒歡喜宗)
- ⓮ 호남 태평용왕종(太評龍王宗)
- ⓯ 강남 창파금선가(滄波金船家)
- ⓰ 광동 철혈흑룡가(鐵血黑龍家)
- ⓱ 운남 오독절혼가(五毒絶魂家)
- ⓲ 해남 북해빙백종(北海氷魄宗)